La rebelle et le Viking

JOANNA FULFORD

La rebelle et le Viking

Les Historiques

éditions HARLEQUIN

Collection : LES HISTORIQUES

Titre original : THE VIKING'S DEFIANT BRIDE

Traduction française de SAINT-FOLQUIN

HARLEQUIN®
est une marque déposée par le Groupe Harlequin

LES HISTORIQUES®
est une marque déposée par Harlequin S.A.

Photo de couverture
Sceau : © ROYALTY FREE/FOTOLIA

83-85, boulevard Vincent-Auriol, 75646 PARIS CEDEX 13.

Service Lectrices — Tél. : 01 45 82 47 47
www.harlequin.fr

ISBN 978-2-2802-3235-7 — ISSN 1159-5981

Prologue

Au royaume de Danemark, en l'an 865.

Sous les voûtes de la salle d'apparat, on n'entendait que le craquement des bûches et le sifflement des flammes dans la vaste cheminée. Aux murs, les torchères jetaient des lueurs vacillantes sur l'assemblée de guerriers pétrifiés par ce qu'ils venaient d'apprendre. Tous n'avaient d'yeux que pour les fils de Ragnar Lodbrok, qui siégeaient sur l'estrade, devant les fanions et les trophées. Les trois frères se contenaient, mais on les devinait partagés entre l'incrédulité, la douleur et la fureur meurtrière.

Halfdan fut le premier à rompre le silence.

— Ragnar serait donc mort, dit-il d'une voix sourde, les deux poings serrés. Tu en es bien certain ?

Avant de répondre, le messager, porteur de la mauvaise nouvelle, déglutit, la gorge nouée d'angoisse. Il savait sa vie menacée.

— Hélas oui, monseigneur, dit-il à mi-voix, mais très distinctement. Tout à fait certain.

Au pied de l'estrade, le comte Wulfrum semblait retenir sa respiration. Dans son visage impénétrable, ses yeux bleus avaient l'éclat et la dureté de l'acier. Sa main droite se crispait sur la poignée de sa dague. Il refusait tout bonnement d'admettre la véracité de ce qu'il venait d'entendre. Guerrier toujours vainqueur, chef incontesté, maître des mers où ses navires faisaient trembler même les ennemis les plus braves, Ragnar le Terrible ne pouvait avoir connu la défaite et la mort. C'était impensable. Inimaginable. Pourtant, il lui fallait bien se rendre à l'évidence : Ragnar, cet homme qui l'avait recueilli dès l'âge de dix ans, qui l'avait adopté et élevé avec tant de rude tendresse, qui l'avait aguerri jusqu'à l'admettre dans la caste des braves, Ragnar n'était plus.

Par quelle funeste fatalité fallait-il qu'il survive, que la mort l'épargne, alors que succombaient les êtres auxquels il tenait le plus, auxquels il devait tant ? L'affection, une fois de plus, engendrait la douleur de la perte. Pour ne jamais souffrir, fallait-il donc n'aimer personne ? Est-ce ainsi qu'un noble cœur devait trouver le repos ?

Il serra les dents, ne laissant rien paraître de sa douleur et de son trouble, mais convaincu que le sang de Ragnar criait vengeance. Il avait égorgé les meurtriers de sa propre famille, aussitôt devenu adulte, et voilà que la mort de Ragnar appelait encore d'autres sacrifices.

— Comment est-il mort ? demanda Halfdan au messager.

— Une tempête nous a surpris en vue des côtes de Northumbrie. Plusieurs de nos embarcations ont coulé. Ceux d'entre nous qui ont nagé jusqu'à terre ont été attaqués par les gardes du roi Ella. Comme ils étaient beaucoup plus nombreux que nous, nous avons subi de lourdes pertes. Ragnar a été fait prisonnier, mais Ella a ordonné qu'il soit tué sur-le-champ.

L'homme marqua une courte pause et prit une profonde inspiration pour trouver le courage de poursuivre son récit.

— Il l'a fait jeter vivant dans une fosse pleine de vipères.

De toute l'assemblée s'éleva un cri d'horreur, suivi d'un nouveau silence profond et consterné.

La voix glaciale d'Invarr le rompit.

— Mais toi et tes compagnons vous avez survécu, Sven. Tu peux nous dire comment ?

Sven parvint à soutenir le regard qui le transperçait.

— Nous nous sommes battus pour atteindre le navire et nous avons mis à la voile sous les flèches. Une fois la nuit tombée, nous sommes revenus à terre un peu plus loin. Au lever du jour, Bjorn est allé aux nouvelles, parce qu'il est le seul à parler la langue des Saxons. Plusieurs témoins lui ont raconté que debout dans la fosse, Ragnar a eu le temps de chanter l'hymne des morts et de prophétiser que ses fils et son peuple le vengeraient, puis il a ri. Tous ceux qui l'ont vu mourir ont dit qu'il est mort en riant.

La vaillance de Ragnar était légendaire et nul ne s'étonna qu'il ait bravé la mort en riant. Tous au contraire entendirent une dernière fois retentir, dans leur cœur gros de chagrin, le rire énorme du roi disparu.

— Vous n'avez pas tenté de tuer le roi Ella ? demanda Hubba.

— A vingt contre trois cents, nous étions vaincus d'avance.

— Jamais un Viking ne doit partir vaincu ! s'indigna Hubba en brandissant sa hache.

Mais Halfdan retint son bras.

— Sven a raison. Ils auraient été massacrés, et nous ne saurions rien de ce qui s'est passé. Ne tue pas le porteur de mauvaises nouvelles, mon frère. Il combattra avec nous, quand le moment sera venu.

— Quand le moment sera venu ? Alors que le sang de notre père crie vengeance ?

— Pour avoir la certitude de vaincre, nous ne nous contenterons pas d'une simple expédition.

Halfdan se leva. Chacun comprit qu'il allait faire une déclaration solennelle.

— Vikings ! Etes-vous prêts à nous suivre jusqu'en Northumbrie ?

Une clameur enthousiaste lui répondit.

— Alors que chaque homme valide se prépare ! C'est par centaines que nous débarquerons. Nous irons braver Ella jusqu'à sa tanière. Il connaîtra la peur et la torture, il nous suppliera de l'achever pour mettre fin à ses souffrances. Je le jure par le sang que je verse ici devant vous, et par celui d'Odin !

Avec son glaive il s'entailla la paume, aussitôt imité par ses deux frères. Leurs mains s'unirent en un pacte de sang, auquel il invita d'un coup d'œil Wulfrum à se joindre. Wulfrum, le fils adoptif de Ragnar, leur frère lui aussi… Lié par ce serment, ce dernier s'unissait indéfectiblement à leur destin, leur honneur devenait le sien.

Pétrifiée par la solennité de la cérémonie, la foule des guerriers observait le silence. Quand les quatre hommes se séparèrent et leur firent face, mains levées, une nouvelle clameur retentit et se prolongea, jusqu'à ce qu'Halfdan l'interrompe en brandissant son épée.

— Nous partirons tous ensemble ! Construisons une flottille, préparons nos armes ! Par centaines, les dragons des mers iront venger notre roi ! Ella mourra, et nous prendrons aux Saxons leurs terres, leurs châteaux et leurs filles !

Tous les guerriers présents lui firent une ovation. Ils n'oubliaient pas leur deuil, mais la perspective de nouveaux exploits à accomplir, de nouvelles conquêtes à entreprendre, les enthousiasmait. Ils se réjouissaient de voir revivre en son fils aîné les vertus qui avaient fait la force et la gloire de Ragnar.

Descendu de l'estrade, Invarr frappa l'épaule de Sven, en signe de réconciliation. Wulfrum s'attarda à les observer. Halfdan le tira de sa contemplation.

— Tu m'as bien entendu ? Il y aura des femmes... Alors prépare-toi à accomplir ton devoir ! Il nous faut des fils pour assurer la relève !

En ce domaine particulier, Wulfrum n'appréciait guère l'esprit de conquête. Guerrier dans l'âme et orphelin, il se sentait étranger à la vie de famille.

— Compte sur moi, répondit-il sans conviction, dans le seul but d'en avoir fini avec ce sujet.

Halfdan, qui le raillait souvent à ce propos, le secoua affectueusement.

— Tu fais le difficile ? Tu attends l'amour de ta vie, pour lui offrir ton cœur ?

— Sois tranquille là-dessus. Faire des enfants est une chose. Aimer en est une autre. Mon cœur m'est trop précieux pour que je l'offre à quiconque. Il contient ma vaillance, je le consacre à notre cause !

Chapitre 1

Northumbrie, en l'année 866.

Accroupie devant l'âtre sur une peau de chèvre, les bras enserrant ses genoux, Elgiva scrutait les flammes. On pouvait y lire l'avenir, disait-on, lorsqu'on savait s'y prendre. Elle aurait donné cher pour avoir cette connaissance, de manière à mettre de l'ordre dans la confusion de ses pensées. Sa situation était désespérée et elle ne savait quelle décision prendre pour tenter d'y remédier.

Elle jeta un coup d'œil à sa fidèle Osgifu, dont la présence rassurante l'avait réconfortée tout au cours de sa vie. Nounou devenue confidente, Osgifu était entrée au service de lord Egbert une fois devenue veuve.

Grande et mince, le visage avenant, elle avait à quarante ans beaucoup d'allure. Ses yeux gris ne lui rendaient pas seulement compte de la réalité, car elle possédait, disait-on, le don de double vue, et pouvait percer les mystères des êtres et des choses. Les runes n'avaient pas de secret pour elle, elle enseignait à Elgiva l'art de guérir, et l'exactitude de ses déclarations inspirait l'admiration générale, ainsi que la crainte de certains. Fille d'une Danoise et d'un Saxon, c'est de sa mère qu'elle avait hérité le don de voyance, ainsi qu'une connaissance exceptionnelle des légendes nordiques.

Quand Elgiva n'était encore qu'une petite fille, Osgifu lui avait beaucoup parlé de Thor, le maître de la foudre, et des exploits de Loki, le bouffon d'Odin. Elle lui avait aussi enseigné la langue des Danois, à l'insu de lord Egbert, qui n'aurait pas apprécié cette initiative. Lorsqu'elles se trouvaient seules, c'est en cette langue étrangère qu'elles conversaient, ce qui les mettait à l'abri des oreilles indiscrètes. Elgiva n'avait aucun secret pour son ancienne nounou, auprès de qui elle trouvait conseil et recours dans ses moments de trouble ou d'incertitude.

Lasse d'observer les flammes, elle se tourna vers sa compagne et rompit le silence.

— Je ne sais plus où j'en suis, je ne sais plus que faire, Gifu. Depuis la mort de mon père, Ravenswood se dégrade de jour en jour. Et mon pauvre frère qui n'a rien fait pour prendre la relève vient de mourir lui aussi, laissant des fils qui ne sont encore que des enfants ! Le domaine périclite faute d'autorité.

Elle ne dit pas « faute de chef » ou « faute d'homme », mais Osgifu sut qu'elle le pensait. Aussi bien connaissait-elle assez la situation pour abonder dans le sens de celle qu'elle aimait tant.

Passionné de chasse et de fauconnerie, lord Osric, le frère de sa jeune protégée, ne s'était guère soucié d'assumer ses responsabilités en prenant possession du domaine. Il avait préféré déléguer en toute occasion la gestion de ses intérêts à Wilfred, l'intendant, lequel avait fait merveille, du temps de lord Egbert, parce qu'il se savait surveillé et contrôlé par un maître exigeant. Abandonné à sa propre initiative, il s'était progressivement laissé aller, remettant au lendemain ce qu'il aurait pu faire le jour même.

Les serfs avaient tout naturellement suivi son exemple, si bien qu'au cours de sa randonnée à cheval, chaque matin, Elgiva constatait le délabrement progressif de son domaine. Les barrières brisées n'étaient pas remplacées, mais réparées à la diable, les mauvaises herbes abondaient au milieu des cultures, et le bétail n'était ni bien nourri, ni bien soigné. Les toits des étables et des granges laissaient passer la pluie, et personne ne contrôlait les réserves de fourrage et de céréales. Lorsqu'elle avait attiré l'attention de son frère sur toutes ces négligences, Elgiva s'était exposée à une rebuffade.

— Occupe-toi de tes chiffons ! Ne te mêle pas de Ravenswood, c'est une affaire d'homme. Un mari et des enfants, voilà ce qu'il faudrait pour t'occuper. Qu'est-ce que tu attends pour te marier ?

En cela, son frère avait raison, Elgiva en convenait. Si son père n'était pas mort si tôt, il lui aurait donné un mari. Les prétendants ne manquaient pas, et pour sa fille chérie il aurait choisi le meilleur. Elle était sa préférée, parce qu'elle savait le faire rire. Depuis trois ans qu'il n'était plus, comme l'existence semblait terne et l'avenir incertain !

En héritant du titre et des biens du baron, Osric avait fait la démonstration de son incapacité comme de sa légèreté d'esprit. Elgiva, depuis longtemps instruite de la gestion du château et du gouvernement du personnel domestique, faisait régner l'ordre dans la vie quotidienne. Mais son action se trouvait limitée aux affaires courantes.

— Je vais te trouver un mari, lui avait alors promis son frère. En ces temps troublés, une femme a besoin de la protection d'un époux.

Il ne s'agissait pas de paroles en l'air. Quelques semaines plus tard, Osric lui avait annoncé que lord Aylwin lui demandait sa main. Grand propriétaire, gestionnaire avisé et respecté, Aylwin demeurait dans le voisinage. Ami et compagnon d'armes de lord Egbert, il était veuf depuis quelque temps et voulait reprendre femme. Père de deux grands fils, la quarantaine vigoureuse, il n'avait rien perdu de son allant ni de sa prestance. Ses qualités et sa réputation faisaient de lui un prétendant tout à fait convenable. Mais Elgiva, qui se faisait du mariage une idée trop ambitieuse peut-être, l'avait éconduit, parce qu'elle se sentait incapable d'éprouver à son égard les sentiments qu'un époux devait, selon elle, inspirer à sa femme.

Elle savait bien sûr qu'il n'est question d'amour que dans les fables et les légendes, et que dans la noblesse, les conjoints peuvent se dire heureux dans le mariage s'ils parviennent à ne pas se mépriser ou s'exécrer mutuellement. Mais elle avait la faiblesse de rêver quelquefois, et d'espérer qu'il en serait différemment pour elle. Que d'autres se satisfassent de la vie ordinaire et des mariages de convention. Elle, elle attendait autre chose…

Son frère n'avait pas compris son refus.

— Tu as quelque chose à lui reprocher ?

— Non.

— Tu le connais depuis toujours. Tu sais qu'il a de la fortune, qu'on l'écoute, qu'il est aussi vaillant que ses fils !

— Oui.

— Alors pourquoi tu ne veux pas de lui ?

Comme Elgiva cherchait ses mots, Osric en profita pour pousser son avantage.

— N'oublie pas qu'il s'est déjà mis sur les rangs, dans le temps.

— Je me souviens que papa ne m'a pas forcée à l'épouser, quand je lui ai dit que je ne l'aimais pas.

— Tu n'as plus quinze ans. A ton âge, on ne rêve pas. Quand un bon parti se présente, on le saisit.

— Ses deux fils sont plus vieux que moi !

— C'est un rude gaillard, il en fera bien d'autres !

— Pas avec moi !

Elle avait regagné ses appartements, et l'affaire en était

restée là. Malgré tous ses défauts, Osric éprouvait de la tendresse pour elle. Il aurait pu la contraindre à conclure une alliance avantageuse pour sa famille, mais n'en avait rien fait. Et rien n'aurait changé dans la routine ordinaire de leurs jours si Osric ne s'était blessé mortellement lors d'une chasse à courre. Son cheval l'avait entraîné dans sa chute au sortir d'un obstacle.

Depuis un mois, Elgiva portait son deuil et vivait dans l'angoisse de la solitude. Elle se trouvait désormais seule à la tête d'un domaine considérable, et de surcroît responsable de l'avenir de ses deux neveux. Cynewise, leur mère, était morte en couches à l'âge de vingt ans. Il revenait maintenant à Elgiva, devenue leur seule famille, de veiller sur eux, et pour ce faire, elle se savait contrainte à renoncer à ses rêves et à rechercher la protection d'un époux.

En rappelant ses soucis à Osgifu, elle voulait surtout l'inviter à user de ses pouvoirs, ce que cette dernière ne faisait que rarement.

— Tu veux bien lire pour moi dans les runes, Gifu ?

Les runes ne mentaient jamais. Depuis les temps anciens, elles apparaissaient sur la cendre répandue d'un arbre consacré.

— Posez votre question, répondit Osgifu après avoir soupiré.

Le regard soudain lointain et les traits tendus, elle changea d'attitude.

— Est-il écrit que je vais épouser Aylwin ?

Elle attendit, les deux mains réunies, que se déroule le cérémonial. Une fois la cendre étalée sur un plateau de cuivre, Osgifu se perdit dans sa contemplation, en observant un profond silence. Elgiva cherchait à lire sur son visage. Quand elle vit une ride creuser son front et ses sourcils se relever, elle sut que le message était apparu.

— Alors ? Je vais me marier avec lui ?

— Vous allez vous marier, mais pas avec Aylwin.

— Avec qui, alors ?

— Je ne sais pas son nom.

— A quoi ressemble-t-il ?

— Je ne peux pas le dire. Son visage est caché par son heaume. Il porte une cotte de mailles très fine, et son gantelet serre une épée longue et effilée comme une dent de dragon.

— Alors c'est un guerrier. Il n'en manque pas, en Northumbrie ! Je vais bientôt le rencontrer ?

— Tu le verras bien assez tôt.

Les runes ne mentaient jamais. Elgiva s'enchanta de leur message, qui piquait sa curiosité et lui ouvrait des perspectives inattendues.

Osgifu pour sa part était sans doute fatiguée, car elle se réfugia dans le silence, au lieu de commenter l'événement comme elle aurait pu le faire.

Bien des jours s'étaient écoulés depuis la séance de divination au cours de laquelle Osgifu lui avait annoncé la venue d'un guerrier destiné à devenir son époux. Bien consciente de ne pouvoir indéfiniment attendre son arrivée dans l'espoir de le voir d'un coup résoudre tous ses problèmes, Elgiva comprit qu'il était temps de devenir raisonnable. Une femme seule est plus qu'une autre vulnérable. Et elle l'est doublement, lorsqu'elle possède de l'argent et des terres. On ne faisait pas mystère des violences exercées à l'encontre d'héritières esseulées mariées contre leur gré à des seigneurs sans scrupule, prêts à faire régner la loi du plus fort et à les spolier.

Pour éviter de subir leur sort, il lui semblait prudent de choisir un époux respectable qui ne manquerait pas de rendre à Ravenswood sa prospérité passée. Son frère avait raison, lorsqu'il lui rappelait que les mariages d'amour, qui font rêver les jeunes filles, relèvent de la fiction et de la fable. Un bon mariage est une affaire sérieuse, qu'il faut envisager comme telle. Avec le temps, espérait-elle cependant, peut-être finirait-elle par éprouver à l'égard d'Aylwin une certaine affection…

Elle serait une femme de devoir, une mère attentive aux enfants qu'elle aurait.

Mais par deux fois, elle avait éconduit ce prétendant qu'elle était à présent disposée à accepter. Comment lui faire comprendre qu'une troisième tentative serait couronnée de succès ?

Les choses s'arrangèrent bientôt d'elles-mêmes. Lord Aylwin vint un jour lui rendre visite, accompagné d'une petite escorte. Elle le reçut dans la grande salle, l'installa à la place d'honneur, près d'elle, fit apporter des rafraîchissements et voulut qu'on donne à boire à ses gardes. S'il avait pris la précaution de faire annoncer sa visite, elle aurait eu le temps de se mettre à son avantage. En robe ordinaire, sans bijoux, les cheveux tressés sans apprêt, elle ne faisait pas figure de coquette soucieuse d'encourager un prétendant.

Pourtant, malgré la simplicité de sa mise, lord Aylwin la contemplait en souriant aux anges. C'était un homme de taille moyenne, bien charpenté, qui grisonnait à peine, et si ses traits paraissaient de prime abord un peu rudes, son air de bonhomie et sa vivacité adoucissaient son allure générale. Quant à son regard, fixé en permanence sur son hôtesse, il exprimait la plus intense admiration.

Tout naturellement, c'est de la disparition récente d'Osric qu'il fut d'abord question. En homme bien élevé et respectueux des usages, Aylwin ne manqua pas de prononcer les paroles qui convenaient en cette circonstance. Mais il en vint assez vite à des considérations plus personnelles.

— Vous voici à présent seule, madame, à la tête d'un

domaine considérable, qui ne manquera pas de vous donner du souci. En ces temps troublés, une femme ne peut assumer seule pareille responsabilité. Elle ne peut espérer mener une existence digne de son rang sans l'appui d'un homme d'expérience.

Elgiva sentit un frisson lui parcourir l'échine. Son frère ne parlait pas autrement. Le cœur battant, elle savait où Aylwin voulait en venir, et cette fois-ci il ne lui déplaisait pas de l'entendre.

Il s'était tu un instant, le visage grave.

— Je sollicite l'honneur d'être cet homme, poursuivit-il avec une soudaine audace. Je ne suis plus dans la fleur de l'âge mais je jouis d'une bonne santé et je saurai prendre soin de vous. Mon dévouement vous est acquis.

Elgiva éprouva un tel contentement, une telle émotion que le feu lui monta aux joues, et que ses yeux couleur d'ambre se brouillèrent. Se méprenant sur ces manifestations, Aylwin crut nécessaire de revenir à la charge.

— Permettez-moi de vous prendre sous ma protection, Elgiva. Je ne vous demande pas d'avoir de l'affection pour moi, parce que cela ne se commande pas, mais avec le temps je parviendrai peut-être à ne pas vous déplaire. Dès à présent, soyez certaine que mon cœur vous appartient.

Il s'exprimait avec une conviction touchante. Elle le regarda dans les yeux, et trouva dans son regard la confirmation de sa sincérité.

— Il n'y a rien dans tout cela qui doive vous surprendre, ajouta-t-il.

— Je n'aurais jamais cru… C'est-à-dire…, balbutia-t-elle avant de se taire tout à fait.

— Vous n'avez aucune idée de votre charme, de votre beauté. Depuis longtemps déjà je rêve d'être votre époux. Vous le savez… Je suis veuf depuis cinq ans et ma solitude me pèse. Vous-même vous trouvez bien seule, après les deuils que vous venez de subir. Ne pourrions-nous pas associer nos solitudes, trouver ensemble le réconfort ?

Elle acquiesça d'abord d'un signe de tête, avant de reprendre, de vive voix :

— Il me semble que nous le pourrions en effet, milord.

Il demeura un instant immobile, frappé d'étonnement. Il ne s'attendait peut-être pas à remporter une aussi rapide victoire.

— Vous acceptez de devenir ma femme ?

— A certaines conditions.

— Lesquelles ?

— Je souhaite que les droits de mes neveux soient préservés et que vous n'agissiez qu'en gérant de Ravenswood jusqu'à ce qu'ils soient en âge de diriger eux-mêmes le domaine.

— Cela va de soi. Je m'engage à les élever comme mes propres enfants, et à leur garantir leur héritage.

— Il faut aussi que la cérémonie ait lieu dans un délai convenable, puisque je porte le deuil de mon frère.

— Ce délai, vous le fixerez vous-même.

— Alors ce sera à la Saint-Jean, au solstice d'été, déclara-t-elle très simplement.

Il lui prit la main et la porta à ses lèvres.

— Un tel honneur me comble, Elgiva. Je craignais un nouveau refus de votre part.

— Je ferai tout ce qui est en mon pouvoir pour être une bonne épouse.

Elle serait donc sa femme dans trois mois. Il aurait sans doute préféré un délai plus court, mais il eut le bon goût de ne pas insister. En compensation, il fit une suggestion qui tout en flattant son amour-propre ne manquait pas de pertinence.

— Voyez-vous un inconvénient à ce que nous annoncions dès à présent nos fiançailles, Elgiva ? L'heure n'est pas aux grandes festivités. Mais une réunion amicale avec nos voisins nous permettrait de couper court à toutes sortes de supputations, voire d'intentions malveillantes.

Il s'agissait là d'une attention très sage, dont Elgiva lui fut reconnaissante. Sans attendre les épousailles, mais en se présentant d'emblée comme le protecteur de Ravenswood, de ses neveux et d'elle-même, Aylwin adressait une subtile mise en garde à qui s'aviserait de l'importuner, ou d'œuvrer pour spolier les héritiers de son frère. Ce délai lui donnait par ailleurs le temps de se faire à l'idée d'un choix issu de la raison, qui lui garantissait pour longtemps la sécurité, mais qui marquait dans son existence un tournant décisif et la fin de certains rêves secrets qu'elle pouvait parfois nourrir.

— Pour cette réunion comme pour le reste, je m'en remets à vous, milord.

Il sourit de contentement et quitta son siège. Allait-il lui donner un baiser, comme cela se faisait d'ordinaire en pareille occasion ? Il n'esquissa aucune tentative en ce sens, ce qui la délivra d'une certaine appréhension. Quelques instants plus tard il prit congé.

Sans attendre qu'il ait quitté la cour du château avec son escorte, Elgiva se mit en quête d'Osgifu, et lui fit un compte rendu détaillé de l'entrevue.

Cette dernière l'écouta en silence, le visage impassible.

— A ton avis, est-ce que j'ai bien fait, Gifu ? lui demanda-t-elle en guise de conclusion.

— Vous avez fait le choix qui vous a semblé le meilleur pour vous-même et pour Ravenswood, répondit Osgifu sans s'engager davantage.

— Aylwin est un homme sérieux, et je lui fais confiance pour ramener la prospérité dans le domaine. Dans son état actuel, il me fait honte.

— Qu'Aylwin ait toutes les qualités, je n'en doute pas. Mais êtes-vous bien certaine de pouvoir devenir sa femme ?

— Il le faudra bien, Gifu. Je n'ai pas le choix…

— Vous n'avez pas le choix, c'est vrai, murmura Osgifu en la serrant contre son cœur. De la part d'Aylwin, vous n'avez rien à craindre. C'est un homme honnête et bon. Et vous pouvez compter sur son attachement sincère.

Elgiva n'en doutait pas. C'était déjà quelque chose. Mais Osgifu aurait pu manifester plus d'enthousiasme, ce qui l'aurait confortée dans sa décision. Peut-être était-elle un peu fâchée de devoir reconnaître que pour une fois les runes ne lui avaient pas dit leur secret.

La fête donnée à l'occasion des fiançailles, bien que sobre en raison du deuil récent de la fiancée, avait été bien préparée. Réunissant voisins et amis bien choisis, elle fut une réussite. L'écart d'âge entre le promis et la promise important peu, chacun se plut à reconnaître que le couple était parfaitement assorti. On s'accordait également à dire qu'avisé et prudent, Aylwin doublait pour longtemps le champ de ses activités, tout en obtenant les faveurs d'une ravissante jeune fille. Mais on reconnaissait qu'Elgira n'était pas perdante en s'unissant à l'homme intègre qu'il était.

En robe bleue brodée au col et aux poignets, des rubans assortis dans ses beaux cheveux dorés, la jeune fille faisait forte impression. On observa avec attendrissement que le futur mari couvait des yeux sa fiancée et qu'il n'avait de cesse de lui choisir à table les meilleurs morceaux et de remplir sa coupe avec l'empressement d'un jeune homme amoureux.

En vérité, Elgiva n'en souhaitait pas tant, mais n'en laissait rien paraître. Sans savoir pourquoi, elle avait le cœur gros. La courtoisie, cependant, lui commandait de faire bonne figure. Aussi souriait-elle à tous et à toutes, et donnait-elle le change en manifestant un entrain de bon aloi.

Les regards enflammés qu'Aylwin posait sur elle lui rappelaient éloquemment la réalité des choses : dans trois mois elle serait mariée et soumise au devoir conjugal, à sa disposition chaque fois qu'il aurait envie d'elle, et elle porterait ses enfants.

Pour se libérer l'esprit, rien de tel que le vin, dit-on. Afin d'écarter d'elle les préoccupations qui l'obsédaient, Elgiva se risqua à en boire encore un peu. Ce choix, elle l'avait fait, cette décision, elle l'avait prise librement, de sa propre initiative. Elle devait tout naturellement en assumer les conséquences. Puisque Aylwin allait devenir son mari, il lui fallait apprendre à le connaître, satisfaire ses goûts, lui éviter les déplaisirs. En matière d'organisation domestique et de gestion, elle ne craignait personne, puisque son frère s'était toujours reposé sur elle. Mais dans le domaine des relations conjugales, elle ignorait tout. Aylwin en avait l'expérience, il saurait l'instruire des choses de l'amour. Aussi bien, un bon mariage n'était-il pas nécessairement un mariage d'amour. Le respect mutuel y suffirait.

Dans son for intérieur, elle pria Dieu qu'il en soit vraiment ainsi.

Après le banquet, comme il se faisait tard, les dames quittèrent la grande salle pour laisser les hommes se distraire à leur façon. Les réserves de cervoise et d'hydromel étaient telles que personne ne resterait sur sa soif. Elgiva n'était pas mécontente de pouvoir s'esquiver. Avant de sortir, elle ne manqua pas de souhaiter la bonne nuit à son futur époux, dont le visage en feu et le regard fébrile attestaient un entrain prometteur. Il avait un peu trop bu, mais son élocution n'était pas encore confuse, ni son équilibre menacé.

— Bonne nuit, Elgiva, dormez bien, lui dit-il. Si seulement

nous en étions à notre nuit de noces ! Vous ne dormiriez pas seule !

— Patientez, milord, patientez, répondit-elle en se forçant à sourire.

Et puis elle s'en fut, laissant les hommes à leurs libations. Après le vacarme de la fête, ce serait le silence et la paix, dans sa grande chambre, tout près de l'appartement des femmes.

Elle s'était couchée tard, mais elle s'éveilla bien avant le lever du jour. Elle s'attarda un peu sous les peaux tannées qui la tenaient bien au chaud. Les oiseaux du matin ne pépiaient pas encore, et le coq ne claironnerait que dans un moment. On n'entendait dans la grande pièce circulaire que le ronflement discret d'Osgifu, qui n'ouvrait l'œil qu'aux premiers bruits qui agitaient le château.

Elgiva quitta son lit et enfila aussitôt sa robe, car l'air était frais. Une fois chaussée, elle jeta une cape sur ses épaules, et se prépara à sortir. Avant de s'y décider, elle regarda pensivement sa confidente. Il y avait de l'amour, bien sûr, dans ce regard, mais aussi de la déception.

« Les runes ne mentent pas », Osgifu avait-elle l'habitude de dire avec une telle conviction qu'elle s'était laissé convaincre par ses prédictions, s'autorisant à espérer un futur différent de celui qui se profilait maintenant. Mais les runes avaient menti, à moins qu'Osgifu ne se soit trompée en les interprétant. Mécontente de s'être laissée aller à concevoir une telle pensée, Elgiva la regretta aussitôt. L'erreur est humaine, à quoi bon s'en offusquer ? Elle n'était plus de ces petites filles qui prennent tout ce qu'on leur dit pour argent comptant. Une fois adulte, une fille raisonnable prend les choses pour ce qu'elles sont et fait au mieux avec la réalité qui s'impose à elle. Or la réalité, dans son cas, c'était la mort de son père, celle de son frère, sa jeunesse et sa solitude pour défendre les intérêts de ses deux tout jeunes neveux et s'occuper d'un grand domaine.

Pour sortir de l'enceinte fortifiée, elle choisit de passer par la grande salle. Ce n'était pas le chemin le plus court, mais elle trouverait sans doute dans les cuisines attenantes de quoi apaiser sa faim sans avoir recours aux services d'une domestique. Des hommes y dormaient sur le sol, parmi les reliefs du festin, ou vautrés sur les bancs et les tables que personne n'avait songé à ranger. La plupart ronflaient bruyamment. Encore sous l'emprise de la bière et de l'hydromel, ils ne risquaient pas de se réveiller à son passage. La plupart allaient passer une journée difficile, la tête lourde et la bouche pâteuse.

Tout en mâchant le quignon de pain qu'elle venait de trouver dans une huche, Elgiva traversa de nouveau la pièce dans toute sa longueur. Pour combattre les forts effluves de bière et de sueur masculine mêlés, elle ne put que pincer le nez et retenir autant que possible sa respiration. Les deux chiens-loups qui gardaient l'entrée se levèrent à son approche, pour lui faire fête. Elle leur caressa la tête et se hâta de franchir la porte, pour échapper à l'atmosphère malodorante de la salle, aussi bien qu'au malaise qui, dans son esprit, s'associait à la célébration de ses fiançailles.

Elle n'eut que la cour à traverser pour se rendre à l'écurie, où l'air sentait bon le foin. En reconnaissant ses pas, Mara, sa jument préférée, hennit doucement. Elgiva entra dans sa stalle, lui caressa l'encolure et l'équipa.

Quelques minutes plus tard, elle la conduisit à l'extérieur, s'aidant de la pierre de monte pour se mettre en selle, puis se présenta devant la porte fortifiée dont les gardes, les seuls éveillés sans doute à cette heure matinale, s'empressèrent d'ouvrir les deux vantaux pour lui livrer passage.

Mara passa entre les maisons rustiques qui entouraient

l'église de bois, et se trempa les paturons en traversant la petite rivière, près de la forge. Le village s'éveillait à peine. Exclus des excès auxquels se livraient volontiers les guerriers et leurs maîtres, serfs et paysans allaient bientôt quitter les granges et les chaumières pour vaquer à leurs occupations ordinaires.

Heureuse de s'être échappée du château, Elgiva apprécia la fraîcheur de l'air, sans pour autant se défaire de ses sombres pensées. Elle gardait de la fête de la veille une impression d'amertume, et ne pouvait s'empêcher d'en appréhender la conclusion : il lui faudrait tout à l'heure faire bonne figure aux invités qui, en prenant congé, ne manqueraient pas d'évoquer les festivités du mariage.

L'événement ne manquait pas d'importance, puisque deux grandes familles, en s'unissant durablement, s'élevaient dans la hiérarchie des lignées saxonnes. Cette union, elle l'avait elle-même voulue, provoquée même. Peu de femmes ont le privilège de choisir leur mari. De l'avis général et du sien, la chance avait voulu qu'elle jette son dévolu sur le prétendant le plus digne d'estime, sur l'homme intègre et compétent dont Ravenswood avait besoin.

Alors, puisque les choses se présentaient sous le meilleur jour possible, pourquoi avait-elle le cœur si lourd ?

Elle fut tirée de sa méditation par l'agitation soudaine de sa jument, qui se mit à renâcler et encenser de la tête, les oreilles dressées. Elle serra les rênes et scruta les alentours. Dans le bois où elle venait d'entrer, tout était sombre encore, et parfaitement silencieux. Les oiseaux se taisaient, nul souffle de vent n'agitait les feuillages, des traînées de brouillard voilaient les troncs, non loin d'elle.

Il fallut que Mara s'immobilise pour qu'un froissement se fasse entendre et guide son regard vers la silhouette d'un cavalier qui s'approchait, penché en avant sur sa selle, au pas d'un cheval qui semblait se déplacer de sa propre initiative.

Par prudence, elle aurait dû faire demi-tour et rentrer au château pour avertir la garde, mais l'attitude de l'homme n'avait rien d'offensif, au contraire. Il semblait en déséquilibre sur sa monture, à la merci du moindre écart. Avait-il bu pour se trouver dans un tel état de mollesse ? Non, il n'était pas ivre. En regardant mieux, elle sut qu'il venait de loin. L'épuisement, alors ?

Son cheval avait l'écume à la bouche, son poitrail et ses flancs ruisselaient de sueur, ses sabots et ses jambes, jusqu'à son ventre, étaient souillés de boue. Elle laissa approcher cavalier et monture en retenant Mara, qui s'effarouchait. L'homme, qui ne paraissait pas tout jeune, était lui aussi couvert de boue, comme elle le découvrit bientôt. Quand il fut parvenu tout près, elle vit son visage gris contracté de douleur, et son pourpoint souillé de sang séché. Il fallut qu'il ouvre grand les yeux, comme s'il s'étonnait de se trouver en présence d'une apparition, pour qu'elle le reconnaisse.

— Gunter !

C'était l'intendant de son oncle. Contre l'usage, il voyageait seul, et venait effectivement de loin, puisque Goathland se trouvait à trois jours de cheval. Gunter n'en avait visiblement pas changé en chemin, car ils semblaient aussi épuisés l'un que l'autre.

— Madame… Des nouvelles pour Ravenswood…, annonça-t-il avec effort.

— Vous y êtes presque, Gunter. Ne vous fatiguez pas à parler. Suivez-moi…

Elgiva revint au château en retenant Mara, qui aurait aimé se mettre au trot. Avant même qu'ils aient franchi la barrière d'enceinte, on accourut à leur rencontre pour leur faire escorte. Dans la cour, des palefreniers emmenèrent les chevaux après que deux gardes eurent descendu le malheureux intendant pour le porter au plus près, dans la grande salle, où leur entrée fit sensation.

Aylwin quitta ses compagnons et vint se renseigner.

— C'est Gunter, l'intendant de mon oncle, lui apprit Elgiva. Il est blessé, et il apporte des nouvelles.

— Il faut d'abord lui donner les premiers soins. Il saigne peut-être encore et ne cesse de s'affaiblir. Allongez-le sur une table, vite !

Pendant qu'il faisait remettre de l'ordre dans la salle, Elgiva envoya une servante avertir Osgifu, qui apparut aussitôt, avec sa boîte à remèdes. Gunter but avec avidité le gobelet d'eau qu'il fallut porter à ses lèvres, puis on dénuda son torse en coupant son pourpoint et sa chemise épaisse à l'aide d'un poignard effilé.

La plaie en séton qu'il portait au côté droit avait beaucoup saigné, mais les organes internes étaient indemnes. Quand on entreprit de nettoyer la blessure avec de l'huile et du vin, il se mit à respirer plus fort et blêmit, sans jamais se plaindre. Il serrait les dents, mais son regard se faisait moins vague. Une fois la compresse imbibée d'une décoction d'écorce de saule assujettie par un large pansement qui lui serrait les côtes, il but encore un peu d'eau et se trouva à même de délivrer le message dont il était porteur.

— Il faut que je vous dise, madame… Le temps presse…

— Eh bien parlez, Gunter. S'agit-il de mon oncle ?

— Oui, madame, et les nouvelles ne sont pas bonnes.

— Il est malade ?

— Il est mort, madame, et toute sa famille avec lui. Sa maison fortifiée est en ruines. Les Vikings ont débarqué en force. Ils remontent vers le nord.

— Le bruit en courait depuis quelque temps, murmura Aylwin. Voilà qu'il se confirme…

— C’est pour cela que j’ai voulu vous avertir, dit Gunter en se redressant sur un coude. Nous autres, on a été surpris, mais même sans cela, ils nous auraient écrasés. Ils m’ont laissé pour mort. Quand j’ai rouvert l’œil, le soir, les chevaux erraient alentour, ne sachant plus où aller, il n’y avait plus d’écurie. Alors j’en ai pris un, et je suis venu aussi vite que j’ai pu.

— Heureusement ! s’exclama Elgiva. Nous allons nous défendre.

— Cela va de soi, confirma Aylwin.

— Avant de recevoir ce coup, je les ai entendus, dit encore Gunter. Certains parlaient saxon, comme nous. Leurs chefs sont les fils de Ragnar Lodbrok, cet homme que le roi Ella a fait jeter dans une fosse pleine de vipères, il y a presque deux ans. Ils se sont d’abord occupés d’attaquer sa garde, de la détruire, puis de le faire prisonnier. Ils lui ont ouvert la poitrine en écartant ses côtes, pour y mettre une quantité de sel, et ils l’ont regardé mourir, en chantant tous ensemble.

Elgiva en eut la nausée. Les Vikings étaient réputés pour leur cruauté, mais la barbarie de ce meurtre et de sa mise en scène soulevait le cœur. Près d’elle, Osgifu était très pâle, et les femmes présentes n’avaient pas été les seules à s’exclamer d’horreur.

— Vous pourrez peut-être éviter le pire, mais il faut faire vite, reprit Gunter. Ils peuvent arriver ici d’un jour à l’autre.

— Puisqu’ils ont tué Ella, ils n’ont plus rien à faire en Northumbrie, fit observer Osgifu. Ils se sont vengés, ils n’ont plus qu’à rentrer chez eux avec leur butin.

— Ils n’en sont plus là, la détrompa l’intendant. Halfdan l’a bien fait savoir. Cette fois, ils s’installent. Les Saxons qu’ils n’ont pas tués deviennent leurs esclaves, ils occupent les domaines pour y rester.

— Mais ce ne sont que des pirates ! protesta Elgiva. Des hommes de la mer ! Ils ne savent pas travailler la terre !

— Ils comptent faire travailler nos paysans et nos serfs, s'ils parviennent à se maintenir chez nous.

— Nous rejetterons à la mer tous ceux que nous n'aurons pas tués ! proclama Aylwin en parlant assez fort pour que les témoins les plus éloignés l'entendent. Mon épée les attend !

En le voyant aussi résolu, Elgiva eut honte des pensées mitigées qui l'avaient habitées à son propos. Ses fiançailles trouvaient leur pleine justification beaucoup plus tôt qu'elle ne l'avait pensé.

Elle leva un regard timide vers lui, qui lui sourit.

— Je vous en donne ma parole. Moi vivant, les vôtres et vous n'aurez rien à craindre de quiconque, madame.

Avait-il lu dans ses pensées ?

— Je vous remercie, milord, mais en recevant votre protection, ma famille contracte envers vous une éternelle dette de reconnaissance.

— Votre famille sera bientôt la mienne, répondit-il galamment. En mettant mon épée à votre service, c'est aussi moi que je sers.

Elgiva lui rendit son sourire. Jamais encore il ne lui avait paru d'aussi bonne compagnie. Elle aurait aimé le lui faire sentir, mais il s'éloignait déjà, donnant des ordres. Les gardes seraient doublées, les guetteurs mis en alerte, et l'un de ses lieutenants partirait sur l'heure donner l'alerte à son propre château, à trois lieues vers le Nord.

Gunter, son message enfin délivré, s'était endormi.

— Il vaut mieux ne pas le déplacer, dit Osgifu. Je veillerai sur lui. Il a perdu beaucoup de sang, mais j'ai confiance, il survivra.

Elgiva quitta la salle et gravit les degrés qui menaient à la partie la plus élevée du rempart, qu'entourait une haute palissade de protection. Entre l'activité fiévreuse qui régnait à l'intérieur de l'enceinte et le calme de la campagne environnante, le contraste était saisissant. Les hommes d'escorte qui accompagnaient Aylwin avaient pris la direction des préparatifs de défense. Une intense animation régnait autour des écuries et des granges, tout comme aux abords des murs.

Dans les champs quelques paysans étaient au travail, de jeunes serfs menaient une douzaine de porcs au pacage sous les chênes du bois tout proche. Tout semblait paisible, comme en un matin ordinaire, et cependant, c'était précisément de ces calmes étendues et de ce bois que sortiraient les envahisseurs. A moins qu'ils n'empruntent la voie romaine, encore en usage depuis trois siècles.

Leur réputation n'était pas surfaite. Ils massacraient les hommes, et emportaient jusque dans leur pays lointain les jeunes filles et les femmes, dont ils faisaient leurs esclaves. Elgiva frissonna. Sous ses beaux atours, dans son coffre, se trouvait l'épée que son père lui avait offerte lorsqu'elle était entrée dans l'adolescence, afin qu'elle ne soit pas jalouse de son frère et s'entraîne avec lui.

Cette arme, elle allait la sortir de sa cachette et combattre elle aussi, s'il le fallait, pour sauver ce qui lui appartenait, sa liberté en premier lieu.

Chapitre 2

Deux jours plus tard, les sentinelles postées par Aylwin aux limites du domaine revinrent au galop annoncer l'approche des Vikings. Elgiva et Osgifu, qui cousaient en compagnie de quelques servantes dans l'appartement des femmes, en furent informées par le tintement du tocsin et la rumeur guerrière qui monta d'un coup du rempart. On appelait les habitants du village et des fermes alentour afin qu'ils viennent chercher refuge au château, à moins qu'ils ne préfèrent aller se cacher dans la forêt, dont les détours et les fourrés leur étaient familiers.

Il n'était plus question de travaux d'aiguilles.

— Ce n'est pas possible ! s'exclama Osgifu en posant son ouvrage pour mieux se précipiter vers la porte.

Elgiva l'avait précédée, son ouvrage de dentelle à la main.

— Que se passe-t-il ? demanda-t-elle à un garde qui dévalait l'escalier à vis, porteur d'un carquois bien rempli.

— Je viens de les voir du poste de guet, madame. Ils sont des centaines, bien armés et bien montés ! Faites excuse, ma place est à la palissade, maintenant.

Il reprit sa descente. Elgiva et Osgifu le suivirent jusqu'à la grande salle, où Aylwin criait des ordres.

En les apercevant, il les engagea à remonter.

— Retournez dans vos appartements, Elgiva, et enfermez-vous avec Osgifu, vos neveux et vos servantes. Mettez la barre à la porte…

Avant qu'Elgiva ait pu acquiescer, l'un des lieutenants d'Aylwin s'interposa.

— Cette femme, dit-il en désignant Osgifu d'un regard soupçonneux, elle a du sang danois ! Et elle parle la langue des Vikings ! On ne peut pas lui faire confiance.

— Elle m'a vue naître, protesta Elgiva. Ma famille l'honore et la respecte depuis toujours. Je n'ai pas de sang danois, mais moi aussi je parle cette langue, elle me l'a apprise.

— Alors je vous demande pardon, madame, fit l'homme en rougissant.

D'un coup d'œil sévère, Aylwin l'invita à sortir, ce qu'il fit sans demander son reste.

— Excusez-le… Les hommes deviennent nerveux, avant la bataille.

— On le serait à moins. Je m'occupe des femmes, milord.

Comme d'autres appels sollicitaient Aylwin, elle se hâta de le laisser avec ses hommes, sans prendre le temps de lui dire que tout reposait dorénavant sur lui, et qu'elle lui faisait confiance.

— Va chercher Hilda et les enfants, dit-elle à Osgifu, et amène-les chez nous, avec les servantes. Je vous attends là-haut. Faites vite.

C'est pour n'affoler personne qu'elle tenait à sortir son épée de sa cachette le plus discrètement possible. En cas de malheur, ce serait sans doute une arme bien dérisoire, mais sa seule présence à portée de main aurait au moins quelque chose de rassurant.

Tandis qu'elle la soupesait, avant de la glisser sous les couvertures de son lit, elle se sentit moins vulnérable. Quand Osgifu fixa la barre transversale qui condamnait la porte, une fois les enfants et les femmes auprès d'elle, elle eut même l'impression de se trouver dans un sanctuaire inaccessible, le plus élevé de la grosse tour.

L'une des meurtrières percées dans l'épaisse muraille offrait un parfait poste d'observation sur la campagne encore déserte. Dans la cour, sur les remparts, derrière la palissade et autour de la porte fortifiée, chacun des défenseurs se trouvait à sa place et se tenait prêt, conformément aux ordres donnés par Aylwin.

Leur attente fut brève. De la lisière du bois, par différents chemins, surgirent tout à coup les avant-gardes de la horde qui bientôt occupa tout l'espace ouvert devant elle.

Plus terrifiants encore que s'ils avaient hurlé, les Vikings — de véritables géants — progressaient sans se presser, avec une régularité et un silence oppressants. Derrière les archers qui précédaient l'ensemble s'avançaient des porteurs de haches et de piques protégés par des gilets de cuir. Les échelles portées transversalement par chaque rang ne laissaient aucun doute sur leurs méthodes d'assaut.

Du rempart et de la palissade les défenseurs ne pouvaient sans doute pas apercevoir ce qu'Elgiva voyait du haut de la tour : derrière la masse compacte des guerriers, un attelage de bœufs traînait un tronc d'arbre placé entre deux roues.

Fermant le cortège, un rang de cavaliers en cottes de mailles précédait quatre personnages en armure. Leurs montures caparaçonnées et les hauts panaches qui couronnaient leurs heaumes les désignaient comme des chefs. Ils traversèrent les rangs qui s'ouvraient silencieusement devant eux. Quand ils atteignirent le premier, ils brandirent leurs épées. Alors un hurlement sauvage fit vibrer l'air, les archers se précipitèrent en avant et la horde déferla comme une vague.

Une pluie de flèches paralysa un instant les gardiens de la palissade, qui ripostèrent à leur tour mais se trouvèrent aussitôt débordés par le nombre. Des remparts, on bombardait les assaillants de pierres, alors que les porteurs d'échelles se mettaient déjà en place. Elgiva vit mourir le premier assaillant qui parut en haut du rempart, mais d'autres le suivirent aussitôt et le combat fit rage.

Les Vikings étaient pour la plupart de grande taille et ce que leur casque laissait voir de leur visage faisait peur. Comme des fauves, ils semblaient se complaire à répandre le sang, jusqu'à l'ivresse. A coups de hache, ils avançaient parmi les défenseurs comme des bûcherons massifs dans un sous-bois d'arbustes.

— Odin ! Odin ! criaient-ils, comme si leur puissance se trouvait à chaque instant fortifiée par leur dieu, comme s'ils avaient la certitude de célébrer son culte en détruisant la vie.

Les Saxons battirent lentement en retraite jusqu'à la porte fortifiée autour de laquelle ils s'efforcèrent de tenir bon. Couvert par des volées de flèches, le tronc tiré par des bœufs se trouvait à présent manœuvré par une trentaine d'hommes qui se pressaient contre lui, de chaque côté.

Paralysée par une sorte de fascination incrédule, Elgiva retenait son souffle, voyant ce bélier aller et venir, frapper la porte, reculer, reprendre son élan et frapper avec plus de violence chaque fois.

Un moment, elle espéra que la porte ne céderait pas. Plusieurs de ceux qui maniaient le bélier venaient de tomber sous les flèches. Le rythme infernal était perdu, mais de nouveaux guerriers prirent la relève, et c'est avec un fracas d'enfer que les poutres se brisèrent. Une clameur salua l'ouverture de la porte, par laquelle la horde s'engouffra en un instant.

Tout sembla alors perdu. La défense faiblissait, morts et blessés gisaient partout. Les compagnons d'Aylwin s'étaient regroupés autour de lui et résistaient farouchement. Des assaillants tombaient sous leurs coups, mais les pertes qu'ils subissaient eux aussi faisaient de leur lutte un combat désespéré. Ils semblaient infatigables, pourtant l'un après l'autre ils succombaient.

L'épée d'Aylwin était trempée du sang de ses victimes. De loin, Elgiva croyait l'entendre rugir, comme un lion. Un colosse se rua soudain sur lui, brandissant une lourde hache. En parant le coup, Aylwin brisa son épée. Il n'eut que le temps d'en jeter le tronçon au visage de son vainqueur, avant que ce dernier ne l'abatte. Elgiva le vit tomber à la renverse, sa cotte de mailles déchirée, rouge de son sang.

Elle porta la main à ses lèvres et les mordit, pour s'empêcher de crier. Elle ferma les yeux, serrant ses paupières de toutes ses forces. Elle se retrouvait seule, une fois encore, seule responsable de ses gens, et pour bien peu de temps encore. Mais aussi bref ce temps serait-il, elle ne devait pas leur donner l'image de la faiblesse. Pourtant, quand elle quitta son poste d'observation et fit face à l'assemblée des femmes, un murmure consterné s'éleva. La pâleur de son visage l'avait trahie.

La jeune servante nommée Hilda, âgée de seize ans et sans doute la plus sensible de toutes, éclata en sanglots. Ses doigts minces se crispèrent sur les langes de Pybba, dont elle avait la charge. Osgifu se tenait près d'elle, stoïque et silencieuse, retenant d'une main Ulric, qui s'agrippait à sa jupe. A trois ans, il ressentait déjà toute la tension tragique et le désespoir qui régnaient dans la pièce, car il se mit à pleurer, comme les femmes le faisaient déjà autour de lui.

Elles entendirent bientôt des hurlements de rage et de douleur qui montaient de la grande salle, où Aylwin avait posté une dizaine de gardes chargés de défendre l'accès aux étages de la tour. Osgifu et Elgiva échangèrent un regard paniqué. Parlant le danois toutes deux, elles comprenaient sans mal les ordres donnés, les exclamations des pillards qui s'encourageaient à investir la tour, en quête de butin.

Très vite, ce furent des pas lourds sur les marches de l'escalier dont l'étroitesse contrariait la progression des hommes en armes, puis le choc d'une masse contre la porte fermée d'une grosse barre de bois.

— Défoncez-la !

Les coups de hache faisaient un vacarme violent et sourd. Plus personne, dans la salle ronde, ne pleurait, excepté les deux enfants. Bouche ouverte, pétrifiée dans l'attente de l'horreur qui n'allait pas manquer de suivre, chacune retenait son souffle.

Lorsqu'un pan vertical de la porte se brisa, on vit passer par l'ouverture une main gantée de fer. Le groupe entier se réfugia alors contre le mur, à l'autre extrémité de la pièce, comme si cela pouvait arrêter la violation de leur sanctuaire. Elgiva prit sous les peaux qui couvraient son lit la poignée de son épée, et la dégaina pour la serrer contre son cœur.

La main de fer qui tâtonnait trouva la barre intérieure, la souleva et la fit tomber. Trois hommes jaillirent dans la pièce, suivis d'une demi-douzaine d'autres. Dans un premier temps, muets de surprise et de joie, ils retinrent leur élan, puis le premier, le plus jeune, aperçut Hilda et se jeta sur elle. Osgifu, griffes en avant, tenta de s'interposer. Une bourrade la repoussa, et sa tête heurta violemment le mur. Elle s'écroula. Hilda poussait des cris, se débattait, tentant d'échapper aux mains qui s'étaient saisies d'elle et les enfants hurlaient avec elle.

— Laisse-la tranquille ! cria Elgiva en danois.

Ce fut de peu d'effet sur le jeune guerrier, pour ne pas dire d'aucun, tandis que cette sortie attirait sur elle l'attention de l'un de ses compagnons, un grand gaillard aux yeux verts et aux cheveux blonds.

— Bravo, ma belle ! Tu sais parler comme il faut ! En voilà, une surprise !

Son sourire aurait pu être avenant si ses lèvres n'avaient été pincées en une expression cruelle. Au point où en étaient les choses, Elgiva ne se souciait plus d'aucune précaution.

— On fait la guerre aux femmes et aux enfants, maintenant ? On ne sait plus se battre ? Tu la vois, cette lame ? Alors défends-toi !

La menace fit sensation chez les hommes, qui ne voyaient plus qu'elle. Jusqu'au jeune homme qui avait lâché Hilda pour s'intéresser à la scène. D'abord surpris, tous s'amusaient à présent de voir l'insolente brandir son épée.

— Méfie-toi, Sweyn, elle est capable de te raser les poils du nez, la dragonne !

Le dénommé Sweyn sourit complaisamment, sans quitter des yeux celle qui le provoquait.

— A voir cette garce, on pourrait croire qu'Odin est passé avant nous par la Northumbrie, murmura-t-il pensivement. Ce n'est pas tout à fait une Walkyrie, mais elle parle notre langue. C'est une chance. Quand je lui dirai ce qu'elle doit faire, au lit, elle me comprendra.

Des rires salaces saluèrent cette plaisanterie. Comme il se tournait vers ses camarades pour s'associer à leur bonne humeur, un éclat métallique l'alerta. Il se déroba, par réflexe, et la pointe qui aurait dû lui percer la poitrine, au bord de son plastron de cuir, ne fit que lui entamer le bras. Il posa instinctivement sa main sur la blessure et regarda le sang couler entre ses doigts, un instant interloqué, sous les quolibets et les hurlements de rire de ses camarades.

Comme Elgiva revenait à la charge avec une fougue désespérée, il fut contraint de se défendre. Parant ses coups, avançant de toute sa masse dans ce combat inégal, il la fit aisément reculer pas à pas, jusqu'à ce qu'elle heurte la muraille. Du plat de son arme il lui frappa l'avant-bras. La main d'Elgiva s'ouvrit et l'épée tomba.

Celle du Viking lui effleura la gorge.

— Je te tiens, poison. Demande-moi grâce !

Elle lui cracha au visage. Elle renonçait à vivre, mais il ne serait pas dit qu'il aurait vu la peur dans ses yeux, ou entendu une quelconque supplique. L'arme souillée de sang piquait déjà sa chair ; elle plongea son regard farouche dans celui du Viking. Il se raidit. Elle sentit une goutte de son propre sang couler sur sa peau. Le cœur battant, elle attendit la mort.

Elle ne vint pas.

Sweyn abaissa son arme, et dans ses yeux verts passa un éclair que l'on aurait pu croire d'admiration.

— Non, dit-il. Je ne vais pas te tuer. Ce serait du gâchis.

— Bien vu, Sweyn ! lança quelqu'un. Mets-la plutôt dans ton lit, c'est un beau morceau !

De nouveaux rires s'élevèrent. Le feu aux joues, Elgiva voyait Sweyn rire avec les autres, la déshabillant déjà du regard.

— Plutôt mourir ! cria-t-elle.

— Oh non ! Tu ne vas pas mourir…, gronda-t-il. Pas encore.

Il remit son épée au fourreau, se colla contre elle et la prit par la taille, lui paralysant les bras, les lèvres avides d'un baiser, pour le plus grand plaisir des autres hommes, qui lui prodiguaient en riant leurs encouragements.

Ivre de haine et de dégoût, Elgiva se débattit furieusement, se tordant sur elle-même, jetant la tête de droite et de gauche pour échapper au contact qui la menaçait. Incapable de se défendre avec ses mains, maîtrisée par cette brute aguerrie, elle cessa soudain de remuer, ouvrit la bouche et mordit la lèvre qui se tendait vers elle de toute la force de ses dents.

Sweyn la rejeta en poussant un cri, titubant de douleur. Ecœurée par le goût du sang dans sa bouche, Elgiva cracha encore. Ravis du spectacle qui leur était offert, les Vikings menaient grand tapage, frappant l'épaule de leur camarade comme pour le consoler, excités peut-être par ce combat dérisoire, après avoir vécu l'ivresse de la bataille. Egarée, la tête vide, Elgiva s'avisa soudain qu'Ulric pleurait toujours à chaudes larmes assis par terre près d'Osgifu, qui n'avait pas repris connaissance. D'instinct, elle courut prendre l'enfant et le serra contre elle.

En relevant les yeux, elle croisa le regard de Sweyn, qui palpait sa lèvre déjà gonflée, et qui saignait encore. Le jeu ne l'amusait plus, sans aucun doute et, ivre de rage, il allait la massacrer. Elle reposa aussitôt l'enfant, l'éloignant d'elle pour le protéger de l'assaut furieux qui n'allait pas tarder.

Mais au lieu de fondre sur elle, Sweyn alla frapper le large panneau de bois qui obturait dans la muraille l'ancienne ouverture de défense, inutilisée depuis l'élévation du rempart. La colère décuplant ses forces, il lui suffit de frapper deux fois pour précipiter dans le vide l'ensemble du bâti. La lumière inonda alors la pièce.

Avec la vivacité d'un fauve, il bondit sur Ulric et l'éleva en l'air comme un fétu, d'une main. Les Vikings s'étaient tus et les femmes gémirent, épouvantées.

— Non ! cria Elgiva.

La lèvre supérieure retroussée, l'autre pendante, Sweyn souriait, d'un sourire diabolique.

— Aux ordres ! gronda soudain une voix puissante. Assez joué, Sweyn. Rends cet enfant aux femmes !

Blême, le cœur battant, Elgiva se tourna vers le personnage qui se dressait entre les montants de la porte. Il était encore équipé d'une partie de son armure mais n'avait pas d'arme. De son heaume, il ne portait plus que les plaques latérales et la partie basse. Ses cheveux sombres étaient en désordre, et sous son regard bleu profond Sweyn s'était pétrifié, comme tous ses compagnons d'ailleurs, qui ne songeaient plus maintenant à plaisanter. Pendant quelques instants de tension insupportable, Elgiva craignit que Sweyn se rebelle et ne précipite Ulric dans le vide. Elle ne se remit à respirer que lorsque le bras de la brute se baissa lentement et qu'Ulric reprit contact avec le sol. Dans son affolement, il courut s'agripper à la jupe d'Elgiva, qui s'accroupit pour le serrer contre elle.

Les deux hommes s'affrontaient du regard. Sweyn avait obéi au nouveau venu, mais ses yeux disaient qu'il n'approuvait pas.

— J'avais cru comprendre que nous venions venger la mort de Ragnar par le fer et le feu, maugréa-t-il.

— Ragnar est vengé, et nous combattons entre guerriers. Il n'a jamais été question de faire la guerre aux enfants !

— Voilà bien des histoires pour un bâtard de Saxon qui pleurniche !

Il jeta un regard oblique à ses frères d'armes, comme pour les inviter à prendre son parti.

— Les esclaves ont leur prix, et il nous en faut beaucoup. Laissons aux plus jeunes le temps de grandir, dit encore celui qui ne pouvait être que leur chef. Assez tué pour aujourd'hui.

— Comme tu voudras, Wulfrum, murmura Sweyn. J'ai juste un compte à régler avec cette garce…

Elgiva bondit sur ses pieds, plaçant du même mouvement Ulric dans les bras d'une servante et pour échapper à Sweyn voulut se sauver par la porte.

Elle n'y parvint pas. En se précipitant, elle percuta l'homme qui s'y tenait toujours, trébucha, se blessa les mains à sa cotte de mailles.

L'homme se contenta de lui saisir d'une seule main les avant-bras. Elle ne pouvait plus faire un seul geste.

— Pas si vite !

Le nez contre le métal des mailles, Elgiva dut lever les yeux pour lui jeter un regard de colère. Il avait la mâchoire volontaire, et ses lèvres, vues d'en bas sous la mentonnière, semblaient fermes et bien dessinées. Elle tenta de se dégager d'une torsion, en pure perte. Elle ne parvint qu'à le faire sourire.

Sweyn avait fait halte, à trois pas de lui.

— Laisse-moi m'occuper d'elle, Wulfrum. J'ai une leçon à lui donner.

— En fait de leçon, fit observer l'un des hommes d'une voix forte, il me semble que c'est plutôt toi qui viens d'en prendre une bonne. Elle ne t'a pas manqué, et elle parle notre langue.

Elgiva chercha des yeux le plaisantin qui faisait son éloge, et crut défaillir en découvrant un géant qui dépassait d'une tête tous les hommes présents, si fortement charpenté qu'il en paraissait inhumain. Sur sa casaque de cuir durci, des flots de sang avaient séché. Il n'était plus tout jeune, mais il avait le regard vif et assuré. Il tenait de la main gauche une hache à la lame si large et si lourde qu'elle avait été nécessairement forgée à son seul usage.

— Bradefer a raison ! lança un autre homme. Tu t'es laissé mordre et piquer, Sweyn, elle t'a fait saigner, la drôlesse, tu ne la mérites pas !

— Je vais la tuer, gronda Sweyn en se tâtant la lèvre.

— Tu ne vas pas la tuer, reprit calmement Wulfrum. Mettez-vous tous dans la tête que les prisonniers nous sont précieux, nous en avons besoin. Tu n'as pas su retenir cette fille, Sweyn, mais moi je la tiens. Je la garde donc pour moi.

— Elle est à lui ! clama Bradefer d'une voix de stentor.

Dérouté, Sweyn jetait des regards tout autour de lui, en

quête d'un appui. Mais tous ses camarades firent chorus avec le géant.

Mille sentiments contradictoires tourbillonnaient dans l'esprit d'Elgiva. Elle échappait aux tortures que le nommé Sweyn aurait voulu lui infliger, mais pour quel autre outrage ?

Sweyn mit à profit la sorte d'accalmie qui s'ensuivit pour ne pas paraître ridicule, et sauver la face.

— Eh bien, garde-la, cette furie. Bon courage !

— Le seigneur Halfdan, murmurèrent soudain des voix.

Sans lâcher sa proie, Wulfrum se déplaça pour laisser entrer l'homme dont Gunter avait dit qu'il était leur chef.

De taille moyenne, mais fortement bâti, le fils aîné de Ragnar Lodbrok fit son entrée et parcourut la pièce d'un regard satisfait.

— Des femmes et des esclaves, il n'en manque pas en Angleterre, dit-il d'un air bonhomme. Il y en aura pour tout le monde.

D'un regard circulaire, il s'assura de l'approbation générale, puis jeta un coup d'œil appréciateur à Elgiva.

— Bonne prise, Wulfrum. Tu vas pouvoir en tirer un bon prix sur le marché aux esclaves. A moins que tu n'aies l'intention de la garder pour toi…

— Autant celle-ci qu'une autre, répondit Wulfrum.

— Elle m'a l'air nerveuse. Méfie-toi.

— Elle ne me mordra pas, sois tranquille.

Elgiva était au supplice. Les rires que cette réplique soulevait dans l'assistance mettaient le comble à sa honte.

— Il me semble même qu'elle est en assez bonne condition pour te faire quelques solides enfants, poursuivit Halfdan.

— Plutôt mourir !

Aussitôt lancé ce cri du cœur, Elgiva craignit une sanction immédiate, qui ne vint pas. Les deux hommes la dévisagèrent un instant d'un air étonné, avant d'éclater de rire.

Wulfrum la secoua un peu en la pressant contre sa cotte de mailles, comme pour corriger gentiment une petite fille qui dit des bêtises.

— Elle a la langue bien pendue, constata Halfdan. Il va falloir qu'elle apprenne à la tenir, et qu'elle sache qui est son maître.

— Personne ne sera mon maître et surtout pas un Viking !

— Il faudra vous y faire, insolente, dit Wulfrum en souriant. Et vous y viendrez, faites-moi confiance.

Il lui parlait sur un ton presque affectueux, comme s'il s'adressait à un petit chien rétif en cours de dressage.

— D'ailleurs…, reprit-il.

Le coup d'œil ironique que lui lançait son frère le troubla et il se tut, se rappelant leur ancienne conversation, presque deux ans auparavant, les railleries d'Halfdan et le défi qu'il lui avait lancé. La fille qu'il tenait en son pouvoir n'était pas des plus commodes, mais quelque chose en elle lui plaisait, son mauvais caractère peut-être et sa propension farouche à la rébellion malgré son évidente position d'infériorité. Et puis il convenait de mettre en œuvre le plan de conquête du royaume, qui impliquait des alliances.

— C'est décidé, je vous prends pour femme.

— Jamais vous n'aurez mon consentement !

— Je n'ai pas l'intention de vous le demander !

— Non ! Il n'en est pas question !

— Voilà qui va bien, mon frère, approuva Halfdan, qui semblait fort satisfait du tour que prenaient les choses. Puisque nous avons décidé de nous installer, tu vas t'établir dans ce château, pendant que je continuerai la conquête avec les autres. A partir d'aujourd'hui, le domaine de Ravenswood et ce château t'appartiennent personnellement, ainsi que les serfs, les paysans qui y sont attachés. De la fille, fais ce que tu veux, mais si tu l'épouses, un conseil, coupe-lui les griffes !

Elgiva lui lança un regard meurtrier. Il lui adressa un sourire railleur et se tourna vers ses hommes.

— Vous n'avez plus rien à faire ici. Allez m'attendre en bas et rassemblez les autres. J'ai une déclaration à vous faire.

Les guerriers sortirent en bon ordre, et descendirent l'escalier, aussitôt suivis par leur chef. Sur le sol, Osgifu semblait reprendre connaissance.

Dans l'intention d'aller lui porter secours, Elgiva se débattit de plus belle. Wulfrum la retint.

— Vous descendez avec moi.

— Je ne sortirai pas d'ici. Lâchez-moi, espèce de… De sale…

Sans dire un mot, il la chargea sur son épaule comme un paquet sans poids et descendit très vite l'escalier, sans tenir compte de ses protestations. Il ne la remit sur ses jambes que dans la grande salle, mais en lui posant une main ferme sur la nuque, par précaution. Certains des hommes ne s'étaient pas séparés de leur arme. Les yeux d'Elgiva allaient de l'une à l'autre. Elle rêvait de meurtre.

Elle sentit que Wulfrum suivait son regard. Il comprenait ses intentions, sans doute, mais ne lui fit pas l'honneur de s'en inquiéter. Le brouhaha s'apaisa peu à peu, jusqu'à ce que règne un profond silence. Halfdan allait parler.

— Vous vous êtes bien battus, Vikings, et la victoire est à nous. Ce soir, nous allons la célébrer, comme il se doit. Nous ne resterons ici que le temps d'enterrer nos morts, qui ont rejoint Ragnar mon père dans le Walhalla. Et puis notre progression reprendra, jusqu'à ce que nous nous soyons rendus maîtres de la Northumbrie tout entière !

Une clameur assourdissante monta de la foule des guerriers, et ne s'interrompit que sur un signe de l'orateur.

— Avant notre départ, vous serez avec moi témoins des fiançailles du comte Wulfrum, désormais seigneur de Ravenswood, avec la Saxonne que voici.

Il les désigna tous deux d'un rapide geste de la main.

— Elle lui donnera tous les fils qu'il mérite, les futurs héritiers du domaine sur lequel sa lignée régnera, jusqu'à la fin des temps. Que chacun sache que la Northumbrie est désormais notre patrie à nous, hommes du Nord !

Une nouvelle clameur fit trembler les solives. Elgiva s'interdit de céder à la panique. Il fallait absolument qu'elle contienne le cri de désespoir et de terreur qui lui montait à la gorge. Elle prit une profonde inspiration et plissa très fort et longtemps les paupières, pour échapper au cauchemar qui perdurait. Quand elle rouvrit les yeux, elle s'aperçut que Wulfrum l'observait avec une attention intriguée.

— Puisqu'il est dit publiquement que je vais prendre femme, il faut bien que je sache son nom, fit-il observer.

Elle s'avisa alors qu'il s'était débarrassé du reste de son heaume, et qu'elle voyait enfin l'ensemble de son visage. Comment un criminel sans scrupule, un assassin de Viking pouvait-il avoir des traits aussi réguliers, une physionomie aussi avenante ? Tout à l'heure, le métal de son heaume lui cachait le nez et les joues. Ils faisaient avec sa bouche aux contours bien dessinés, son front élevé et l'intensité de son regard empreint d'une autorité naturelle un bel ensemble. Ce voleur venu de loin qui se disposait à prendre possession de Ravenswood sans plus de manière avait toute l'apparence d'un noble chevalier. Il en avait l'allure, la physionomie, la prestance.

Il venait de lui demander son nom. Allait-elle demeurer silencieuse ? A quoi bon le lui cacher ? Sans doute ne se laisserait-il pas impressionner, mais autant qu'il sache à qui il avait affaire.

— Je me nomme Elgiva, fille du baron Egbert et sœur d'Osric, le défunt seigneur de Ravenswood.

— Elgiva, répéta-t-il. Un joli prénom. Un joli prénom pour une jolie fille, il semble fait pour vous.

Sans doute parce qu'elle n'était pas habituée à recevoir de compliments, Elgiva sentit une bouffée de chaleur lui monter au visage. Les yeux de ce Viking étaient d'un bleu vraiment intense, et sa chevelure noire donnait à son visage régulier un air de fantaisie tout à fait séduisant. Elle vit qu'il regardait son cou, et que ses sourcils se fronçaient.

— Vous êtes blessée ?

— C'est un souvenir que m'a laissé votre ami Sweyn.

Il ne releva pas l'ironie.

— Vous parlez couramment notre langue, Elgiva. Qui vous l'a apprise ?

— La femme qui m'a élevée. Sa mère était danoise.

— Je ne m'attendais pas à vous trouver cette précieuse qualité.

On aurait pu croire que ce meurtrier s'exprimait paisiblement, presque avec courtoisie. Elgiva songea qu'il était temps de le remettre à sa place.

— Il s'agit bien d'une qualité, dit-elle avec dédain, puisqu'elle me permet de vous dire en face combien je vous méprise avec la certitude de me faire comprendre de vous !

Loin de s'en formaliser, Wulfrum sourit au contraire, comme si le trait ne lui était pas destiné.

— Vous pouviez m'insulter dans votre propre langue, répliqua-t-il en saxon. Je vous aurais tout aussi bien comprise.

Il était donc lui aussi bilingue. Elgiva s'en trouva déconcertée et momentanément coite.

— J'ai beaucoup voyagé, et donc beaucoup appris, dit-il encore, en guise d'explication.

Elle sentit la main qui pesait sur sa nuque glisser jusqu'au bord de sa robe. Instinctivement, elle voulut s'écarter. Wulfrum lui sourit de plus belle, avec une sorte d'indulgence.

— Je vous fais peur ? Vous ne voulez pas que je touche votre robe, Elgiva ? Vous me demanderez bientôt de vous l'enlever.

— Jamais ! s'indigna-t-elle.

— N'en soyez pas si certaine. Attendez donc que je vous aie mise dans mon lit. J'attends ce moment avec impatience, si vous me permettez cette confidence.

Elgiva sentit son visage s'empourprer. Elle n'eut pas le temps de trouver les mots assez forts pour faire perdre à ce sinistre individu sa tranquille assurance. Le géant Bradefer s'approchait, dans l'intention évidente de la voir de plus près. Il la toisa d'abord de tout son haut et pour compléter son examen, lui prit sans façon le menton et le releva, pour mieux voir son visage.

— Pas mal ! Pas mal du tout, fit-il de sa grosse voix. Voyons ces bras, que je les tâte… Je la trouve un peu trop mince, Wulfrum, mais à chacun ses goûts, comme on dit ! Bonne chance !

Elgiva étouffait d'indignation. Voilà que ce rustaud la prenait maintenant pour une pouliche sur une foire à bestiaux !

Wulfrum pour sa part ne s'offusquait pas, mais riait de bon cœur.

— Tant mieux, mon vieil Olaf ! Nous n'aurons pas à nous disputer comme ça !

— Par la barbe de Thor, il était grand temps que tu prennes femme ! reprit le géant. On ne devient vraiment un homme que si on a des fils à élever.

— Pourquoi penses-tu que je me marie ?

Les limites de l'odieux se trouvaient dépassées. A la pensée de collaborer à une telle entreprise, Elgiva eut la nausée.

— A moins que je ne vous arrache d'abord le cœur ! lança-t-elle furieusement.

Les deux hommes la contemplèrent un moment sans réagir, avant d'éclater de rire, encore une fois.

— Elle est bien capable d'essayer, Wulfrum. Elle va te donner du mal, c'est moi qui te le dis. Tu te sens capable de lui tenir tête ?

— Fais-moi confiance, Olaf…

Il lui suffit d'une torsion de la main qui la tenait pour qu'Elgiva pivote sur elle-même et se tienne face à lui.

— Bien… Célébrons nos fiançailles, dit-il résolument.

Et avant qu'elle ait eu le temps de comprendre, il lui baisa la bouche en la serrant si bien contre lui que, privée de toute possibilité, elle se trouva contrainte de subir ce baiser sans protester, aussi longtemps qu'il plut à Wulfrum de lui imposer cette humiliante épreuve. Nul homme ne l'avait jamais embrassée de cette façon, avec tant de compétence et d'autorité. Quand il jugea bon de s'interrompre et la libéra, la sensation très particulière de la chaleur de ses lèvres subsista sur sa bouche.

Les yeux étincelants de colère, elle le gifla de toutes ses forces, si violemment que la claque fut assez sonore pour attirer l'attention des hommes les plus proches, ravis d'être témoins d'un incident aussi peu banal. Ils attendaient visiblement la riposte, inévitable en pareille situation : l'insolente vivait les derniers instants de son existence !

Leur attente se trouva déçue. A peine le Viking avait-il sursauté qu'il souriait déjà.

— Il faut dire que je l'ai bien cherchée, celle-là, dit-il au géant.

— Tu ne l'as pas volée, en effet, confirma l'autre.

Encouragée par leur attitude, Elgiva voulut réitérer son exploit, mais pour cette fois Wulfrum lui saisit le poignet.

— Eh bien ! Eh bien ! Ce n'est pas ainsi qu'une fille de lord doit se conduire à l'égard de son futur époux.

— Je ne vous épouserai jamais !

— Vous allez m'épouser, Elgiva, il faut vous faire à cette idée.

— L'heure n'est pas aux roucoulades, Wulfrum, annonça Halfdan qui venait de surgir à leur côté. Tu t'occuperas d'elle plus tard. Il y a des affaires à régler, j'ai besoin de toi.

— Je suis ton homme.

— Va d'abord l'enfermer là-haut avec les femmes, et mets un garde devant la porte. Je t'attends dehors.

Wulfrum acquiesça d'un signe et serra plus fort le poignet d'Elgiva, qui se débattait.

— Je vous interdis de porter la main sur moi !

Il se dirigea vers l'escalier sans se soucier de savoir si elle se tenait sur ses jambes. Il l'aurait traînée sur le sol et les marches, sans doute, si elle avait fait preuve d'une mauvaise volonté complète. Mais elle préféra gravir l'escalier avec lui. Un garde surveillait déjà le palier, à l'étage des femmes.

— A plus tard, Elgiva, lui dit-il en ne la relâchant que pour refermer la porte derrière elle.

Quand elle l'eut entendu dévaler les marches, elle respira mieux et fut heureuse de voir que ses neveux ne pleuraient plus et qu'Osgifu reprenait lentement connaissance. La lèvre blessée et le visage marqué d'une large ecchymose, elle restait cependant sous le choc, à en juger par le tremblement de ses mains.

Elgiva ne put qu'approuver les soins donnés par une servante, qui avait appliqué une compresse humide sur la joue meurtrie.

Pendant un long moment encore, toutes les femmes demeurèrent muettes, chacune méditant sur la catastrophe qui venait de briser le cours de l'existence qu'elles menaient jusque-là, et qu'elles pouvaient dire heureuse, chacune s'interrogeant sur le sort qui lui serait réservé.

Ce fut Osgifu qui la première rompit le silence.

— Vous allez bien, Elgiva ? Ils ne vous ont pas fait de mal ?

— Pas du tout.

— Dieu merci. Et les enfants ?

— Ils sont là, bien sages.

Il était inutile de la troubler en lui racontant dans le détail les événements qui s'étaient déroulés pendant son malaise. Personne n'avait encore refermé l'ouverture par laquelle Sweyn avait voulu jeter Ulric. Si détestable que fût Wulfrum, ne put s'empêcher de penser la jeune fille, il était de loin le plus humain de tous les hommes qu'elle avait vus dans le château, et son intervention avait été providentielle, il fallait le reconnaître. En imposant sa volonté à Sweyn, il l'avait humilié, sans doute. Mais l'humiliation qu'elle-même lui avait fait subir en le mettant en difficulté devant ses camarades n'était pas de celles que l'on pardonne, quand on a de surcroît le démon dans le sang.

— Il s'en est passé, des choses, reprit soudain Osgifu qui s'était tue un moment, comme prise de somnolence. Tout à l'heure, je ne pouvais pas bouger, mais j'ai entendu…

Elgiva n'eut pas le temps de s'étonner, ni de commenter. Ulric échappa à la femme qui s'occupait de lui et vint se réfugier dans ses bras. Elle le prit sur ses genoux et lui murmura des gentillesses, afin de le rassurer. On ne peut pas pleurer, quand on câline un enfant pour chasser ses peurs. Aucune de ses compagnes ne serait donc témoin de sa propre faiblesse. Mais la vérité, c'était que jamais elle n'avait eu aussi peur de sa vie, et la menace, à la fois vague et prégnante, qui pesait sur elle l'épouvantait.

Chapitre 3

Wulfrum rejoignit Halfdan et Olaf Bradefer pour le rituel en usage après chacune de leurs batailles. Les hommes se déplaçaient en silence parmi les morts, les dépouillant de leurs armes, de leur équipement, de leurs modestes trésors, pièces de monnaie ou objets familiers, souvent collectés sur de précédents défunts en des circonstances analogues. Après l'ivresse de la conquête, ce lugubre cérémonial invitait à la méditation.

Les Saxons s'étaient bien défendus, et seule leur infériorité numérique expliquait la rapidité de leur défaite. Guerrier dans l'âme, Wulfrum rendit grâce, intérieurement, à leur courage. Aucun de leurs chefs ne semblait avoir survécu, et leurs morts se comptaient par dizaines. Tous les survivants, désormais prisonniers, se trouvaient rassemblés sous bonne garde.

Des cordes les entravaient, mais à en juger par leur attitude et leur air farouche, ils n'étaient pas prêts à se soumettre, même s'ils craignaient pour leurs vies. C'était bien ainsi. Maintenus dans l'ignorance des intentions de leur vainqueur et nouveau maître, ils pensaient vivre leurs dernières heures. Qu'il en soit ainsi encore un moment… Ils n'en accueilleraient que mieux ses projets. Pour faire prospérer le domaine qui était désormais le sien, Wulfrum aurait besoin de leurs bras, et de bien d'autres aussi, sans doute.

Tant qu'ils restaient dans l'incertitude, il pouvait disposer d'eux à son gré.

— Je lis dans tes pensées, mon frère, lui dit à mi-voix Halfdan. Gère bien ton domaine, fais de ce château une place forte solide. Il commande la route du Nord, l'axe principal de notre nouveau royaume, que nous appellerons le Daneland.

— Tu peux compter sur moi.

— Je n'en doute pas. Je sais que je mets le domaine entre de bonnes mains. Tu auras fort à faire. On dirait que depuis longtemps personne ne s'en est occupé. Comment un seigneur digne de ce nom a-t-il pu négliger à ce point un fief aussi important ?

— Le seigneur des lieux et son fils sont morts à peu de temps d'intervalle, si j'ai bien compris. Voilà qui expliquerait les choses.

— Sans doute. Mais on nous a vaillamment résisté ici. Pour organiser une telle défense, il a bien fallu un chef.

— Il est sans doute parmi les morts, suggéra Wulfrum. C'est tout le bonheur que je lui souhaite.

Halfdan sourit à cette réflexion et fixa son attention sur deux hommes qui s'approchaient, encadrant un prisonnier aux mains entravées qu'ils traînaient entre eux. Sous une couche de poussière, son visage était blême, et son regard désespéré. A la croix qu'il portait et à son habit, Wulfrum comprit qu'il s'agissait d'un prêtre.

— Regardez ce qu'on a trouvé, dit l'un des gardes, qui semblait enchanté de sa découverte. Ce froussard se cachait dans une étable !

— Il se cachait ? Rien d'étonnant, maugréa Halfdan avec une grimace de mépris. Il a combien ? Cinquante ans ? Vivre encore à cet âge-là, quelle pitié ! Qu'allons-nous en faire ? Nous sommes chez toi, Wulfrum, à toi d'en décider. On le met à la broche pour le rôtir comme un poulet, ou bien on l'écorche avant de le clouer sur la porte de son église ?

— Faites excuse, monseigneur, fit l'autre garde, il n'y a plus d'église, on l'a brûlée.

Il désigna du regard un nuage de fumée sombre, à quelque distance.

— Ah bon ? Alors tant pis, dit Halfdan. Mettez-le à la broche. Rien de tel qu'une bonne exécution, pour rappeler à tous que nous autres, Vikings, n'avons de pitié pour personne. Nos cœurs sont trempés comme l'acier de nos armes, voilà ce qui fait notre force !

Les visages des deux hommes s'illuminèrent d'un large sourire. Ils étaient à leur affaire. Wulfrum savait que son frère, cruel par nécessité plus que par nature, ne s'exprimait avec tant d'emphase que pour soutenir sa réputation, et qu'il n'aimerait pas être contredit devant témoins. Il leva pourtant la main.

— Attendez un peu… J'en aurai peut-être l'usage. Comment t'appelles-tu, homme à la croix ?

— Je suis le Père Willibald, répondit le malheureux d'une voix qui tremblait.

Halfdan n'en crut pas ses oreilles.

— Tu veux garder ce vieil âne pelé ?

— Oui, il peut me servir.

— Comme tu veux… Mettez-le avec les autres !

Visiblement déçus, les gardes s'en furent avec leur proie, en direction du groupe de prisonniers. Halfdan les suivit un moment du regard.

— A la réflexion, dit-il en revenant à son frère, tu n'as pas tort. Tu ménages ton cheptel. Il faudra sans doute un jour que je m'en souvienne : quand un Dragon des mers devient propriétaire, il cesse de cracher le feu.

— Ne va pas croire…

— Inutile de t'excuser. Mais n'oublie pas de paraître impitoyable, si tu veux régner sur ces gens qui t'appartiennent. N'oublie pas non plus d'organiser une battue dans les bois, pour rattraper les serfs et les paysans qui s'y cachent sûrement. Ils ont l'habitude de travailler, il ne faut pas les perdre. Si on ne s'occupe pas d'eux, ils risquent de devenir gênants.

— J'y ai pensé, rassure-toi. Mais dans l'immédiat, je vais réunir les blessés.

— J'ai entendu dire que chez les Saxons il y a au moins une guérisseuse dans chaque seigneurie. Il faut la trouver, et la mettre au travail.

— Je suis sûr qu'il la connaît, celui que tu voulais rôtir.

Lorsque le prêtre lui eut dit les noms des deux guérisseuses de Ravenswood, Wulfrum ne put s'empêcher de sourire. Elgiva n'était pas seulement très belle, elle avait aussi des talents fort utiles.

Dans la salle où quelques blessés se trouvaient déjà, le géant Bradefer mettait de l'ordre. Wulfrum l'interpella.

— Va chercher là-haut Elgiva, et aussi la femme qui s'appelle Osgifu…

Assis de travers sur le bord d'une table, il n'eut pas à attendre longtemps. Les deux femmes apparurent bientôt, et firent halte à bonne distance, le regard méfiant.

— On m'a dit que vous connaissez toutes les deux l'art de soigner, dit-il sans préambule. Vous allez vous occuper des blessés…

Avant de lui répondre, elles échangèrent un coup d'œil pour se mettre d'accord. Ce fut la plus âgée qui répondit.

— Nous avons besoin de toutes nos affaires, pour cela.

— Alors allez les chercher, vous seule… Olaf vous aidera, s'il le faut.

Immobile devant lui, Elgiva ne relevait les paupières

que pour lui jeter des regards hostiles. Il la toisa complaisamment, sans se soucier de lui déplaire. Dans les yeux comme dans l'attitude de sa future épouse se lisait le désir d'une impossible vengeance.

— Je vous préviens, dit-il sans élever la voix, n'essayez pas de me jouer un mauvais tour, Elgiva.

— Vous avez peur que je n'achève les blessés ? Vous me croyez inhumaine à ce point ?

— Je ne m'inquiétais pas pour eux, rassurez-vous.

— Est-ce que nous allons pouvoir soigner les Saxons, aussi bien que les Danois ?

— Bien sûr. J'ai besoin d'esclaves, autant que de guerriers.

— Alors vous n'auriez pas dû les tuer !

— Ce sont les hasards de la guerre. Pour survivre, ils auraient pu choisir de se rendre, suggéra-t-il en esquissant un sourire.

— Et tomber en esclavage ?

— Je donne à ceux qui restent le choix entre l'esclavage et la mort. J'espère bien qu'ils vont préférer vivre. La nature est ainsi faite qu'on ne meurt sans regret que par surprise, et rarement de plein gré.

Osgifu revenait, un grand panier à la main. Olaf la suivait, porteur d'un petit coffre.

— Cette dame n'ose pas te demander de l'eau chaude, des civières pour transporter les hommes et du linge propre, dit-il ironiquement.

— Arrange-toi avec elle.

Bradefer s'éloigna avec Osgifu, qui reprenait de l'assurance en se rendant utile et lui donnait déjà des ordres.

Elgiva pour sa part restait sur place, pour le narguer sans doute, songea Wulfrum. Il fronça les sourcils et la vit relever fièrement le menton afin de le défier ouvertement, cette fois. Elle demeura un moment dans cette posture et ne l'abandonna que de sa propre initiative pour s'éloigner, en prenant bien son temps.

Si elle l'avait regardé dans les yeux avant de se livrer à cette pantomime, elle y aurait vu un éclair de menace et se serait hâtée d'obéir. Faute d'avoir pris cette précaution, à peine avait-elle fait quelques pas qu'elle reçut au bas du dos un bon coup de plat d'épée. Furieuse, elle fit brutalement volte-face, muette d'indignation.

— Ne vous moquez plus jamais de moi, dit Wulfrum. Si vous recommencez, je vous donnerai la fessée.

Il n'avait pas élevé la voix, mais à en juger par son expression il était homme à exécuter ses menaces. Les quelques témoins qui avaient assisté à la scène semblaient ravis et tout disposés à observer la suite du spectacle.

Elgiva se demanda quel parti prendre. Devait-elle s'indigner et leur donner satisfaction, ou bien se soumettre ? Dans un cas comme dans l'autre, elle s'exposait au ridicule. Wulfrum mit fin à ses hésitations en s'avançant d'un pas.

Alors elle opta pour la fuite.

Au milieu de l'après-midi, on ramena de la forêt où ils s'étaient réfugiés dans les dernières minutes de la bataille une douzaine de Saxons, dont deux blessés.

— Je m'occuperai d'eux plus tard, laisse-les séparés des autres, commanda Wulfrum à Ceolnoth, qui avait mené l'expédition.

Sa petite troupe et lui étaient sans doute passés à côté d'autres hommes d'armes et de serfs qui connaissaient trop bien les détours de la forêt pour s'y laisser surprendre. Une battue en règle les en délogerait plus tard.

Pour le moment, le château et ses abords faisaient penser à une fourmilière. On soignait les chevaux ; des forgerons réparaient les armes, les cottes de mailles et les boucliers. Les archers remplissaient leur carquois, les hommes qui s'attendaient à constituer la future garnison de Ravenswood exploraient les granges et les bâtiments annexes, dans l'intention d'y établir leurs quartiers.

Du seuil d'une chaumière abandonnée, aux limites les plus lointaines de l'enceinte dont subsistait un reste de palissade, Wulfrum examina le château, son château désormais.

A l'intérieur des remparts, que l'assaut n'avait pas détruits, se dressait la bâtisse, massive et dominée par un donjon carré. Deux tours rondes curieusement accolées s'en dégageaient, presque aveugles. Au dernier niveau de la plus imposante d'entre elles, il reconnut l'ouverture rectangulaire que la chute d'un panneau de bois avait découverte. La chambre d'Elgiva, celle où elle s'était réfugiée avec ses femmes…

La plus confortable du château, sans doute. Elle serait donc la sienne, la leur plutôt. Il n'en fallait pas moins pour faire de l'union entre l'ancienne héritière du domaine et son nouveau maître un symbole officiel et fort. Il serait ainsi notoire dans toute la Northumbrie conquise ou à conquérir que les Vikings ne reprendraient pas la mer, et qu'ils fondaient le Daneland.

A ce sujet, l'opinion d'Elgiva ne faisait aucun doute. Mais la haine que lui inspirait le cours des choses témoignait de sa fougue, de son esprit d'indépendance et de son courage, qualités qui n'étaient pas pour lui déplaire en dépit des difficultés qu'elles ne manqueraient pas d'entraîner. En affrontant Sweyn, elle en avait donné la preuve. Pauvre Sweyn ! Il ne pouvait lui en vouloir d'avoir jeté son dévolu sur cette jeune beauté, et la déception qu'il avait éprouvée en s'en trouvant dépossédé en même temps que de la vengeance qu'il comptait exercer sur elle n'était pas de celles que l'on oublie facilement.

Il se souviendrait longtemps du regard de haine que Sweyn avait posé sur celle qui l'avait ridiculisé devant ses camarades, et de sa rage, au moment où elle lui avait définitivement échappé. Si Olaf et les autres n'avaient pas pris le parti du chef, quand il l'avait maîtrisée, les choses auraient pu s'envenimer.

Il l'aurait gardée pour lui, de toute façon, usant de ses prérogatives, car au premier coup d'œil elle lui avait plu. Halfdan s'en était aussitôt aperçu, et en imposant sa décision à tous, il avait coupé court à tout risque de contestation.

Il allait donc se marier et prendre d'un coup le parti contraire de celui qu'il avait toujours défendu. Mais à vingt-cinq ans, il faisait figure d'original, seul célibataire parmi ceux de sa génération. Il ne pouvait plus prétendre qu'il attendait de rencontrer la femme de sa vie, puisque celle-ci lui était en quelque sorte imposée.

Au souvenir du baiser qu'il lui avait volé et de la gifle qu'il avait reçue en retour, il ne put s'empêcher de sourire. S'il était possible de tuer d'un seul regard, il serait un homme mort à présent. Elgiva n'était pas au bout de ses peines. Ce baiser serait suivi de beaucoup d'autres. Elle se défendrait, bec et ongles. En vain. Et elle finirait par se rendre. Il la dépouillerait de ses préventions, de son hostilité, avec autant d'ardeur qu'il la dépouillerait bientôt de ses atours.

— Vous m'entendez, monseigneur ?

Tiré de sa rêverie, Wulfrum détacha son regard du rectangle sombre, en haut de la tour.

— Mais oui, bougonna-t-il à l'intention de l'adolescent qui tenait lieu d'estafette et semblait s'inquiéter. Répète quand même…

— Ton Elgiva et l'autre femme s'y connaissent aussi bien en fait de soins qu'en fait d'organisation. Je me demande ce que nous aurions fait sans elles. Plus tard, elles te seront utiles. Il y a toujours quelqu'un à soigner, dans un grand domaine.

*
* *

Halfdan et Wulfrum se trouvaient tous deux sur une sorte de tribune élevée à mi-hauteur, et observaient l'animation qui régnait dans la grande salle transformée en infirmerie. Grâce à la connaissance de leur langue, les deux guérisseuses conversaient aisément aussi bien avec les Vikings blessés qu'avec les volontaires qu'Olaf Bradefer avait mis à leur disposition. Les hommes les plus atteints, Saxons et Danois victimes les uns des autres mais réunis dans le malheur, se trouvaient allongés sur des civières improvisées. Ceux qui souffraient de blessures plus légères étaient assis sur des bancs et attendaient leur tour de recevoir des soins.

— Regarde-les, reprit Halfdan. Je parie qu'ils supportent tous la douleur, mais les Saxons s'attristent de leur défaite et les nôtres ont peur de ne plus pouvoir se battre. Rien de plus débilitant que la peur. Je vais les secouer un peu.

Wulfrum ne doutait pas de l'efficacité du remède. Galvanisés par les encouragements de leur chef, les blessés ne souhaiteraient plus qu'un prompt rétablissement pour l'accompagner dans ses futures conquêtes. Quant à lui, désormais seigneur de Ravenswood, il proposerait aux autres, survivants devenus invalides pour de nouveaux combats, de servir d'instructeurs ou d'assistants dans sa garnison.

Elgiva achevait de panser un bras blessé. A en juger par l'expression de l'archer qui l'écoutait parler, elle lui laissait entrevoir une complète guérison. Comme elle ne se savait pas observée, il lui était tout loisible de détailler sa silhouette élégante, les rondeurs de sa gorge, la finesse de sa taille et le balancement de ses hanches, dont elle ignorait sans doute le pouvoir de fascination. De sa chevelure maintenue en une longue tresse s'échappaient des mèches folles. Wulfrum s'arrêta sur la finesse de ses traits et le velouté de ses joues.

Comme si elle sentait sur sa peau la caresse de son regard,

elle tourna la tête, jeta autour d'elle un regard circulaire et l'aperçut. Il la vit esquisser une grimace de mépris, se renfrogner et lui tourner le dos. Il se contenta de sourire, pour sa propre satisfaction. Pour le moment, il la laisserait tranquille. Elle avait fort à faire, car beaucoup de blessés attendaient encore ses soins. Lui-même devait inspecter sans tarder le campement des Danois, établi à l'extérieur de l'enceinte.

Il s'occuperait d'elle en temps voulu. Elle ne perdait rien pour attendre.

Elgiva et Osgifu travaillaient sans relâche depuis des heures, et on leur apportait encore des blessés, graves pour la plupart, qui s'étaient trouvés dans l'impossibilité d'appeler au secours ou de signaler leur présence. Alertée par un signe discret, Elgiva vint rejoindre Osgifu. Aylwin, qu'elle avait vu désarmé et abattu par un coup de hache, gisait sur une couchette que deux Vikings venaient de débarrasser d'un cadavre pour l'y déposer. Inerte, le visage blême et les traits creusés, il aurait pu passer pour mort, mais il respirait faiblement, et du sang coulait encore de sa large plaie.

Avec l'aide d'un assistant, Elgiva dépouilla le malheureux de sa cotte de mailles en partie déchirée. La blessure principale était large, mais nette. D'autres, sur tout le corps, étaient bénignes mais témoignaient de la violence des combats.

Comme elle s'affairait, elle sentit soudain une présence, tout près d'elle. Le terrible Halfdan, que la vue et l'odeur du sang semblaient attirer, l'observait en silence. Le regard sans cesse en mouvement, il regardait tout, rien ne semblait lui échapper. De la pointe de son épée, il remua l'équipement du blessé, réuni en tas sur le sol.

— Une cotte de mailles, grommela-t-il. Cet homme n'est pas n'importe qui. Dites-moi son nom !

Elgiva, la gorge sèche, se sentit soudain incapable de parler. Osgifu, qui surveillait la scène, s'approcha pour venir à son secours.

— C'est lord Aylwin, dit-elle.

— Un lord saxon ? Laissez-moi deviner… Il est votre père, fit-il en fixant Elgiva dans les yeux.

— Non, répondit-elle. Mon père est mort il y a trois ans.

— Alors c'est votre mari ! Inutile de le soigner, je l'achève !

Il brandissait déjà son épée.

— Nous sommes seulement fiancés ! cria la jeune femme en couvrant presque de son corps celui d'Aylwin.

Frappé d'étonnement, Halfdan suspendit d'abord son geste, puis s'esclaffa.

— Vous *l'étiez* ! corrigea-t-il en remettant brutalement son épée au fourreau.

Il s'éloigna, les épaules secouées de rire. Elgiva le suivit des yeux jusqu'à ce qu'il ait disparu, et revint à Aylwin, toujours inerte. Passerait-il la nuit ? Elle en doutait. Peut-être valait-il mieux qu'il meure. Jamais ce noble cœur ne supporterait sa défaite, jamais il n'accepterait de vivre sous la domination des envahisseurs.

Son propre domaine se trouvait sans doute déjà entre leurs mains. Dépossédé de ses biens, il ne supporterait pas non plus que sa fiancée lui soit enlevée. Il voudrait se battre pour la reconquérir, mais comment vaincre, seul, après une telle épreuve ? Tout en le soignant de son mieux, Elgiva faisait déjà son deuil de l'unique soutien qu'elle ait jamais eu au monde.

Epuisées de fatigue, Elgiva et Osgifu ne regagnèrent que très tard la chambre ronde, au sommet de la tour. Les femmes les plus âgées, laissées là avec les enfants, s'en étaient si bien occupées qu'ils avaient retrouvé le calme et le sourire. Dès qu'Elgiva les eut embrassés, les servantes se retirèrent avec eux au même étage de la tour voisine, celle que l'on appelait la Tour des Dames, en passant par le palier, qu'aucun gardien ne surveillait plus.

Restées seules, Elgiva et Osgifu firent ce qu'elles purent pour se débarrasser de l'odeur de sang, de sueur et de crasse qui leur collait à la peau. Elles y parvinrent à force d'ablutions et d'onguents, mais le souvenir des horreurs de la guerre restait bien présent dans leur esprit.

— Oh, Gifu, tous ces morts parmi les nôtres ! Quelle abomination !

Comme elle en avait l'habitude dans les moments difficiles, la fidèle Osgifu s'en tint à une vision relativement positive des choses.

— Les Vikings ont fait des prisonniers, mais je suis certaine que bien des rescapés se sont réfugiés dans la forêt, et qu'ils ne sont pas près de se faire capturer, dit-elle. Tout n'est pas encore perdu…

— Peut-être, mais sans chef et sans moyens, ils ne pourront jamais reprendre Ravenswood.

Elle revit en esprit une silhouette, un visage régulier, des yeux d'un bleu intense. Non ! Jamais elle n'épouserait le fiancé qu'une brute sanguinaire lui imposait ! Plutôt mourir. A moins que…

Elle aussi connaissait bien la forêt et ses détours, puisque au fil des saisons elle allait y récolter des plantes médicinales, dont certaines ne prospéraient que dans les endroits les plus inattendus. Elle ne pouvait s'attarder au château en attendant de savoir si Aylwin allait survivre, ou si les combattants libres et valides préparaient une attaque contre l'occupant. Tout cela prendrait du temps, or ce temps lui était compté.

Elle se sentit frissonner, soudain. Son corps fatigué et éprouvé réagissait avec retard aux émotions de cette effrayante journée, émotions qu'elle avait combattues, dans un état de tension permanente. L'atmosphère lui sembla tout à coup étouffante. Comme les femmes avaient pris soin d'obturer à l'aide d'une tapisserie l'ouverture faite dans la muraille, elle alla respirer l'air frais à la fenêtre étroite.

Tout semblait s'apaiser, à présent, dans l'enceinte du château. Des fumées montaient du campement des Vikings attestant de la présence de foyers au-dessus desquels chauffaient des chaudrons et rôtissaient des viandes. Cavaliers et palefreniers s'affairaient autour des écuries et des granges.

Il fallait que leurs vainqueurs soient bien certains de n'avoir à redouter aucune attaque, pour vaquer ainsi à ces occupations domestiques, sans se soucier de leur défense. Aucun d'entre eux ne se tenait au poste de garde, en piètre état désormais.

Non loin s'étendait la forêt accueillante, attirante, refuge d'hommes encore libres dont elle aurait aimé connaître le nombre et l'état d'esprit. Une fois la porte à demi brisée franchie, le chemin de terre qui par endroits disparaissait entre des levées de terrain offrait un passage discret. Si elle parvenait à atteindre le sous-bois, elle se faisait fort d'échapper à toute poursuite.

Qu'adviendrait-il ensuite ? Elle n'en avait aucune idée, mais avec un peu de chance elle rassemblerait autour d'elle un certain nombre de Saxons en fuite, qui pourraient lancer par surprise une attaque contre ces Vikings bien trop sûrs d'eux.

A défaut, elle trouverait peut-être refuge, de l'autre côté de la forêt, dans un domaine épargné par l'invasion. Toutes les initiatives seraient bonnes à prendre, tant qu'elle resterait libre et qu'elle échapperait à la honte d'un mariage odieux.

On avait laissé sur le sol un baquet vide. Elle vint le prendre. A une femme qui porte un baquet, on ne demande pas où elle va.

Au moment où elle allait repasser le seuil, Osgifu s'inquiéta.

— Que voulez-vous faire encore ?

— Je n'en peux plus, Gifu, il faut que je m'en aille...

— Pour aller où ?

— Je ne sais pas encore, mais je refuse de leur obéir !

— Si vous vous enfuyez, ils vous rattraperont et vous ramèneront ici. Ce sont des brutes, Elgiva. Qui sait quelle punition ils pourront alors inventer ?

— Entrer dans leur jeu, voilà ce qui serait la pire des sanctions pour moi.

— N'essayez pas de vous enfuir, je vous en supplie !

— Je refuse de rester ici en attendant d'être mariée à un seigneur de guerre qui me dépouille de mes biens et massacre mon peuple ! Tu l'as dit toi-même, certains de mes gens se sont réfugiés dans la forêt. Je vais les rejoindre.

— Ecoutez-moi, Elgiva !

Mais Elgiva descendait déjà l'escalier. A sa base, que l'on appelait la poterne triple, s'offraient trois ouvertures étroites, l'une vers la grande salle, l'autre vers la Tour des Dames et ses annexes, l'autre vers l'extérieur. Elle évita de passer par la grande salle et traversa la cour en direction du puits, sans regarder personne, craignant à tout instant d'être interpellée. Ce ne fut qu'en posant son baquet sur la margelle qu'elle osa enfin jeter un regard autour d'elle.

Aucun poste de garde n'avait été installé à l'ancienne entrée. Alors, abandonnant là son baquet, elle rassembla tout son courage et s'y rendit sans presser le pas, l'air aussi naturel que possible, pour ne pas se faire remarquer. Elle contourna les débris de la porte brisée. A l'extérieur, les deux voies principales ainsi que le chemin de terre qui menait à la forêt étaient déserts.

Elle releva le bas de sa robe et se mit à courir de toutes ses forces vers les arbres qui semblaient lui faire signe, lui promettre la liberté. Elle ne voyait qu'eux, n'entendait que le bruit de ses pas et sa respiration précipitée.

Aussi ne prit-elle conscience qu'au dernier moment d'être poursuivie. En tournant la tête, elle aperçut confusément un guerrier monté sur un grand cheval noir.

Dans un effort ultime, elle tenta d'accélérer son allure pour atteindre son but. Les buissons en lisière du sous-bois retarderaient la course du cavalier, tandis qu'elle pourrait s'y dissimuler. Elle aurait peut-être ainsi une chance de lui échapper. La gorge en feu, elle sentait son cœur battre au même rythme que le piétinement des sabots, de plus en plus rapide, de plus en plus sonore.

Elle tendit les bras vers les arbres, tout proches à présent. L'encolure du cheval la frôla, et elle sentit qu'elle quittait le sol, élevée en l'air, le souffle coupé, puis brutalement abattue en travers de la selle, retenue par les genoux du cavalier. Ainsi transportée à vive allure, ballottée comme un paquet, elle craignit un moment que tous ses os ne se brisent. Puis le cheval fit halte enfin, et l'on n'entendit plus que sa respiration haletante.

— Vous comptiez courir encore loin ?

Cette voix calme et bien posée… Un tantinet ironique…

Galvanisée par la fureur, elle entreprit de se redresser, mais une main ferme appuyait sur son dos, la maintenant dans cette position humiliante. Elle battit des bras, des jambes, jusqu'à frapper du pied le flanc du cheval qui ne réagit pas plus que s'il avait été de marbre, entraîné à la docilité par son maître.

— Lâchez-moi, sale Danois ! Misérable !

— Voilà bien de la violence, fit observer Wulfrum. Il va falloir que je vous apprenne les bonnes manières, Elgiva !

— Vous auriez l'audace de me donner des leçons, barbare que vous êtes ?

— J'ai l'impression que vous n'avez pas bien compris celle que je vous ai donnée tout à l'heure. Je vous ai dit comment je vous punirais, en cas de récidive…

Elgiva s'en souvint en effet, et son visage s'empourpra de plus belle. Comme elle se trouvait précisément sous la main du bourreau, et du côté adéquat, il lui serait très facile de mettre sa menace à exécution.

— Vous n'oseriez pas !

— Vous en êtes sûre ?

La main de Wulfrum s'abattit aussitôt avec force au bas de ses reins, lui arrachant un cri de douleur et d'indignation.

— Lâchez-moi, bandit, chien puant !

Une douzaine de coups supplémentaires vinrent compléter le châtiment.

Elgiva hurla de rage impuissante, mais s'abstint d'aggraver son cas en proférant de nouvelles injures.

— Mettez-vous bien dans la tête que vous n'avez plus à vous demander où aller. Vous m'appartenez désormais, et je tiens à garder par-devers moi tout ce qui m'appartient !

Trop indignée pour tenir compte des résolutions de prudence qu'elle venait d'adopter, Elgiva laissa de nouveau libre cours à sa hargne.

— Je ne t'appartiens pas et je ne t'appartiendrai jamais !

La main de son prétendu fiancé s'abattait de nouveau à plusieurs reprises, plus lourdement encore que la première fois. Etouffée de rage et d'humiliation, les reins endoloris, elle crut défaillir.

— Vous en voulez encore ? Je veux bien continuer, aussi longtemps que vous le voudrez…

Elle aurait eu encore beaucoup de choses à dire, en effet. Elle aurait pu mettre en cause sa naissance, sans doute inavouable, ses ancêtres, probablement abandonnés par la mer sur le sable un jour de grand vent, et lui prédire sans risque de se tromper qu'à sa mort, qu'elle souhaitait proche, il irait directement en Enfer.

Au prix d'un effort surhumain elle parvint à retenir sa hargne, et se contenta de gronder, tel un fauve pris au piège.

Wulfrum attendit un moment d'autres réactions, qui ne vinrent pas. Un sourire ironique aux lèvres, il mit son cheval au pas. Pour rentrer chez lui, à Ravenswood, il prendrait tout son temps.

Il ne la déposa sur le sol qu'après l'avoir portée dans sa chambre, où ils se trouvèrent seuls. La colère étouffait Elgiva. Sa chevelure ruisselait en désordre sur ses épaules, jusqu'au creux de sa taille. Sur son front et ses tempes, de longues mèches dorées dessinaient d'étranges arabesques, vestiges du combat qu'elle avait mené.

Wulfrum la contemplait en silence, comme frappé de stupeur devant tant de beauté.

A bout de souffle, Elgiva ne pouvait que rêver aux sévices qu'elle aurait voulu lui infliger. Il était trop fort pour qu'elle le domine, et la présence du lit l'incitait à la prudence. Il était si facile d'abuser d'une femme quand on se trouvait seul avec elle, et à la nuit tombante, dans sa chambre !

Wulfrum n'ignorait rien des dispositions que sa fiancée nourrissait à son égard. Il souriait pourtant. La colère animait le visage de la jeune femme, donnant plus d'éclat encore à son regard. Il éprouvait l'envie de la prendre dans ses bras et de goûter la douceur de ses lèvres, la saveur de sa bouche…

Mais s'il cédait à cette tentation, d'autres s'éveilleraient, auxquelles il se trouverait incapable de résister. Mieux valait laisser à Elgiva le temps de réfléchir, de comprendre que toute tentative d'évasion serait vaine. Elle n'était pas sotte et la leçon qu'elle venait de recevoir ne manquerait pas de porter ses fruits. Avec le temps, il comptait bien l'apprivoiser. Contrairement à ce qu'auraient fait ses compagnons d'armes, et sans doute ses frères, il ne comptait pas poursuivre pour l'heure la manifestation de sa force physique et de ses prérogatives sur elle.

Pendant un moment, ils restèrent face à face, immobiles et muets. Puis il s'écarta d'elle pour se diriger vers la porte.

— Jusqu'à nouvel ordre, vous resterez enfermée dans votre chambre. Si vous essayez d'en sortir, le garde que je vais mettre en faction vous en empêchera, par la force s'il le faut. Et si vous parvenez à vous enfuir quand même, ce n'est pas la fessée que vous recevrez, cette fois, mais le fouet.

Il sortit et referma la porte derrière lui. Epuisée de soulagement autant que de tension et de fatigue, Elgiva s'affaissa sur le sol. Le bruit des pas qui s'éloignaient s'atténua, puis ce fut le silence.

Chapitre 4

Il ne fallut pas moins de deux jours pour donner une sépulture à tous ceux qui avaient perdu la vie au cours de l'assaut. Travaillant dans l'urgence, les Saxons valides, désespérés de leur défaite et frappés par leur deuil, durent creuser des dizaines et des dizaines de tombes pour y déposer les corps de ceux qu'ils connaissaient pour la plupart depuis toujours. Comme l'église était détruite, le Père Willibald, qui creusait avec les autres, avait dû renoncer à célébrer un office et se trouvait contraint de bénir chaque corps aussi discrètement que possible, au moment de sa mise en terre.

Les Vikings célébraient eux aussi leurs propres rites, rendant à leur façon un dernier hommage à leurs morts. Des flammes s'élevaient, des chants de guerre, qui terrifiaient les vaincus.

Comme plusieurs autres femmes, Elgiva et Osgifu aidaient à l'ensevelissement des morts quand les soins à donner aux blessés leur en laissaient le loisir. Aylwin avait survécu, mais il avait perdu beaucoup de sang et restait encore d'une faiblesse extrême. Grâce à sa forte constitution ses blessures évoluaient cependant favorablement et il restait un espoir de le sauver. Les Vikings le surveillaient de près, sans le brutaliser toutefois.

Elgiva faisait tout pour qu'il demeure en vie, lui accordant tous ses soins, mais ses obligations auprès de l'ensemble des blessés — Danois ou Saxons — l'empêchaient de rester en permanence à son chevet, ainsi qu'elle l'aurait fait en d'autres circonstances.

Parmi ses patients, certains mouraient. D'autres s'accrochaient désespérément à la vie, comme le faisait Aylwin. Il la suivait des yeux autant qu'il le pouvait, quand elle allait d'un blessé à l'autre, avec une telle constance que Wulfrum ne tarda pas à le remarquer.

Il vint l'observer de près, sans compassion mais sans hostilité non plus. Dans un premier temps, l'un debout, l'autre allongé, ils ne prononcèrent aucune parole. Ce fut Wulfrum qui rompit le silence.

— Votre plaie se cicatrise ?

— Vous parlez notre langue ? Oui, ma plaie se cicatrise.

— Elgiva connaît bien son art de guérisseuse…

En l'entendant prononcer le nom de la jeune femme, Aylwin s'assombrit et par réflexe sa main droite se referma… sur le vide…

— Pourquoi êtes-vous venu me parler ?

— Je sais qu'Elgiva était votre fiancée. Je viens simplement vous avertir qu'elle ne l'est plus désormais.

— Elgiva m'est promise, protesta Aylwin malgré l'impuissance à laquelle il se trouvait réduit.

— Il n'en est rien. C'est à moi qu'elle appartient maintenant, tout comme cette salle, ce château, et tout le domaine, et c'est moi qui vais la prendre pour femme.

— Bon Dieu, non ! s'exclama Aylwin dans un tel élan qu'il parvint à redresser le torse.

Il retomba aussitôt sur sa couchette, grimaçant de rage et de souffrance.

— Vous voudriez m'en empêcher ? Comment ? ironisa Wulfrum.

Le vaincu demeura silencieux. Cette conversation le torturait autant moralement que dans son corps. Il aurait voulu qu'on le laisse seul, mais son tourmenteur continuait à lui imposer sa présence.

— Vous auriez dû l'épouser plus tôt…

— J'en avais l'intention, mais elle n'a pas voulu s'engager avant d'avoir fini de porter le deuil de son frère. Ce qu'un barbare de votre espèce ne peut comprendre, j'imagine…

— Je comprends surtout qu'elle était moins pressée que vous de conclure ce mariage.

Malgré son état de faiblesse, Aylwin rougit ; cette réflexion l'avait effleuré lui aussi.

— Dites-vous que dans votre malheur vous avez de la chance. Si vous aviez déjà été son mari, je vous aurais achevé pour vous la prendre. Dans le cours actuel des choses, vos espérances sont vaines. Oubliez-la.

— Jamais ! cria Aylwin, dont la voix retrouvait sa puissance.

Wulfrum se contenta de sourire et s'en fut, dédaigneux.

— Tout seul, il n'aurait pas pu aller bien loin, compte tenu de son état. Il a bien fallu qu'il ait des complices.

— C'est possible, en effet…

— Vous les connaissez ? Vous savez leurs noms ?

— Pas du tout, je vous assure.

— Mais si vous les connaissiez, vous ne me les donneriez pas, c'est bien ça ?

— Vous êtes perspicace…

Une telle sincérité était en elle-même une provocation. Wulfrum parvint pourtant à conserver son calme. Il refréna l'envie qu'il avait de la saisir par les épaules et de la secouer. Avec son air faussement innocent, la diablesse prenait plaisir à le voir en colère. Il ne la soupçonnait pas d'avoir participé directement à l'évasion, puisqu'elle était l'objet d'une surveillance permanente et qu'elle passait la nuit sous bonne garde, enfermée dans sa chambre, mais d'en savoir plus long qu'elle ne le prétendait.

Le soulagement dont elle avait fait montre, en apprenant que les recherches avaient été abandonnées, était trop évident pour ne pas l'inquiéter. Peut-être n'était-elle pas aussi indifférente à son ancien fiancé qu'il l'avait d'abord cru ? Cette idée ne fit qu'aggraver son mécontentement, et il la renvoya sans la questionner davantage.

Soulagée d'en avoir fini, Elgiva revint à ses patients. Elle sentait à tout bout de champ se poser sur elle le regard du Viking. Il ne mettrait certainement plus la main sur Aylwin, maintenant. Elle n'avait plus à s'inquiéter sur le sort de celui qu'elle avait choisi pour protecteur. S'il ne survivait pas, ses amis feraient disparaître son corps. Dans le cas contraire, ils l'emmèneraient en lieu sûr. Elle en éprouvait tant de plaisir qu'il lui était difficile de ne pas afficher un petit air de triomphe. Elle n'avait jamais été amoureuse d'Aylwin, mais elle était heureuse que, vif ou mort, il ait retrouvé la liberté.

N'ayant plus à s'inquiéter de lui, elle put donc se consacrer à ses préoccupations les plus immédiates, et d'abord à ses neveux. Elle ne voulait pas que les scènes auxquelles ils avaient assisté et même participé laissent trop de séquelles dans leur esprit. Pybba était trop jeune pour se rendre compte de leur gravité, mais Ulric se réfugiait, terrorisé, derrière la jupe d'Hilda dès qu'il apercevait un Danois.

Pour qu'il se détende, Elgiva le prenait sur ses genoux et lui chantait des chansons. Alors il se lovait contre elle, pour jouir de sa chaleur et de son affection.

En dépit de toutes ses occupations, elle tenait à passer chaque jour une heure au moins avec eux, en même temps qu'elle encourageait de sa présence Hilda, que l'entreprenant Ceolnoth accablait de ses assiduités. Après l'avoir un peu bousculée, le premier jour, il la pressait à présent de l'épouser, ce dont la jeune fille se défendait. Elgiva faisait tout son possible pour la soutenir dans cette épreuve et la consoler, avec d'autant plus de sympathie qu'elle se trouvait elle-même exposée à subir de pareils tourments.

Wulfrum n'imposait pas sa présence aux enfants, qui ne l'intéressaient pas. Il laissait les femmes s'en occuper, et s'en trouvait bien. Depuis qu'il était devenu seigneur de Ravenswood, aucun de ses hommes ne s'en était pris à eux, pas plus qu'à celles qui les élevaient.

Mais par un beau matin, passant non loin de leur chambre, il entendit des rires de femmes et des cris joyeux d'enfants. Par curiosité, il s'approcha de la porte entrouverte. Elgiva était agenouillée sur le tapis. Devant elle, l'aîné des deux garçons, couché sur le dos, se débattait avec des gloussements inarticulés pour échapper à ses chatouilles. Au fond de la pièce, Hilda, que l'on voyait généralement boudeuse, observait la scène en riant elle aussi, tout comme le plus petit, qu'elle balançait à bout de bras.

Jamais Wulfrum n'avait eu l'occasion d'assister à une scène aussi innocemment joyeuse. Surpris, ému même par ce spectacle, il s'attarda à le contempler. Il découvrait une Elgiva inconnue, rieuse et insouciante, oublieuse de tous les malheurs du monde en ce moment de grâce. Ces enfants étaient ses neveux, mais on aurait pu croire qu'elle les avait mis au monde, tant elle les comblait de tendresse.

Il se surprit à sourire aux perspectives qui s'ouvraient devant lui. Un jour, il aurait des fils. Et il lui serait bien doux de les avoir avec Elgiva. Pouvait-on rêver meilleure mère ?

Il restait immobile, ne faisant aucun bruit, mais un secret instinct révéla sa présence à Hilda. Dès qu'elle l'aperçut, sa bonne humeur l'abandonna, elle serra contre elle Pybba dans un mouvement apeuré. Quand Elgiva s'en aperçut, elle suivit son regard et se figea, comme si son sang se glaçait dans ses veines. L'aîné des enfants se tut dans un mouvement de recul, et ses yeux s'écarquillèrent sur l'intrus. D'un coup, la bonne humeur avait déserté la pièce, l'atmosphère était devenue pesante, comme dans l'imminence d'une catastrophe.

Elgiva se releva et serra le garçon contre sa jupe.

— Monsieur le comte ?

Elle était inquiète, c'était manifeste, et se tenait sur ses gardes. Wulfrum l'observa un long moment en silence. Il aurait voulu dire quelque chose de doux, de rassurant, mais il ne trouvait pas ses mots.

— Les enfants vont bien ? finit-il par demander, en désespoir de cause.

— Ils vont bien, répondit-elle.

— Tant mieux.

Son regard croisa fugitivement celui du petit garçon.

— On dirait qu'il a peur de moi.

— Cela vous étonne ?

— Il n'a aucune raison de me craindre.

Il fixa Elgiva dans les yeux, pour preuve de sa sincérité.

— Cet enfant et son frère se trouvent désormais sous ma protection, vous avez donc la certitude que personne ne leur fera de mal. Soyez-en bien persuadée, je vous prie…

Elle le regarda avec surprise mais ne fit aucun commentaire, car elle ne s'attendait pas à une telle promesse. Il était sincère, elle n'en doutait pas. Dès son arrivée, il avait sauvé la vie d'Ulric et de Pybba. Cet homme était son ennemi personnel, mais en cet instant, elle eut paradoxalement envie de lui faire confiance.

Comme il ne pouvait lire dans ses pensées et qu'elle restait silencieuse, Wulfrum prit conscience de sa propre maladresse. Qu'attendait-il d'elle ? Qu'elle lui dise qu'elle lui faisait confiance ? Qu'elle lui confiait ses neveux ? Conscient de son ridicule, il fit demi-tour et ressortit de la pièce où il n'avait fait qu'un pas. La confiance ne se commande pas, elle se mérite. Or jusqu'à présent, il ne s'était guère préoccupé de gagner l'estime ou la reconnaissance de sa future femme. Au contraire, même…

Il sortit du bâtiment principal pour aller surveiller les travaux, mais pendant toute la matinée le souvenir de la scène qu'il venait de vivre le hanta. Il ne pouvait effacer de son esprit le visage tourmenté d'Hilda, le regard méfiant d'Elgiva. Et puis il se souvint des menaces de Sweyn, du crime qu'il aurait commis s'il n'en avait été empêché. Il soupira. Oui, les craintes des enfants aussi bien que celles des femmes étaient justifiées. Il ne serait pas facile de les apaiser.

Mais Sweyn allait bientôt repartir avec Halfdan, et plus personne n'aurait à subir les conséquences de sa frustration. A l'usage, tous les habitants du domaine devraient finir par admettre qu'ils n'avaient rien à craindre de leur nouveau maître, car il aurait à cœur d'assurer leur protection. Il sentit alors peser tout le poids de ses récentes responsabilités.

On avait enfin fini de mettre en terre tous les morts. A défaut d'un rassemblement à l'église, les Saxons du domaine avaient eu la permission de se réunir pour prier sur les tombes. Lorsque Elgiva lui avait demandé l'autorisation de se joindre à ses gens, Wulfrum n'avait élevé aucune objection. Quelques gardes surveillaient de loin la réunion, sans doute pour que chacun se souvienne que le pouvoir avait changé de mains.

Une brise fraîche faisait onduler les ramures des arbres de la forêt. Elgiva resserra sa cape autour de ses épaules. Elle frissonnait d'angoisse autant que de froid. Telle une feuille emportée par le flux d'un torrent, elle ne pouvait rien faire pour contrôler sa course, pour tenter d'agir sur ce nouveau destin qu'on venait de lui tracer. De tout ce qu'elle avait connu, de tout ce qu'elle avait aimé, rien ne subsistait plus.

Elle se retrouvait prisonnière, à peine mieux traitée qu'une esclave. Avec quelques privilèges, cependant. En tant que future épouse du chef, aucun des barbares n'avait plus eu l'audace de l'importuner. Ce qui était déjà pas mal. On se contentait de l'observer de loin. Il ne lui déplaisait pas non plus de voir le domaine retrouver peu à peu ses activités ordinaires, sans que personne n'ait plus à craindre dans l'immédiat pour sa vie.

Seuls les fuyards traqués et repris dans la forêt attendaient que Wulfrum statue sur leur sort. Les bruits les plus divers couraient à ce propos. On parlait d'une exécution collective. Pour sa part, elle n'y croyait pas.

— Il a trop besoin de main-d'œuvre pour se passer d'eux, Gifu.

— Mais il peut aussi vouloir faire un exemple dont on se souviendra, tout en les laissant en vie, avait répondu Osgifu, sans préciser à quoi elle songeait.

La réputation des Vikings n'étant plus à faire, les gens du château craignaient le pire pour les prisonniers. Plus personne ne vivait dans la certitude d'un lendemain, tout le monde avait peur. Quelle que soit la décision prise, les prisonniers n'auraient de toute façon pas le choix. Ils étaient condamnés à se soumettre. Elle-même y était contrainte, puisqu'elle demeurait enfermée dans sa chambre chaque fois qu'aucune tâche ne l'occupait ailleurs. Mais ce relatif isolement lui convenait, dans la mesure où il lui permettait de n'avoir avec les envahisseurs qu'un minimum de relations.

Ce jour-là pourtant, tandis qu'elle se trouvait en plein air, l'impatience la gagnait. L'appel de la forêt éveillait en elle la nostalgie de ses longues randonnées avec Mara, du sentiment de liberté que l'on éprouve à cheval, au cœur des massifs. Elle avait accompagné son père et son frère à la chasse, galopé à bride abattue en terrain découvert jusqu'à la griserie, faisant sienne la puissance de sa monture. Sa jolie jument devait se morfondre dans sa stalle. Un palefrenier la sortait quelquefois, sans doute. Mais elle-même, aurait-elle un jour l'autorisation de la monter de nouveau ?

Contenant comme elle le pouvait son amertume et sa colère, elle posa sur les tertres fraîchement formés les dernières fleurs qui lui restaient. Autour d'elle, les survivants en deuil se retiraient par petits groupes, en silence, l'âme en peine. Perdue dans ses pensées, Elgiva fit comme eux et amorça son départ vers le château.

Elle s'aperçut alors que deux Saxons, Leofwine le forgeron et son fils Elfric, s'étaient portés à son niveau et l'encadraient. Le forgeron lui jeta un regard rapide qu'il détourna aussitôt.

— On a quelque chose à vous demander, madame…, dit-il entre ses dents.

Comme elle se savait surveillée, Elgiva fit de même.

— De quoi s'agit-il ?

— Il y a des hommes qui se cachent encore dans la forêt. Vous connaissez la grotte, au fond de la clairière aux dolmens ?

— Oui. Combien sont-ils ?

— Deux.

— Il vaut mieux qu'ils s'en aillent. Ils ne peuvent rien tenter pour le moment.

— Il y a un blessé, madame, Hunfirth, mon frère. Il a une mauvaise blessure au côté, et une flèche brisée dans l'épaule. Notre cousin Brekka l'a emmené avec lui après la bataille, et ils se sont cachés dans la grotte. J'ai dit à Brekka de partir, mais il ne veut pas l'abandonner, dans l'état où il se trouve. On leur a apporté à manger, mais j'ai bien peur qu'Hunfirth n'en vienne à mourir, si personne ne le soigne.

Elgiva se trouvait nuit et jour sous surveillance, et le sort d'Osgifu n'était guère plus enviable. Si elles tentaient ouvertement de s'éloigner du château, on les suivrait jusqu'à la cachette. En même temps, il lui était insupportable de ne pas secourir un blessé en danger de mort.

— Je vais tâcher d'arranger cela, Leofwine, je vous le promets. Le moment venu, Osgifu viendra vous prévenir.

— Que Dieu vous bénisse, madame !

— Qu'il nous bénisse tous, nous en avons grand besoin.

Il acquiesça d'un signe de tête et pressa le pas en même temps que son fils pour aller de l'avant et ne pas attirer l'attention sur le petit groupe qu'ils formaient.

Restée seule, Elgiva traversa le village en ruines. Trop de ses habitants étaient morts. Il fallait qu'Hunfirth survive.

Pour entrer dans l'enceinte, elle choisit de passer une fois de plus par la porte dont les charpentiers locaux remplaçaient les vantaux défoncés. Elle évitait ainsi les regards curieux des Vikings qui à leur habitude menaient grand tapage. Certains luttaient entre eux pour s'entraîner, d'autres soignaient leurs chevaux, d'autres encore revenaient de la chasse, car ils ne se contentaient pas de ce qu'ils avaient volé au cours de leur avancée dans la Northumbrie. Il leur fallait toujours plus de venaison. Tous les soirs ils faisaient la fête, chantaient, s'enivraient d'hydromel et terrorisaient les femmes et les filles, si par malheur ils en apercevaient. En pensant à elles, un frisson la saisit. N'était-elle pas elle-même promise à un sort funeste, ne vivait-elle pas comme en sursis ?

Perdue dans ses pensées, elle n'aperçut qu'au dernier instant l'homme qui se tenait sur son passage. Elle ne put retenir une exclamation de surprise et de peur, en reconnaissant le mauvais sourire de Sweyn, qui la détaillait sans vergogne. Elle lui jeta un regard plein de froideur, sans dire un mot, sans ralentir son allure, mais il s'interposa.

— Pas si vite, ma belle !

Il voulut lui caresser la joue, mais elle se déroba sans lui cacher son mépris.

— Débarrassez le chemin !

— Alors, Elgiva, on joue toujours à la dame hautaine avec moi ?

— Laissez-moi passer.

— Il reste une affaire à régler, entre nous.

Elgiva sentit son cœur battre plus vite mais elle redressa la tête et le défia, les yeux dans les siens.

— Je n'ai rien à faire avec vous. Rien du tout.

— Vous en êtes bien certaine ?

Elle essaya encore de passer, mais il l'en empêcha en lui saisissant le bras si fermement qu'il lui fit mal. Elle voulut se dégager. Il la serra plus fort.

— Je vous fais peur ?

— Parce que vous vous croyez capable de me faire peur ?

— Il me semble, oui…

— Lâchez-moi, imbécile !

— Elle te demande de la lâcher, tu es sourd ?

Comme sorti de nulle part, Olaf fut là tout à coup, sa hache pendant au bout de son bras. Il n'avait pas élevé la voix, gardant son calme, mais dans son expression tout indiquait qu'il aurait été très imprudent de discuter son injonction. Elgiva n'aurait jamais imaginé que la présence de ce géant lui ferait aussi plaisir un jour.

Sweyn n'était pourtant pas décidé à obtempérer.

— Mêle-toi de ce qui te regarde, Bradefer !

— Tout ce qui touche à Wulfrum me regarde. Cette femme lui appartient. Alors n'y touche pas.

Un instant, les deux hommes s'affrontèrent du regard. Sweyn ne décolérait pas, mais il finit par lâcher le bras d'Elgiva.

— Vous devriez rentrer chez vous, madame, lui dit Olaf.

Elle ne se le fit pas dire deux fois. Après lui avoir jeté un rapide coup d'œil, elle se hâta de suivre son conseil et s'éloigna, sentant peser sur ses épaules le regard des deux hommes.

Elle n'avait pas fait dix pas qu'elle aperçut une autre silhouette. Prise de court, elle s'arrêta net. Fallait-il qu'elle avance encore, ou qu'elle revienne sur ses pas ?

Wulfrum avisa les deux hommes, derrière elle, qui étaient restés sur place, sans bouger. Sweyn lui adressa un sourire moqueur, tourna les talons et s'en fut en affectant la désinvolture.

— Tout va bien, Elgiva ? s'inquiéta-t-il avec une sollicitude sincère. J'espère que Sweyn ne vous a pas importunée ?

— Pas du tout, répondit-elle vivement.

Elle se sentit rougir. Wulfrum fronça les sourcils.

— Vous ne savez pas mentir. Dites-moi ce qui s'est passé.

— Ce n'est rien. J'ai un peu chaud, tout simplement.

— Est-ce qu'il a porté la main sur vous ?

Elgiva se força à le regarder dans les yeux, pour qu'il sache qu'elle ne mentirait pas, cette fois. Elle en avait assez des querelles, des luttes, des combats. A quoi bon semer la zizanie entre ces deux barbares ?

— Olaf Bradefer a tout arrangé.

— Je ne vous parle pas d'Olaf. Sweyn vous a-t-il touchée, oui ou non ?

— S'il vous plaît… Ce n'est rien.

— C'est à moi d'en juger.

— Je suis lasse des cris, des coups, de tous les affrontements ! s'écria-t-elle avec une soudaine véhémence. N'en parlons plus, je vous prie !

Pour qu'elle ait ainsi élevé la voix, il fallait qu'elle parle du fond du cœur et que son chagrin soit sincère. Il fut touché par ses yeux couleur d'ambre, où se lisaient l'angoisse et le désespoir.

Ce qui venait de se passer l'avait affectée, sans doute, mais elle ne voulait plus en entendre parler. De longues explications ne feraient qu'ajouter à son désarroi. Il se garderait bien de les exiger. Il voulait au contraire trouver des mots pour l'apaiser, mettre en œuvre le projet qu'il s'était fixé de changer de comportement avec elle pour gagner son estime. Mais comment y parvenir, quand on n'a pas l'habitude de parler aux femmes ? Olaf le renseignerait, à l'occasion.

— Pour éviter de faire de mauvaises rencontres, montez vous enfermer dans votre chambre, cela vaudra mieux pour tout le monde, dit-il avec fermeté, mais sans rudesse.

Elgiva, qui s'attendait à un affrontement et de nouvelles vexations, ne sut comment réagir à ce brusque changement de ton, et resta muette. Elle ne put qu'acquiescer silencieusement et obéir.

Wulfrum la regarda partir sans illusion sur la raison de cette docilité inattendue. L'empressement qu'elle y mettait ne signifiait pas la soumission, mais le soulagement. Il aurait aimé trouver une raison de prolonger l'entretien, et il faillit la rappeler. Elle reviendrait, bien sûr, mais par obligation, non pas par plaisir. De toute évidence, elle ne se plaisait pas en sa compagnie, ce qui n'avait rien d'étonnant. Il soupira. D'ordinaire, on ne se préoccupait pas des états d'âme d'une fiancée, quand on l'avait conquise par la force.

Heureuse de n'avoir plus à supporter la présence perturbante de l'homme qu'elle avait le plus à redouter, Elgiva respirait plus librement. Wulfrum venait de faire preuve d'humanité. Pour un peu, elle lui en aurait été reconnaissante. Mais un envahisseur restait un envahisseur, et ne méritait à ce titre aucune indulgence.

De ce point de vue, Sweyn ne cherchait pas à faire illusion. Elle ressentait encore, marquée dans sa chair, la pression féroce de ses doigts. Si le géant n'était pas intervenu, il l'aurait frappée sans doute, ou lui aurait fait violence, sans songer aux conséquences de son acte. Ainsi font les barbares, sans cesse soucieux de la satisfaction immédiate de leurs instincts pervers.

« Elle appartient à Wulfrum », avait dit Olaf. A la réflexion, sa présence non loin de l'endroit où elle se trouvait ne devait rien au hasard. Le comte tenait à son bien, puisque voilà ce qu'elle semblait être dans son esprit, et il ne la faisait surveiller, protéger même, que pour s'en garder l'usage, comme il aurait tenu à conserver par-devers lui tout autre butin. Serait-il allé jusqu'à tuer Sweyn, si les choses s'étaient passées autrement ? Il y avait tout lieu de le croire.

Mieux valait ne pas y penser.

Quand le garde posté devant sa porte l'eut refermée derrière elle, elle en éprouva un étrange soulagement.

Osgifu vint la rejoindre quelques minutes plus tard, et elle s'empressa de lui répéter ce que Leofwine lui avait appris.

— Il faut absolument soigner ce pauvre Hunfirth, approuva aussitôt Osgifu. Nous avons eu déjà trop de morts.

— Sans doute, mais comment sortir sans être vues ? Il y a des gardes partout, à présent. Et le premier est juste derrière cette porte !

Le comte avait en effet posté des gardes non seulement devant la poterne triple, où se trouvaient les appartements des femmes et des enfants, mais aussi à l'entrée principale et tout au long de l'ancienne palissade, à intervalles réguliers. Personne ne pouvait plus entrer ou sortir sans être aperçu.

— A vrai dire, je n'en sais rien.

— Nous allons trouver le moyen de passer…

Quel qu'il fût, ce moyen ne devait rien laisser au hasard et ne comporter aucun risque, car il n'était pas question de se faire suivre et de conduire les Vikings à la grotte. Elgiva ne souhaitait pas non plus se faire capturer au retour par des gardes qui prendraient un malin plaisir à la jeter aux pieds de leur maître pour lui faire subir un interrogatoire beaucoup plus violent que celui auquel il venait de renoncer.

Ce fut Osgifu qui la première proposa une solution.

— C'est bien simple, dit-elle. Nous n'avons qu'à nous déguiser.

— Un déguisement ? Les gardes nous connaissent trop bien pour s'y laisser prendre.

— Ils s'y laisseront prendre, si nous jouons bien notre jeu. Les gens ne voient la plupart du temps que ce à quoi ils s'attendent.

— Où veux-tu en venir ?

Osgifu lui expliqua son plan. Quand elle eut fini, Elgiva sourit de contentement. L'idée était simple, en effet. Encore fallait-il qu'elle soit parfaitement mise en œuvre, car toute erreur leur serait fatale.

— Je vais en parler à Hilda, conclut Osgifu. Elle ne refusera pas de nous aider, d'autant qu'Hunfirth est son oncle, je crois. Il nous reste à espérer que le comte n'ait pas envie de vous rendre visite durant notre absence. Je n'aimerais pas le mettre en colère.

— Aussi longtemps qu'il ignore ce qui se passe, il n'y a rien à craindre, répondit hardiment Elgiva, que la perspective de la mission à accomplir galvanisait.

— Vous avez raison. Et puis le mauvais temps nous sert, il faut bien le reconnaître.

Osgifu endossa sa vieille houppelande grise et rabattit le capuchon sur ses yeux. Le printemps était froid et humide, il avait plu dans la journée, ce qui justifiait un tel accoutrement. Quand elle eut quitté la pièce, Elgiva se mit à rassembler le matériel qui lui serait nécessaire.

Osgifu ne tarda pas à revenir dans la chambre, en compagnie de la jeune Hilda, elle aussi vêtue d'un grand manteau à capuchon, dont elle se débarrassa aussitôt entrée pour qu'Elgiva puisse s'y envelopper à son tour.

— Vous allez sauver Hunfirth. Que Dieu vous bénisse, madame !

— Nous en avons tous grand besoin, Hilda…

Elle cacha sous l'épais tissu le sac de cuir qu'elle venait de préparer. Comme elle n'emportait que l'essentiel, il était de taille assez modeste pour passer inaperçu.

Une fois sa chevelure blonde rassemblée sous l'ample capuchon qui dissimulait son visage, sa silhouette ne différait guère de celle de la brune Hilda.

Avant leur départ, Osgifu tint à rappeler à la jeune fille l'importance de son rôle.

— Tu ne sors sous aucun prétexte pendant notre absence, tu as bien compris ? Sois patiente, il nous faudra du temps, sans doute.

— Soyez tranquille, et ne vous inquiétez pas pour les enfants. Acca s'en occupe.

Elgiva et Osgifu pouvaient partir rassurées. Acca n'était plus toute jeune, mais si aimable et si fidèle à la famille qu'Hilda n'aurait pu faire meilleur choix.

Au moment où les deux guérisseuses allaient franchir la porte, la jeune fille, très émue, s'approcha d'Elgiva.

— Madame, je voulais vous dire… Vous avez l'occasion de vous enfuir, profitez-en. Enfoncez-vous le plus loin possible dans la forêt. Vous pourrez y trouver des amis, et tous ces malfaisants ne pourront pas vous rattraper.

— Tu crois qu'ils vont te féliciter, quand ils te trouveront ici, dans ma chambre, à ma place ?

— Ce qu'ils me feront m'est bien égal, dit bravement Hilda.

— Eh bien moi, je tiens fort à ce qu'il ne t'arrive rien de fâcheux, tiens-toi-le pour dit, déclara-t-elle en lui serrant affectueusement le bras. Nous allons soigner Hunfirth de notre mieux et revenir le plus vite possible, c'est promis !

En quittant sa chambre au dernier étage de la tour, il arrivait qu'Elgiva adresse quelques mots dans sa langue à son gardien, souvent le même. En se taisant cette fois, la tête basse, elle passa inaperçue. Il avait vu entrer deux femmes encapuchonnées, il les vit ressortir sans se douter de la supercherie. Non sans effort, car tout les poussait à sortir au plus vite, elles traversèrent posément la cour jusqu'à la porte fortifiée, en voie de restauration. D'autres femmes enveloppées comme elles pour se protéger du froid entraient et sortaient, vaquant à leurs occupations. Plus attentifs aux allées et venues des hommes, jugés plus dangereux, les sentinelles les confondirent tout naturellement avec les autres.

Elgiva ne se remit à respirer normalement qu'une fois cet obstacle franchi. Elles avaient encore à traverser le village, où l'on rencontrait parfois des Vikings. Mais comme ils étaient toujours en groupes d'au moins trois, et toujours chargés d'une mission quelconque, aucun désœuvré ne risquait de les interpeller.

Quand elles passèrent devant la forge, qui se trouvait au plus près de la forêt, Leofwine, qui martelait un fer, affecta de ne pas les apercevoir. Mais son fils, le jeune Elfric, les avait précédées. Depuis l'orée du bois, il leur fit signe de le rejoindre. Après s'être assurées de n'être pas suivies, elles franchirent en hâte la courte distance qui les séparait de leur guide.

Malgré le danger qu'elles couraient toutes deux, Elgiva se sentait le cœur léger. Après cette longue période de claustration dans l'enceinte du château et plus encore dans la tour, elle se retrouvait en plein air, s'enchantait des odeurs de terre et d'herbe humides, s'émerveillait du spectacle des arbres au printemps, des mille nuances de la verdure, feuilles nouvelles, bourgeons, fleurs sauvages. Après le brouhaha constant qui régnait à Ravenswood, elle accueillait le silence comme une bénédiction.

Elle la connaissait par cœur, cette forêt qui lui avait appartenu… Elle aurait pu s'y cacher, y disparaître. Mais de ses chers neveux jusqu'au plus humble de ses serfs, le domaine avait besoin d'elle. Vaincue, dépossédée, elle n'abdiquerait pourtant pas.

La clairière aux dolmens se trouvait à une demi-lieue des premiers arbres. L'endroit n'était guère fréquenté, parce qu'il faisait peur. Il fallait bien que des monstres ou des sorcières toutes-puissantes aient hanté cet espace étrange pour disposer les unes sur les autres ces masses énormes verdies par la mousse, qu'aucune force humaine n'aurait pu déplacer. Au bord de la clairière se trouvait un affleurement rocheux. Seuls les initiés savaient qu'il abritait une grotte.

Elfric invita d'un geste Elgiva et Osgifu à faire halte et siffla trois fois, en modulant les sons. Un homme vêtu de braies et d'une cotte de cuir en très mauvais état surgit de derrière un buisson.

— Vous avez pu venir jusqu'à nous, madame. Dieu merci !

Elgiva reconnut Brekka, l'un de ses anciens fermiers. Il la salua en s'inclinant cérémonieusement.

— Il vous a fallu bien du courage pour venir jusqu'ici ! Je vous remercie d'avoir pris ce risque, et vous aussi, Osgifu… Hunfirth se trouve dans un triste état. J'ai fait tout ce que j'ai pu pour le soulager, mais autant dire que je n'ai rien fait.

Pendant qu'Elfric faisait le guet, les deux femmes empruntèrent l'étroit passage qui menait à la grotte où jadis Elgiva était descendue avec son frère. Le blessé se trouvait allongé à même le sol. Elles s'agenouillèrent de chaque côté de lui pour examiner ses blessures.

Son cas semblait désespéré. Son visage était d'une pâleur de cire, et sa respiration courte et sifflante semblait sur le point de cesser. Une fois les blessures mises à nu et nettoyées, le pronostic ne fut pas plus encourageant. Il avait reçu au côté un coup d'épée ou de poignard, et une flèche dont la pointe s'était brisée lui traversait l'épaule de part en part. L'empennage lui frôlait le visage, et la chair se boursouflait.

— Nous allons enlever la flèche et le soigner mais je ne réponds de rien, dit Elgiva pendant qu'Osgifu approuvait de la tête. Il a certainement perdu beaucoup de sang, et je doute qu'il puisse se nourrir assez copieusement pour reprendre des forces. Et puis il va beaucoup souffrir.

— Il s'y attend, dit Brekka. Il ne parle déjà plus. Si vous ne tentez rien, il rendra l'âme, de toute façon.

— Eh bien allons-y, dit Osgifu. Tu m'entends, Hunfirth ? Je vais te mettre un morceau de cuir entre les dents. Mords-le, jusqu'à te faire mal. Tu m'entends ?

Hunfirth mordit le cuir. Il entendait.

Effectuée dans la pénombre, à même le sol, avec peu de matériel, l'opération s'avéra plus délicate encore qu'Elgiva ne l'avait prévu. Pendant qu'Elfric montait la garde et que Brekka allait sans cesse chercher de l'eau à la source voisine, elles s'affairèrent auprès d'Hunfirth qui s'était évanoui au moment où Osgifu commençait à tirer la hampe de la flèche.

Elles firent de leur mieux, mais dans le fond de son cœur, Elgiva doutait qu'il survive.

— Nous avons fait ce que nous avons pu, dit-elle à Brekka pendant qu'Osgifu rassemblait leurs affaires. S'il survit, il aura de la chance. En cas de malheur, ne vous attardez pas ici. Les Vikings risquent de découvrir cet endroit à tout moment. De l'autre côté de la forêt, vers le soleil couchant, vous pourrez vivre libre. Ils poursuivent leur invasion vers le Nord.

— En cas de malheur, j'irai rejoindre les autres Saxons qui se cachent dans la forêt, et nous reviendrons tous ensemble, pour chasser l'envahisseur !

— J'ai vu couler trop de sang et trop d'hommes mourir. La vie est précieuse, Brekka. Ne risquez pas la vôtre.

— Quand j'aurai rejoint les autres, ce sera pour reprendre le combat, madame !

Elgiva renonça à le convaincre et sortit de la grotte avec Osgifu. Elles s'aperçurent alors qu'il faisait plus frais et que le crépuscule était proche. Absorbées par leur travail, elles n'avaient pas vu le temps passer.

— Hilda ! dirent-elles ensemble.

Elles se hâtèrent de rejoindre Elfric, qui s'inquiétait lui aussi, mais s'efforça de les rassurer. La pluie avait effacé leurs traces, et personne ne s'aventurerait plus en forêt à cette heure.

Ils purent en effet se déplacer assez vite jusqu'à la lisière, puis s'arrêtèrent. Aucune lumière ne brillait à la forge et Leofwine, qui aurait dû les attendre avec impatience, n'était visible nulle part. Elgiva se sentit mal à l'aise. Tout semblait trop tranquille. Tous trois partageaient la même inquiétude, la même nervosité.

— Ne restons pas là, on va se faire remarquer, dit leur guide. Mon père n'est sûrement pas loin.

Ils pressèrent le pas sur le sentier. Au moment où ils atteignaient la forge, une demi-douzaine de gardes sortis de l'ombre n'eut que quelques pas à faire pour les intercepter. Olaf Bradefer dirigeait le détachement. Il mit sa grande main sur l'épaule d'Elgiva, sans la serrer.

— Je vous laisse les deux autres, dit-il à ses compagnons. Attachez-les et enfermez-les avec les prisonniers.

Osgifu et Elfric s'éloignaient déjà sous bonne garde. Elgiva leva les yeux vers le visage de son gardien. Il ne la regardait pas. Il se mit en marche sans la prévenir et prit au plus court pour atteindre la poterne triple. Il lui fit monter l'escalier et ne la libéra qu'après l'avoir poussée dans sa chambre.

Wulfrum se tenait devant la fenêtre étroite.

— Bonsoir, madame. J'attends votre retour depuis un certain temps. Aurez-vous la bonté de me dire la raison de votre absence et le but de votre escapade ?

Elgiva ne répondit pas tout de suite. Ils restèrent un moment silencieux, les yeux dans les yeux. Wulfrum contenait de toute évidence une forte colère. Comment la supercherie avait-elle été découverte ? Par quelle malchance Wulfrum était-il venu dans sa chambre ? Elle ne pouvait savoir ce que Leofwine et Hilda avaient avoué. Il valait donc mieux ne pas lui mentir. Essayer de louvoyer serait courir un risque inutile et dangereux.

— Nous sommes allées soigner un blessé, Osgifu et moi.

— Un blessé. Quel blessé ? A quel endroit ?

— Il s'appelle Hunfirth. C'est le frère de Leofwine, le forgeron. Il a été blessé pendant la prise de Ravenswood, et s'est réfugié dans la forêt.

— Ils sont nombreux, avec lui ?

— Non. Il n'est qu'avec un seul compagnon.

— Où se trouvent-ils ?

— Là où nous les avons laissés.

— N'abusez pas de ma patience, Elgiva. Où se trouvent-ils ?

— Cela, je ne peux pas vous le dire.

— Vous ne le pouvez pas, ou vous ne le voulez pas ?

— Ce sont des Saxons, comme moi. Je ne les trahirai pas.

— Je vais vous faire parler ! la menaça-t-il.

En baissant les yeux, elle aperçut une très longue lanière enroulée autour d'un manche de bois attachée à sa ceinture. Ses jambes tremblèrent sous elle. Elle chercha sur ses traits un signe qui aurait pu la rassurer, mais il avait le visage dur, et son expression ne laissait rien présager de bon.

Elle se souvint de la menace qu'il avait formulée, le jour où elle s'était enfuie vers la forêt, et elle sentit son front se couvrir de sueur. Allait-il vraiment lui donner le fouet ? Oui, sans aucun doute. Que pouvait-elle espérer d'autre d'un barbare sans morale ni retenue ?

Elle se mordit la lèvre et serra les poings, pour empêcher ses mains de trembler. Quoi qu'il arrive, jamais elle ne trahirait Hunfirth et Brekka.

Elle releva la tête et regarda Wulfrum droit dans les yeux.

— Je connais l'art de soigner les gens, monseigneur. J'ai pour mission de les guérir et non pas de les conduire à la mort. Leofwine m'a demandé de sauver son frère, j'ai fait de mon mieux pour y parvenir. Tout comme j'ai fait de mon mieux aussi pour sauver vos propres hommes. Je suis au service de tous ceux qui souffrent, quels qu'ils soient. Si vous pensez qu'en soignant ceux qui souffrent de blessure ou de maladie, je commets un crime, tant pis pour vous… et pour moi.

— Soigner les gens n'est pas un crime. Mais contrevenir à mes ordres en est un !

— Je ne savais pas que vous aviez donné l'ordre de laisser des hommes mourir de leurs blessures.

— Ne jouez pas sur les mots !

— Je ne veux jouer sur rien.

— Parlons plutôt de vos complices. Vous en avez beaucoup, il me semble, et qui vous sont tout dévoués.

— Leofwine m'a demandé de soigner son frère. Osgifu et Hilda m'ont aidée parce que je les connais bien et que je le leur ai demandé. Il n'y a rien à leur reprocher. Si votre colère doit s'abattre sur quelqu'un, que ce soit sur moi. Dans toute cette affaire, je suis la seule responsable.

Wulfrum la foudroya du regard, mais elle ne baissa pas les yeux. Allait-il la tuer ?

— La seule responsable ? Voilà des mots que vous pourriez regretter !

— Je vous en prie, monseigneur, ne leur faites pas de mal. Ils n'ont rien à me refuser, ils n'auraient pu se conduire autrement.

— Ils vous sont indéfectiblement fidèles, en tout cas.

— La fidélité non plus n'est pas un crime.

Wulfrum serra les dents. Diable de femme ! Quelle audace et quel courage ! Il ne pouvait s'empêcher de l'admirer, malgré le courroux qui l'agitait. Elle avait vu son fouet, elle savait à quoi s'attendre de sa part — elle en avait déjà eu un aperçu, lors de sa tentative de fugue — et pourtant elle avait répondu à ses questions sans qu'une seule ombre de peur ne soit venue ternir l'éclat de ses yeux couleur d'ambre. Elle ne lui avait pas menti non plus, alors qu'elle ignorait qu'il était déjà au courant de bien des choses.

Première victime de sa colère, la jeune Hilda, presque morte d'inquiétude pour sa maîtresse et que sa visite imprévue avait terrorisée, n'avait pu que balbutier l'essentiel de ce qu'il voulait savoir. Olaf Bradefer s'était de son côté souvenu d'avoir observé quelques échanges entre Elgiva et le forgeron du village, le jour où il avait autorisé le prêtre à célébrer un office en plein air pour les Saxons morts. Pour mieux l'impressionner, il s'était fait accompagner d'une escorte pour interroger Leofwine qui, pris de court et habilement leurré, avait fait l'éloge de son frère, blessé au combat.

En entendant le compte rendu de l'interrogatoire, Wulfrum avait volontiers admis l'épisode du blessé à secourir. Mais ce qui l'avait mis dans une rage folle, c'était qu'il ne pouvait croire au retour d'Elgiva après cela. Comme elle était partie en forêt avec quelques heures d'avance, il en avait conclu qu'elle se disposait à disparaître pour se réfugier quelque part en Northumbrie, loin de lui, hors d'atteinte à jamais.

Cette idée l'avait laissé dans un état étrange, une fureur comme rarement il en avait connu en même temps qu'une angoisse profonde. Dans un premier temps, il avait envisagé de se lancer à la poursuite de la fugitive avec l'élite de ses hommes. Mais Hilda aussi bien que le forgeron croyaient si fermement au retour de leur dame qu'il y avait cru lui aussi finalement. Renonçant à entreprendre un raid hasardeux, il s'était mis à l'attendre.

Et elle était revenue.

En le voyant silencieux, perdu dans de sombres pensées, si elle en jugeait par l'expression farouche de son visage, Elgiva s'attendit au pire.

Il s'anima soudain, un sourire qui n'avait rien d'agréable aux lèvres. Sa décision était prise, sans doute.

— A propos de fidélité, déclara-t-il, nous allons mettre à l'épreuve celle de vos complices. Rien de tel que le fouet, pour délier les langues.

Il détacha de sa ceinture la lanière enroulée. Elgiva

blêmit. Les larmes aux yeux, elle fit ce qu'elle n'aurait pas fait pour elle, elle le supplia :

— Par pitié, ne leur faites pas de mal ! Ils ne sont coupables de rien, ils n'ont fait qu'obéir à mes ordres…

— Eh bien, pour leur éviter le fouet, dites-moi où se trouvent ces deux fuyards.

— Je n'en ai pas le droit. Vous devez le comprendre.

Il s'avança d'un pas. Elgiva cessa de respirer mais resta ferme en face de lui. Derrière elle, elle sentait la présence écrasante de Bradefer.

— Pour la dernière fois je vous le demande, Elgiva… Où sont-ils ?

Il lui laissa le temps de répondre. Comme elle demeurait muette, c'est à son second qu'il s'adressa.

— Occupe-t'en, un par un, Olaf, ordonna-t-il en lui lançant le rouleau qu'il tenait.

— C'est comme si c'était fait, répondit le géant en attrapant adroitement le fouet.

Au désespoir, Elgiva l'entendit refermer la porte derrière lui et put compter ses pas, qui décroissaient. Une fois le silence revenu, elle se trouva seule avec Wulfrum qui la scrutait, le visage si effrayant qu'elle ressentait douloureusement les battements précipités de son cœur.

— Par pitié, murmura-t-elle, ne faites pas cela.

— Si vous étiez aussi soucieuse que vous le prétendez du bien-être d'autrui, vous n'auriez pas fait de ceux qui vous soutiennent les complices de votre désobéissance !

— Punissez-moi, mais épargnez-les !

Ses beaux yeux brillaient plus que de coutume, d'un éclat différent. Wulfrum se demanda si elle allait se mettre à pleurer tout à fait. Non, sans doute. Il commençait à la connaître. Elle était trop fière pour lui donner le spectacle de ses larmes. Il était temps de lui adresser un avertissement solennel.

— La vie de vos complices est entre vos mains. Si vous avez l'audace de commettre encore la même erreur qu'aujourd'hui, ils seront tous exécutés. Je vous le dis une fois pour toutes, Elgiva. Ne comptez pas sur moi pour m'attendrir sur leur sort.

Elle lui fit face, pâle mais résolue, à la fois effrayée et hostile, cherchant ses mots pour s'assurer d'avoir bien entendu.

— Alors vous n'allez pas les tuer ?

— Disons que je les place en sursis. Tout dépendra de vous.

— J'ai bien compris, dit-elle.

— Vraiment ? demanda-t-il en penchant brusquement la tête vers elle. Je l'espère bien en tout cas…

Elle eut toutes les peines du monde à ne pas reculer. Il la dominait de toute sa hauteur, de toute sa force, plus effrayant encore d'être aussi près d'elle, à la toucher. Elle frissonna.

— En guise de punition, reprit-il, vous resterez enfermée seule dans cette chambre, jusqu'à nouvel ordre.

— Mais il faut bien que je voie mes neveux…

— Vous n'aviez qu'à y penser plus tôt ! répliqua-t-il sèchement.

Elle serra les poings pour s'empêcher de le frapper, de l'injurier. Aussi bien pouvait-il lire sur son visage, dans son attitude, quels sentiments elle éprouvait à son égard.

Il releva vivement les sourcils et son regard s'éclaira, comme si une idée lui passait par la tête.

— Pour vous empêcher de sortir, j'ai bien envie de vous enlever tous vos vêtements. On ne se sauve pas dans la forêt, toute nue…

Il vit Elgiva rougir, ses lèvres trembler, son regard vaciller, tout son corps frémir. Le spectacle qu'elle lui offrait ainsi était si ravissant qu'il ne put retenir un sourire de satisfaction. Il était parvenu à lui faire perdre pied, cette fois.

En le voyant sourire, elle comprit qu'il se moquait d'elle. Elle l'aurait volontiers accablé d'injures, mais la prudence la retint. Il ne faisait pas bon défier les barbares, puisqu'ils ignoraient la morale. A la moindre provocation, cet homme était bien capable de lui donner la preuve qu'il ne plaisantait pas. Elle en avait déjà fait la douloureuse expérience.

Wulfrum de son côté se félicitait de sa propre retenue. Il déshabillait sa ravissante fiancée du regard, mais s'en tenait là. La tentation était forte, mais il y résistait. Chaque chose en son temps. La découverte aurait lieu à son heure. En attendant, sa future épouse aurait le loisir de méditer dans la solitude les vertus de l'obéissance.

Il recula de deux pas, pour la saluer.

— Je vous souhaite le bonsoir, madame.

Stupéfaite par cette brusque retraite, Elgiva resta muette et se contenta de suivre des yeux le maître de son destin jusqu'à ce que la porte se soit refermée sur lui. Elle l'entendit parler au garde, descendre les degrés, puis ce fut le silence.

Alors elle se mit à son tour en mouvement pour arpenter la pièce, en proie à la peur qui naît de l'ignorance. Si Hilda, Osgifu, Elfric et Leofwine souffraient en ce moment même, c'était à cause de son retard. Elle n'avait pas prévu que l'intervention se prolongerait à ce point.

Il lui restait un espoir cependant. Puisque Wulfrum voulait garder ses otages en vie pour en disposer dans l'avenir, il venait sans doute d'inviter son effrayant bourreau à retenir ses coups. Ils ne mourraient pas sous le fouet. Elle ne portait aucune estime à Wulfrum mais devinait qu'il était trop orgueilleux pour manquer à sa parole.

Dans une crise de rage impuissante, elle se jeta sur son lit. Oh, cet homme ! Cet homme ! L'horreur la prit à la gorge. *Son lit…* Elle se trouvait exactement à l'endroit où son ennemi personnel comptait la rejoindre, quand il le voudrait, pour la tenir à sa discrétion et abuser d'elle.

Elle abattit rageusement ses poings sur la paillasse parfumée d'herbes odorantes, furieuse contre lui, furieuse contre elle-même.

Chapitre 5

Pendant les jours suivants, Elgiva eut tout le temps de ressasser dans la solitude la plus complète l'ensemble de ses ressentiments. Un gardien lui apportait deux fois par jour ses repas, sans desserrer les dents. Elle ne reçut aucune visite à part lui, et personne ne put la mettre au courant du sort réservé à Osgifu et aux autres. Elle se demandait aussi si Hunfirth avait survécu, si Brekka était encore libre, si on avait des nouvelles d'Aylwin.

Elle ne regrettait pas pour autant son escapade. En allant au secours d'un homme en danger, d'un homme qui avait été blessé en défendant Ravenswood, Osgifu et elle n'avaient fait que leur devoir. Elle se demandait comment ses amis avaient supporté les coups de fouet reçus de la main du plus puissant des barbares. En ce qui la concernait, l'oisiveté associée à l'ignorance ne faisait qu'aggraver chaque jour ses souffrances. Wulfrum le savait sans doute, et jouissait de sa vengeance.

Il avait l'art de punir. Il aurait pu faire un exemple en la mettant au supplice, au vu et au su de tous. Mais il avait choisi de lui infliger une torture plus pénible et plus raffinée que toute manifestation de violence physique. Lorsqu'il la ferait sortir de sa prison, peut-être apprendrait-elle qu'Osgifu et les autres avaient été pendus. L'enfermement auquel elle se trouvait condamnée n'était que le prélude à d'autres châtiments, bien pires encore, elle en était persuadée. Mais en attendant, rien n'était plus insupportable que se morfondre dans les supputations et dans l'attente.

— Qu'il aille au diable ! redit-elle pour la centième fois au moins depuis le début de sa captivité.

Le quatrième jour, au début de l'après-midi, elle entendit des bruits derrière la porte. Elle courut se réfugier près de son lit, mais elle vit entrer Osgifu, et s'élança pour se jeter dans ses bras.

— Gifu ! Enfin, te voilà ! Tu vas bien ? J'ai craint le pire. Ils t'ont fait mal ?

— Pas du tout. Je m'inquiétais pour vous, cela m'a suffi pour être malheureuse.

— Qu'en est-il d'Hilda et des autres ?

— Ils vivent au jour le jour, comme tout le monde. Il ne leur est rien arrivé de particulier.

— Et mes neveux ?

— Hilda les gâte trop ! Je leur ai dit qu'ils allaient te revoir, ils sont contents.

Elgiva ferma les yeux. Il fallait qu'elle remercie Dieu d'avoir exaucé ses prières. Son soulagement était si total, si inattendu, qu'elle crut défaillir et se mit à trembler si fort qu'Osgifu s'alarma.

— C'est vous qui souffrez ! Il vous a battue ?

— Non, balbutia Elgiva à travers ses larmes. Mais j'ai eu si peur pour vous…

Osgifu la fit asseoir près d'elle sur le lit, pour la cajoler et l'aider à reprendre son souffle.

— Nous aussi nous avons eu très peur. Si vous saviez quels bruits couraient !

— Le gardien t'a laissée entrer ?

— Le comte Wulfrum vient de me dire qu'il me laisserait passer.

— Ils t'ont gardée enfermée longtemps ?

— Jusqu'au lendemain matin.

— Ce n'est pas possible !

— Mais si. Ils sont d'abord venus chercher Leofwine. Hilda et moi, nous pensions ne jamais le revoir. Le pauvre Elfric pleurait toutes les larmes de son corps, il se voyait déjà orphelin…

— Et alors ? Que s'est-il passé ensuite ?

— Leofwine nous l'a dit plus tard, en revenant de la forêt avec eux. Nous étions déjà libres, à ce moment-là. Wulfrum lui a promis de ne pas le punir et de lui rendre Elfric. C'était du chantage, d'une certaine façon, mais il s'est laissé convaincre de les conduire jusqu'à la clairière aux dolmens. Dans la grotte, ils ont trouvé le corps d'Hunfirth, qui était froid. Il a dû mourir au début de la nuit, sans reprendre connaissance. Brekka était sans doute déjà loin.

Elgiva se tut, hochant pensivement la tête. Un mort de plus, songeait-elle tristement.

— Et Brekka ? Ils n'ont pas essayé de le rattraper ?

— D'après Leofwine, les Vikings préfèrent se déplacer en terrain découvert, là où personne ne peut tendre une embuscade. Et puis Wulfrum voulait rentrer au plus vite. Ils ont ramené avec eux le corps d'Hunfirth. Son frère n'aurait pas pu le déplacer tout seul.

Elgiva n'en croyait pas ses oreilles.

— Wulfrum a permis à Leofwine de l'enterrer ?

— Près d'ici, avec les autres, oui. A moi, il m'a dit de continuer à soigner les blessés qui ne sont pas encore en état de reprendre leur service. Il fait peur, mais on dirait qu'il aime bien étonner son monde. Quand les gardes m'ont emmenée avec Elfric, l'autre soir, j'étais certaine d'être pendue, ou jetée aux chiens. Il a besoin de nous, bien sûr, mais quand même, il est bizarre…

En se rappelant les menaces que Wulfrum avait proférées

quelques jours auparavant, Elgiva le trouvait étrange, en effet. En sa présence, il avait pris le masque d'un bourreau pour l'effrayer. Mais Olaf Bradefer, son fidèle second, n'en avait pas été dupe. En saisissant le fouet avec empressement, il savait bien qu'il n'en ferait pas usage.

— Nous avons d'abord cru qu'il vous avait tuée, reprit Osgifu. Mais quand les gardes nous ont empêchées de monter jusqu'à votre porte ou de passer par le palier, nous avons compris que vous étiez retenue prisonnière. Chaque fois qu'il est venu voir les blessés, je lui ai demandé la permission de venir vous voir. Il ne me l'a donnée que tout à l'heure.

Submergée d'émotions contradictoires, Elgiva se sentait très faible.

— J'ai eu si peur, Gifu. J'ai tellement craint de ne jamais vous revoir ! Je…

Les sanglots l'étouffaient. Elle avait si longtemps fait la brave… Maternellement, Osgifu la serra entre ses bras et fit de son mieux pour la consoler, comme dans les temps anciens.

— Ne pleurez pas, ma petite. Vous avez été si courageuse. Vous nous avez servi de modèle. Vous nous avez donné la force de ne pas désespérer, d'agir sans nous soumettre.

— Je lui en veux tellement, de m'avoir fait croire à toutes ces horreurs, le fouet, la torture…

— Il aurait pu tuer Hilda, en la trouvant à votre place. Il ne s'est vengé qu'avec des mots. Vous le savez, maintenant, vous n'avez plus à vous angoisser. J'ai eu le temps de réfléchir à son comportement. Ce Viking respecte le courage. Il reconnaît le vôtre et il vous admire, j'en suis certaine.

— Il me méprise, au contraire. Il s'imagine que je lui appartiens !

— Songez qu'il a tous les pouvoirs, que d'autres que lui se seraient réjouis de nous voir tous pendus, et qu'il faut qu'il se sente vraiment fort pour courir le risque de passer pour indulgent, auprès des brutes qui constituent sa troupe de guerriers. Quand ils nous ont libérés, le lendemain, ceux qui nous avaient mis au cachot semblaient plus étonnés que nous. Encore une fois, Elgiva, je suis persuadée qu'il vous admire, même s'il n'en montre rien. Vous lui avez fait forte impression, aucun doute là-dessus.

— Mais il s'est cruellement joué de moi avec son fouet, puis en me laissant m'inquiéter pendant des jours, toute seule, sans rien savoir de ce qui se passait vraiment !

— Ce n'est pas entièrement une brute, en tout cas. Il ne manque pas de finesse, dans son genre.

— Tu veux dire de raffinement dans la méchanceté ! Jamais je n'ai vu esprit plus tortueux, plus fourbe. Je le lui dirai en face, à la première occasion. C'est incompréhensible, mais on dirait qu'il m'évite.

Osgifu sursauta.

— Vous ne l'avez pas revu, depuis ce soir-là ?

— Non. Je n'ai vu que les gardes, tous muets, bien sûr, qui m'ont apporté mes repas.

— Il va bientôt vous laisser sortir, je parie.

Elgiva poussa un gros soupir. Si seulement Gifu pouvait ne pas se tromper ! Mais il valait mieux ne pas se bercer d'espérances. En libérant ses prisonniers quelques heures seulement après leur arrestation, Wulfrum avait aggravé la punition qu'il lui infligeait. Il ne s'agissait plus de secours donnés à un blessé, mais de représailles à ce qu'il estimait être une provocation personnelle. Il n'avait pas besoin de la faire fouetter pour lui faire sentir sa toute-puissance.

— Je le hais !

— Disons qu'il a gagné la partie, cette fois. Il n'a plus besoin de vous tenir enfermée plus longtemps, ma petite.

Osgifu avait fait preuve de trop d'optimisme, car Elgiva

resta enfermée dans sa chambre. Elle n'eut pas non plus l'occasion d'adresser la parole à Wulfrum, puisqu'il s'abstint de lui rendre visite. Pour compenser la mélancolie qui naît de la claustration, elle se disait qu'il était peut-être revenu sur ses premières intentions, la trouvant par trop rebelle et insolente, et qu'il ne s'intéressait plus à elle. A moins qu'il ne l'ait tout simplement oubliée au sommet de sa tour, comme une princesse de légende…

Mais trois jours après cette première visite que sa chère Osgifu avait été autorisée à lui faire et qui s'était reproduite depuis, la porte s'ouvrit. Le temps de ranger son ouvrage, Elgiva se retourna et pâlit de surprise. Wulfrum était là. Pendant un moment qui lui parut très long, ils restèrent immobiles, face à face, les yeux dans les yeux.

Puis le regard de Wulfrum se déplaça bientôt pour l'examiner dans le détail, admirer sa silhouette, la perfection de son visage, l'éclat incomparable de ses prunelles. Un peu plus pâle que de coutume, elle n'avait rien perdu de sa beauté, et son caractère n'avait rien perdu de son agressivité, s'il en jugeait par la façon dont elle relevait le menton, comme pour lui lancer un défi. Sans doute s'irritait-elle de l'examen qu'elle subissait.

Allait-elle lui demander de lui rendre la liberté ? Il ne le croyait pas. Elle n'était pas femme à quémander une faveur, à demander pardon pour elle-même. Elle savait plaider la cause de ses amis et de ses proches. Mais elle se serait coupé la langue plutôt que de solliciter la moindre faveur à son bénéfice. Elle était fière et vaillante. A ses charmes physiques, qui lui étaient apparus dès le premier regard, s'ajoutaient des qualités morales tout aussi séduisantes, lorsqu'on est un guerrier et que l'on va prendre femme. La chance lui avait souri. Un véritable conquérant se plaît à rencontrer de la résistance. Plus les difficultés à vaincre sont grandes, plus belle et valorisante est la victoire.

Déconcertée par la durée de l'examen dont elle était l'objet aussi bien qu'incapable de lire dans les pensées de l'homme qui lui faisait face, Elgiva s'impatientait. Ce silence allait-il donc s'éterniser ?

N'y tenant plus, elle le rompit.

— Vous aviez quelque chose à me dire, monsieur le comte ?

— En effet, mais je n'ai pu venir vous voir plus tôt. Il m'a fallu régler d'abord d'autres affaires.

— L'enterrement de vos victimes, par exemple ?

— Entre autres, répondit-il sans relever l'ironie du propos. Mais il se trouve que j'ai l'esprit plus libre, à présent, et que d'autres priorités me sollicitent.

De quoi s'agissait-il ? Malgré sa curiosité, Elgiva se contenta de lui jeter un regard froid et distant, sans émettre le moindre commentaire, tandis qu'il s'approchait d'elle. Il était plus grand encore que dans son souvenir, plus impressionnant, mais elle s'efforça de n'en rien montrer.

— C'est de notre mariage que je suis venu vous entretenir, dit-il en faisant halte à deux pas d'elle.

Soudain glacée, elle se sentit pâlir et perdre de sa superbe.

— Ne me dites pas que vous n'y pensiez plus, madame ? Ni que vous espériez que je l'aie moi-même oublié ?

Elle se mordit la lèvre et ne répondit pas.

— Si tel était le cas, je suis désolé de vous décevoir, Elgiva… Vous et moi, nous nous marions demain matin.

Elle accusa le coup, mais se reprit aussitôt.

— Je refuse de me marier !

— Il vaudrait mieux que vous donniez votre consentement au moment de la cérémonie. Ce serait plus convenable, il me semble.

— Et si je ne le donne pas ? J'y serai contrainte ?

— Oui, bien sûr, répondit-il comme si la chose allait de soi.

Les prunelles couleur d'ambre tenaient sous leur feu les prunelles couleur d'azur, sans en troubler le calme. Elle l'aurait volontiers giflé, pour ôter de son visage cet air suffisant qu'il arborait et qu'elle trouvait insupportable. Mais à quoi bon le frapper ? Plus efficace encore que son armure, son arrogance le mettait hors d'atteinte des coups.

— Vous vous imaginez que je vais m'abaisser jusqu'à épouser un Viking ? Un usurpateur ? Plutôt mourir !

L'attaque était brutale. Wulfrum sembla perdre un peu de sa bonne humeur, mais parvint à se contenir.

— Rien ne justifie cette bouffée d'orgueil, madame. Ne vous placez pas trop haut dans votre propre estime, la chute n'en sera que plus brutale.

Il avança d'un pas, venant presque se coller à elle. Instinctivement, elle recula d'autant, et se le reprocha aussitôt. Cette manifestation de faiblesse n'étant pas passée inaperçue, Wulfrum sourit de satisfaction. Il la toisa d'un regard critique, de la tête aux pieds.

— Je souhaite que demain vous portiez des vêtements moins sombres, dit-il tranquillement. N'oubliez pas qu'une cérémonie de mariage est une fête, et que vous en serez la reine.

Elgiva portait encore le deuil de son frère. Sa robe brune ne présentait d'autre ornement que sa ceinture brodée, à laquelle se trouvaient accrochés son couteau et son trousseau de clés, symbole dérisoire de son ancien pouvoir. Une simplicité de mise qui n'était pas au goût de ce fiancé qu'elle n'avait pas choisi, mais dont elle n'était pas disposée à changer. Est-ce que ce barbare s'imaginait qu'en son honneur elle allait revêtir ses plus beaux atours ? Il se trompait lourdement.

Avait-il lu dans ses pensées ? Avait-elle, sans s'en rendre compte, serré les lèvres et pincé le nez, en signe de mépris ? Toujours est-il qu'il cessa de l'examiner pour jeter autour de lui un regard circulaire, l'arrêtant sur le grand coffre décoré dans lequel elle rangeait ses toilettes, puis traversa la pièce dans sa direction. Oserait-il l'ouvrir ?

Il osa... Suffoquée, elle le vit en sortir une à une chacune de ses belles robes, leur jeter un rapide coup d'œil et puis les envoyer voler jusque sur son lit. D'abord la bleue, puis la verte, puis la mauve, et enfin la blanche si généreusement ornée qu'on ne voyait que ses broderies dorées. Il s'arrêta à la considérer longuement.

— Demain matin, c'est celle-ci que vous porterez, décida-t-il en la posant près des autres, mais à part.

— Comme le deuil de mon frère n'est pas encore achevé, il est tout à fait exclu que je m'habille ainsi ! dit-elle sèchement.

— Vous allez devenir demain l'épouse d'un comte. Vous devez donc vous vêtir comme il convient à une femme de ce rang.

— Il m'est impossible d'oublier la mort de mon frère, objecta-t-elle. Et par ailleurs, je suis déjà de noble lignage par ma naissance...

— Entendez-moi bien, Elgiva... Je tiens absolument à ce que vous portiez cette robe pendant la cérémonie, et pas une autre !

— Je m'y refuse.

Le regard de Wulfrum se durcit.

— Vous allez la porter, dussé-je vous la mettre de force ! déclara-t-il en revenant vers elle.

Elle faillit le mettre au défi, mais se retint à temps. Entêté comme elle le connaissait, il était bien capable de la prendre au mot, et de passer à l'acte sur l'instant. Retenant sa rage, elle se contenta de lui lancer un regard venimeux.

— Ce sera tout, monseigneur ? Rien d'autre pour votre service ?

— Mais si, répliqua-t-il. Merci de me le rappeler.

Il la serra contre lui. Elle se raidit.

— Vous aurez beau me frapper aussi fort que vous le voudrez, je vous annonce que vous allez me donner un baiser.

— Jamais, vil…

Elle n'en dit pas davantage, bâillonnée par sa bouche. Elle se débattit, sans toutefois pouvoir échapper à cette étreinte. Wulfrum prenait son temps, faisait durer le plaisir… C'était insupportable.

— Lâchez-moi ! cria-t-elle quand il reprit son souffle. Comment osez-vous me traiter ainsi ?

— Il n'est pas question de vous lâcher, répondit-il. Quant à savoir de quoi je suis capable…

Elgiva rougit jusqu'au front. Les odeurs lui faisaient tourner la tête, odeur du cuir, odeur de l'homme… Du coin de l'œil elle voyait le lit, tout encombré de robes. S'il décidait d'aller jusqu'au bout de ses menaces, elle n'aurait pas assez de force pour l'en empêcher. En ce moment même elle se sentait si fragile entre ses bras, sans qu'il ait à faire d'effort !

Il lui reprit la bouche et l'obligea cette fois à desserrer les dents pour la caresser de sa langue. Elle se sentit devenir subitement faible, molle comme une poupée de chiffons, et bientôt ses mains ne le repoussèrent plus. Alors il ne la força plus, et sa caresse devint insinuante, plus douce encore… Comme elle l'avait fait la première fois, elle songea qu'aucun homme ne l'avait jamais embrassée ainsi. Aucun homme n'avait éveillé au plus profond d'elle un tel élan de chaleur, jamais encore elle n'avait éprouvé ce vertige intérieur qui la transportait.

Quand il finit par s'écarter d'elle, elle détesta cependant son sourire, un sourire de triomphe. Elle eut horreur de ce qu'elle venait de faire en s'abandonnant ainsi à lui. Elle se trouvait en présence d'un ennemi. Qu'elle ait pris goût au baiser qu'il lui imposait la comblait de honte. Comment se respecter soi-même, quand on fait preuve d'une indigne faiblesse ? Pire encore, quand votre ennemi s'amusait si ouvertement d'avoir remporté sur vous la victoire ?

— Que puis-je faire d'autre pour vous être agréable, Elgiva ?

L'odieux individu badinait ! Il lui posa pour faire bonne mesure un petit baiser dans les cheveux, au creux de l'oreille, sur la joue. Elgiva trouva dans l'indignation la force de se libérer.

— Je n'attends rien de vous, barbare, vous me répugnez ! cria-t-elle en grimaçant de dégoût.

Wulfrum la contempla sans s'émouvoir, et ne fit rien pour la maîtriser de nouveau.

— Comme c'est curieux, dit-il sans élever la voix. Je viens d'éprouver l'impression contraire, il y a juste un instant…

— Eh bien, votre imagination vous a trompé !

— C'est vous qui vous trompez, Elgiva.

— Pas du tout !

— Recommençons, voulez-vous ? Je vais vous en donner la preuve.

— Non. Sortez !

Il rit de bon cœur en gagnant la porte, sans plus insister. Haletante, la bouche sèche, Elgiva le suivit des yeux, complètement déconcertée, à la fois par cette obtempération inattendue et, sous la fureur dominante, par la frustration que ce départ lui occasionnait.

— A demain ! dit-il avant de sortir. Si je tiens à vous garder à ma disposition en vous interdisant de quitter notre chambre, vous ne vous en étonnerez pas, je suppose.

Revenue de son trouble, Elgiva chercha des yeux un

projectile assez pesant pour le faire taire définitivement. Sa mort, oui… Elle voulait sa mort ! Le temps d'aller ramasser contre le mur le seul objet qui semblait convenir, la porte s'était déjà refermée. Elle lança pourtant le gros tabouret de bois, avec une telle violence qu'il se fracassa contre le vantail de chêne, et que ses éléments disloqués rejaillirent en désordre jusqu'au milieu de la pièce. Le choc avait provoqué un tel vacarme qu'il se répercuta en échos jusqu'aux profondeurs de la tour, accompagné par le rire insupportable du triomphateur.

Lorsque Wulfrum fit son entrée dans la partie de la grande salle qui ne servait pas d'infirmerie, Halfdan et Olaf Bradefer lui adressèrent tous deux le regard intéressé de curieux en quête d'information.

— Quelles sont les nouvelles ? s'enquit son frère. Est-ce que notre belle et blonde Saxonne bout d'impatience ? Tu crois qu'elle pourra attendre jusqu'à demain ?

Wulfrum haussa les épaules.

— Elle bout d'impatience, en effet. Elle voudrait que je sois déjà mort !

— On peut dire qu'elle a du caractère, constata Bradefer.

— Pas seulement du caractère, renchérit Halfdan. Elle a de la race, de la beauté. Elle est encore sauvage et tu vas devoir la mettre au pas. Le dressage va te prendre du temps, avec une femme pareille, mais un jour tu en seras fier, heureux homme !

Quand il eut fini de rire, il reprit son sérieux en désignant du regard un groupe d'hommes qui faisaient cercle autour de deux lutteurs à demi nus, qui s'affrontaient en silence.

— Ce Sweyn me cause du souci, murmura-t-il. Méfie-toi de lui. Il n'a pas encore digéré l'affront qu'il a subi.

— Il n'avait qu'à mieux la tenir, répliqua Wulfrum, que

cette remarque importunait. Elle l'a ridiculisé, moi j'ai su la prendre. Elle est à moi, je la garde.

— Garde-la bien, alors, dit encore Halfdan. De toute façon je vais emmener Sweyn avec moi. Des filles, ça ne manque pas, dans le Nord ! Bientôt il ne pensera plus à celle-ci.

— Espérons-le, fit le géant.

— Tu ne crois pas que j'ai raison ?

— Il y a des femmes que l'on n'oublie pas aisément.

— Voyez le philosophe ! ironisa Halfdan. Je ne te savais pas porté sur les femmes au point de pouvoir en parler.

— Je n'ai plus l'âge de faire des folies, mais j'ai des yeux pour voir. Elle a quelque chose de particulier, celle-ci. Elle attire le regard des hommes, on ne peut pas dire le contraire.

Halfdan rit de son rire sonore.

— Alors qu'ils regardent, ça n'est pas un crime. Tu penses comme moi, Wulfrum ?

— Ce n'est pas un crime en effet. Tout le monde a le droit de regarder, répondit-il sur un ton neutre, ne partageant pas la bonne humeur de son frère.

— Mais pas de toucher !

— Je ne me suis jamais disputé avec personne à propos de femmes. Mais celle-ci est à moi. A moi seul !

— Est-il possible que je m'abaisse à ce point, Gifu ? Jusqu'à épouser un barbare ?

Elgiva contemplait avec une moue dégoûtée la belle robe brodée étalée sur son lit. Une robe qu'elle avait aimée, jusque-là, mais dont l'utilisation qu'elle devait en faire lui rendait maintenant odieuse.

— A mon avis, vous n'avez pas le choix…

— Il faut pourtant que je trouve un moyen d'y échapper !

Dans un état d'extrême nervosité, elle se mit à arpenter sa

chambre, les lèvres barrées d'un pli amer, le front soucieux, l'esprit tout entier tendu à la recherche d'une échappatoire au désastre qui la menaçait. Osgifu pour sa part restait calme. Ses yeux gris fixés sur son ouvrage, elle semblait éviter son regard.

— Vous n'en trouverez pas, dit-elle d'une voix qui excluait toute discussion.

Intriguée, Elgiva s'immobilisa. Osgifu lui cachait-elle quelque chose ? Son cœur se mit à battre plus vite. Elle se souvenait d'une précédente conversation, sur un sujet analogue.

— Est-ce ce mariage que tu as lu dans les runes ?

Le nez baissé, Osgifu resta silencieuse. Elgiva sentit l'angoisse lui serrer la gorge.

— C'est bien ce que tu as vu, Gifu ? Réponds-moi !

— Oui, murmura Osgifu, sans changer d'attitude.

— C'est impossible, tu dois te tromper, je refuse de te croire ! Je n'épouserai pas ce Viking. Il ne va pas s'emparer de moi de la même façon qu'il s'est emparé de mon domaine ! Je dois m'enfuir loin d'ici et aller en lieu sûr, dans une région où je serai certaine de ne plus jamais le voir.

Osgifu releva enfin la tête, et fit un signe de dénégation.

— Vous ne pouvez vous enfuir nulle part, mon enfant... Les Danois ont envahi tout le pays, et les Saxons qui se cachent dans la forêt vivent comme des bêtes traquées. Une femme n'a pas sa place parmi eux, elle s'exposerait à des risques épouvantables. A supposer même que vous parveniez à vous enfuir, le comte serait obligé de lancer ses hommes et leurs chiens à votre poursuite, ne serait-ce que pour s'éviter le déshonneur, au point où en sont les choses. Alors votre punition serait terrible...

Elgiva se sentait plus faible, plus désespérée que jamais.

Osgifu avait raison. Il valait mieux ne pas se demander de quoi Wulfrum serait capable en pareil cas.

— Mais je ne veux pas me soumettre ! protesta-t-elle avec rage. Je ne peux pas épouser le bourreau de mon peuple !

— Encore une fois, vous n'avez pas le choix. Si vous n'acceptez pas qu'il vous prenne pour épouse, rien ni personne ne pourra l'empêcher de vous prendre par force.

Elgiva se souvint alors du marché que Wulfrum lui avait imposé.

— Il m'a même promis de faire mourir ceux que j'aime et qui me soutiennent, si je m'absentais sans son autorisation.

— Il vous a fait cette menace ?

— Je l'avais oubliée, tout à l'heure, je rêvais, sans doute. Cela lui suffit pour me tenir sous sa dépendance, je ne peux rien contre lui. Il est le maître.

— On peut dire qu'il sait ce qu'il fait, et qu'il se donne les moyens d'être obéi, reprit Osgifu. Jusqu'à présent, les Vikings se contentaient de piller les zones côtières, puis de rapporter leur butin chez eux. Ils renoncent à naviguer, à présent. Après avoir confisqué nos domaines, ils entendent bien s'y établir.

— Ils n'en ont pas le droit ! Pour les occuper, ils ont tué tant des nôtres !

— C'est vrai. Et ils en tueraient bien d'autres encore, si les Saxons qui ont survécu tentaient une reconquête…

Elgiva pensa à Aylwin. Pour les protéger, elle et les siens, il était allé jusqu'à donner sa vie. Elle n'avait pas vraiment pris la mesure de ce sacrifice, lorsqu'elle l'avait soigné. Il s'était enfui dans un tel état de faiblesse qu'il avait sans aucun doute rendu l'âme quelques heures après. Il était à espérer que les plus fidèles et les moins atteints de ses hommes aient pu le retrouver et lui donner une sépulture. Mais personne n'irait prier sur sa tombe anonyme, que la végétation avait dû déjà recouvrir. Tant d'abnégation méritait une tout autre reconnaissance…

Le souvenir des jours anciens lui donna envie de pleurer. Elle s'était résolue à épouser Aylwin, avec la ferme intention d'être une bonne épouse, de vivre avec lui une vie paisible, sur un domaine prospère qui reviendrait plus tard à ses neveux. Or cet homme reposait en terre inconnue, et elle, qui avait pendant si peu de jours été sa fiancée, elle serait bientôt la récompense offerte à l'ennemi vainqueur.

Elle revit le visage de Wulfrum, ses yeux bleus qui lui fouillaient l'âme, et son sourire moqueur. Elle en concevait un désespoir enragé. Avait-il la prétention de croire qu'elle allait se donner à lui ? Mais il était si grand, si fort. Il pouvait faire d'elle ce qu'il voulait. A vrai dire, il aurait même pu lui faire violence depuis longtemps, s'il l'avait voulu. Pourquoi ne l'avait-il pas fait ?

Etait-ce par perversion, comme le sont certains hommes ? Retardait-il la satisfaction de ses bas instincts pour mieux en jouir ? S'imaginait-il qu'en la faisant comtesse il aurait droit à sa gratitude, et à son abandon ? Qu'elle se ferait humble et docile, en l'accueillant dans son lit ? Elle serra les poings. Qu'ils aillent en enfer plutôt, lui et toute sa maudite engeance !

— Ne vous torturez pas l'esprit, murmura Osgifu, qui lisait ses pensées sur son visage. A quoi bon s'en prendre au destin ? En refusant ses arrêts, vous ne ferez que vous rendre plus malheureuse encore.

— Aylwin savait que je ne l'aimerais jamais d'amour, Gifu. Il a pourtant donné sa vie en essayant de défendre Ravenswood.

— C'était un grand cœur, un homme droit. Est-ce que Wulfrum a les mêmes qualités ? L'avenir nous le dira. Si…

Elgiva lui coupa la parole.

— Wulfrum est un Viking, un pirate, un aventurier ! Comment veux-tu que je le respecte ?

— Je ne sais pas, mais il me semble qu'il est différent des autres, sans parler de ce Sweyn, le pire de tous.

— Il m'en veut, celui-là. Il me hait.

— En épousant Wulfrum, vous allez vous mettre hors d'atteinte de cette canaille. Le comte est un homme puissant, Halfdan ne jure que par lui. Je l'ai entendu l'appeler son frère…

Elgiva jeta à sa confidente un regard surpris.

— Tu parles de ce mariage comme si tu étais certaine qu'il allait avoir lieu, Gifu. Tu veux donc que je me soumette ?

— Vous n'avez vraiment pas le choix, Elgiva. Je vous conseille de vous y résigner, en attendant des jours meilleurs.

— M'y résigner ? Plutôt mourir !

— Nous avons tous besoin de vous pour nous protéger des Vikings. En devenant la femme du comte, vous aurez de l'influence !

— Je n'en aurais aucune, si ce mariage se faisait.

— Si vous croyez vraiment ce que vous dites, alors vous n'êtes plus celle que j'aimais tant. Ne faites pas cette tête. Sans qu'il le sache encore, je suis certaine qu'il est fou de vous, cet homme-là… Vous devriez pouvoir en faire ce que vous voulez.

— Un Viking amoureux ? Laisse-moi rire !

— J'ai vu de quel œil il vous regarde.

— Il me regarde comme un sauvage qui a envie d'une fille, c'est tout.

— Alors pourquoi vous épouser, dans ce cas ? Il aurait pu vous prendre de force dès le premier jour et vous garder comme concubine, ou bien vous prêter à ses camarades, pour leur faire plaisir. Il veut vous épouser très officiellement, vêtue de la robe qu'il a choisie, et vous faire asseoir près de lui, à la place d'honneur. C'est une tout autre chose !

— Comme si on pouvait se flatter d'être assise à côté d'un de ces barbares !

— De son point de vue, songez qu'il vous fait un honneur en vous plaçant au-dessus de tout le monde, hors d'atteinte des agressions et des menaces. Voilà qui compte, par les temps qui courent !

Elgiva se réfugia dans un silence boudeur. Osgifu saisit l'occasion pour confirmer son avantage.

— Ce mariage, vous ne l'avez pas voulu, on vous l'impose, c'est entendu. Mais vous pouvez le tourner à votre avantage. Vous êtes belle. Vous avez du caractère, de la personnalité. Tout ce qu'il faut pour vous imposer à votre mari.

— Ne plaisante pas, Gifu. Tu sais bien que Wulfrum a l'habitude de se faire obéir, et qu'il n'en fera qu'à sa tête.

— Quand une femme est très belle, elle peut imposer sa volonté à son mari. Les plus fines s'arrangent pour faire croire au leur qu'il vient d'avoir une idée, quand il ne fait que répéter ce qu'elles ont dit.

Elgiva ne put s'empêcher de sourire.

— Tu en sais, des choses, dis-moi ! Je ne te savais pas aussi experte dans l'art de manipuler les hommes.

— Une femme qui ne l'est pas court à sa perte. Vous ne vous perdrez pas, vous resterez vous-même, parce que vous avez de la force. Oui de la force, et de la vaillance aussi. Vous saurez agir comme vous le devez.

Osgifu ne se trompait pas. Responsable du sort de ses gens, elle devait mettre son énergie à leur service, autant qu'il était en son pouvoir et quel que soit le moyen employé.

— Si je t'ai bien comprise, je dois épouser Wulfrum demain matin ?

— Ainsi le veut le destin…

Chapitre 6

On avait choisi, pour célébrer la cérémonie, une prairie à l'orée de la forêt, que protégeaient quelques frondaisons. A supposer que l'église fût encore debout, elle n'aurait pas été assez spacieuse pour admettre la foule venue assister aux épousailles : tous les Danois, membres de la garnison qui devait rester au château ou prêts à quitter Ravenswood sous les ordres d'Halfdan, seraient témoins du mariage de l'un de leurs chefs avec une Saxonne.

Cette union ne pouvait susciter que la désapprobation de la population locale, lourdement traumatisée par les événements récents. Artisans, paysans et serviteurs se seraient abstenus d'en être témoins, mais ils se trouvaient contraints d'y assister tous, jusqu'au dernier.

Pour faire montre d'une tolérance que l'on n'attendait pas d'eux, les nouveaux maîtres avaient en effet décidé d'impressionner le peuple qu'ils avaient conquis en adoptant ses rites. Le Père Willibald, retrouvant quelque chose de sa dignité perdue, recueillerait le consentement des futurs époux en respectant la tradition saxonne. Il se trouvait pour l'instant seul devant les guerriers assemblés, qui menaient grand tapage.

L'arrivée de Wulfrum et du seigneur Halfdan fut saluée par des acclamations qui tout naturellement s'adressaient surtout au héros du jour, que son frère tenait par l'épaule. Wulfrum fit avancer dans l'espace découvert le prêtre, dont le regard se portait obstinément sur le groupe de Saxons qui se tenaient à part, et restaient silencieux. A leur attitude et à leur visage, on voyait qu'ils ne faisaient qu'obéir, eux aussi, à un ordre.

Il ne manquait plus que la mariée.

— Elle arrive après tout le monde, expliqua Wulfrum à Halfdan. C'est l'usage, paraît-il.

Il portait une tunique pourpre et de hautes jambières bleues. Sa cape brodée était retenue à l'épaule par une fibule d'argent ornée d'une tête de dragon, symbole de sa puissance. Il était superbe.

Les minutes passaient, la foule s'agitait, et le Père Willibald semblait gêné de se trouver seul parmi tant de guerriers. Halfdan échangeait des regards avec Bradefer. Nul ne savait si la mariée arrivait ou non, la prairie étant ainsi disposée qu'elle ne donnait aucune vue sur le sentier d'accès.

Elgiva n'avait pu s'enfuir, se disait Wulfrum que l'inquiétude commençait à gagner, elle était trop étroitement surveillée par les gardes qu'il avait lui-même choisis. Le mariage allait avoir lieu comme prévu. Halfdan et ses autres frères y attachaient tout comme lui une importance capitale, car il devait être le premier d'une longue série dans leur plan de maintien d'une mainmise plus pacifique sur la Northumbrie, après une conquête menée dans la violence et le sang.

Une alliance de l'élite danoise avec la noblesse du pays conquis se voulait significative aussi bien de la paix revenue que de la volonté d'enracinement des envahisseurs dans le pays conquis. En forçant une Saxonne à devenir sa maîtresse, Wulfrum n'aurait provoqué que haine et mépris. En adoptant le rite local pour l'épouser, il manifestait le respect qu'il avait d'elle et de son peuple, et ce respect rejaillirait inévitablement sur lui et sur l'ensemble des Vikings. On n'appelle pas « barbares » les membres de sa propre famille.

La chance aurait pu mettre sur son chemin une fille moins fière, au caractère plus souple, mais tel n'avait pas été le cas. Elgiva était femme à le poignarder, s'il n'y prenait garde.

— Alors elle arrive ? Qu'est-ce qui la retient ? s'impatienta Halfdan.

Wulfrum fronça les sourcils. La foule oisive commençait à s'agiter, sans que l'on puisse lancer un ordre pour la discipliner. Si Elgiva s'avisait de lui jouer un tour, elle le regretterait ! Aurait-elle l'audace de l'humilier devant ses hommes, devant son frère qui était également son chef ?

Un brusque silence mit fin à sa méditation morose. Tous les regards se braquaient sur un même point. Il tourna la tête, regarda lui aussi. Et tous ses doutes, tous ses ressentiments s'évaporèrent. Entre Hilda et Osgifu, Elgiva s'avançait, aérienne comme un troll ou un esprit de la forêt. Le soleil rayonnant faisait comme un halo autour de sa silhouette. Dans sa robe brodée d'or, ses cheveux blonds dénoués sur ses épaules et retenus par un diadème de fleurs, sa démarche était si éthérée, si gracieuse qu'on aurait pu croire qu'elle ne foulait pas le sol mais que l'air la portait.

— Par la foudre de Thor, murmura Olaf, c'est une véritable apparition !

— J'ai eu tort de la donner à Wulfrum, maugréa plaisamment Halfdan. Elle est trop belle pour lui !

Wulfrum pour sa part sentait son cœur se dilater d'orgueil et de bonheur. Elle était belle en effet, cette Saxonne qu'il allait prendre pour femme. Elle lui avait obéi, et la présence de ses suivantes signifiait, qu'elles le veuillent ou non, leur acceptation du nouvel ordre établi.

Elgiva avançait sans se presser, sans rien voir autour d'elle, indifférente à l'admiration qu'elle suscitait. Avant de se placer à la droite de Wulfrum, elle le salua avec grâce d'une courte révérence, au cours de laquelle leurs regards se croisèrent pour la première fois de la journée.

— L'éclat de votre beauté égale celui du soleil, murmura-t-il assez bas pour n'être entendu que d'elle seule.

Elgiva ne s'attendrit pas du compliment qui lui sembla pourtant sincère.

— Votre bonté me confond, monseigneur, répliqua-t-elle sans sourire.

Wulfrum évita de relever l'ironie, la prit par la main et la mit sans tarder en présence du Père Willibald, ce qui la surprit. La plupart des Vikings révéraient leurs divinités traditionnelles. Wulfrum était-il de ceux qui les reniaient pour adopter une religion nouvelle ? Elle s'était attendue à subir les rites d'un culte païen, sans valeur aux yeux des Saxons, et qui ne l'engageraient en aucune façon. Wulfrum y avait-il pensé ? Oui, sans doute. Pour s'assurer que cette cérémonie la lierait définitivement, il avait décidé de la faire célébrer par un prêtre. Son cœur se serra. Le fourbe avait tout prévu. Elle serait sa prisonnière non seulement devant les hommes, mais aussi devant son propre Dieu.

Le Père Willibald prononça alors les paroles sacramentelles dans un silence général, sans que le moindre incident vienne l'en empêcher. Pas un seul des guerriers présents ne cria des blasphèmes, il n'y eut pas non plus d'intervention divine pour s'opposer à la cérémonie. L'assemblée, qui n'aurait pas compris ce que disait Willibald si elle avait pu l'entendre car il s'exprimait à voix basse, ne sut que le mariage était prononcé qu'au moment où Wulfrum prit sa femme entre ses bras et lui baisa la bouche.

Pendant que les Vikings scandaient des hourras avec un parfait ensemble, Elgiva subit passivement le baiser, en se raidissant pour mieux supporter l'épreuve.

— Vous allez me rendre mon baiser, murmura son mari en lui parlant à l'oreille, je ne vous lâche pas tant que je ne l'aurai pas reçu.

Comprenant qu'il ne s'agissait pas d'une vaine menace, elle s'abandonna de mauvais gré, mais avec assez de souplesse pour qu'aux hourras succède une clameur si tonitruante que des volées d'oiseaux s'enfuirent des frondaisons.

Wulfrum relâcha son étreinte, la regarda dans les yeux et lui sourit. Elle lui posa une main sur le torse.

— J'ai une faveur à vous demander, murmura-t-elle.

— En ce jour, je n'ai rien à vous refuser, répondit-il, si votre demande reste dans la limite du raisonnable cependant. De quoi s'agit-il ?

— Je voudrais que le prêtre soit autorisé à aller bénir les tombes des Saxons.

Il prit le temps de la réflexion, puis finit par accepter.

— Emmenez qui vous voulez prier sur vos tombes, Willibald, dit-il. Vous vous êtes rendu utile, je vous dois bien cela.

Elgiva respira plus librement. Les Saxons apprécieraient ce geste, qui permettait d'ailleurs à Wulfrum de se montrer conciliant à peu de frais. Elle n'eut pas le temps de réfléchir davantage, car tout un groupe de Vikings lui enlevait son époux. Alors qu'elle le voyait s'élever en l'air, elle subit par surprise le même sort.

— Par ici, ma belle ! s'exclama Halfdan en la prenant par la taille sans effort, pour la soulever à bout de bras. J'avais raison, c'est une fée, elle ne pèse rien, vois par toi-même, Olaf !

— Moins que rien ! s'écria Bradefer en lui prenant la mariée pour l'asseoir sur son épaule.

Un bras autour de ses jambes, il tenait les deux pieds de la jeune femme dans son énorme main. Elle ne risquait pas de lui échapper. Escortée par la foule, elle fut ainsi emmenée, au milieu des vivats. Devant elle, les trois ou quatre gaillards qui se chargeaient d'honorer Wulfrum en le portant en triomphe pressaient le pas. Ce n'est qu'au seuil de la grande salle qu'Olaf la déposa. Remis sur ses pieds, Wulfrum échangeait des bourrades amicales avec ses porteurs hors de souffle. Il la prit ensuite par la main et gravit avec elle les degrés de l'estrade seigneuriale. Halfdan qui les suivait de près les fit asseoir les premiers.

— Que la fête commence ! ordonna-t-il comme à la manœuvre, debout derrière eux, les mains posées sur une de leurs épaules.

La fête dura tout le reste de la journée et se prolongea dans la soirée. On avait dégagé le centre de la salle pour ménager un espace de spectacle où les plus talentueux des hommes pourraient rivaliser d'adresse, de force ou de talent. Chanteurs et musiciens, acrobates, conteurs, lutteurs, donnèrent ainsi, tout au long des festivités, à s'émouvoir, à railler et à se réjouir. A toute occasion on portait des toasts aux nouveaux époux, aux dieux, à l'avenir, aux futures victoires…

Seule femme présente dans la grande salle parmi tant d'hommes, Elgiva assistait à ce spectacle et à cette orgie d'hydromel avec une indifférence grandissante, qui devait sans doute beaucoup au fait qu'elle-même levait volontiers son hanap à la santé des uns et des autres. Autour d'elle, la plupart des Vikings s'enivraient méthodiquement. Elle ne les imitait pas, mais un toast après l'autre, les vapeurs de la boisson lui montèrent à la tête, si bien qu'elle perdit peu à peu conscience de ce qui l'entourait… sauf du regard de Wulfrum constamment posé sur elle.

Chaque fois qu'elle levait les yeux en effet, elle croisait les siens. Elle avait espéré un moment que l'ivresse le terrasserait et le mettrait hors de combat, mais il lui fallut reconnaître que cette attente était vaine. Il riait et plaisantait avec ses voisins, participait à la liesse générale, mais gardait l'esprit clair.

Et au fur et à mesure que la journée avançait, que le soir se profilait, Elgiva sentait croître en elle la panique. Car chaque instant la rapprochait du moment fatal où ses dames d'atour viendraient la chercher pour la préparer à recevoir son époux dans son lit. Son époux ! Comment échapper à ce qui semblait pourtant inévitable ?

Si Wulfrum s'imaginait qu'elle allait lui livrer son corps, il se trompait lourdement ! Saisie d'un élan de fureur combative, elle baissa les yeux, pour qu'il ne puisse y lire l'intensité de sa haine.

— Je viens vous chercher, madame, il est temps…

Pour la première fois de sa vie, Elgiva fut frappée d'horreur en entendant la voix de sa chère Osgifu, qui se tenait discrètement derrière elle. Le cœur au bord des lèvres, elle serra très fort les paupières et prit une profonde inspiration pour se ressaisir et trouver la force de quitter son siège. Elle caressa discrètement l'ivoire du couteau qu'elle portait toujours à sa ceinture, et ce contact lui rendit un peu de son assurance.

Quand elle rouvrit les yeux, ce fut pour rencontrer le regard attentif et le sourire ironique de Wulfrum. Au prix d'un extraordinaire effort de volonté, elle parvint à ne causer aucun scandale et se leva. Elle n'avait pas encore atteint avec Osgifu la sortie discrète qui se trouvait derrière l'estrade et menait à la poterne triple qu'une formidable clameur l'avertit que son départ n'était pas passé inaperçu.

Dans sa chambre, Hilda et quelques servantes l'attendaient. Il était arrivé à Elgiva d'assister à semblable préparation, à l'occasion du mariage d'une amie. Seulement cette fois, pas de rires, pas de plaisanteries, aucun entrain, le silence. Les femmes n'échangeaient pas un mot, et faisaient triste figure.

Elgiva, toute droite, immobile, le corps tendu, les laissa lui ôter sa belle robe et se retrouva vêtue de sa seule fine chemise. Osgifu la débarrassa ensuite de son diadème de fleurs et lui brossa les cheveux. En son absence, on avait renouvelé la garniture de son grand lit, parfumé de plantes aromatiques.

Les regards de toutes les femmes se portaient alternativement sur ce lit et sur elle.

— Laissez-moi seule, à présent, leur commanda-t-elle.

Elles échangèrent des regards perplexes, puis Osgifu mit fin à ces hésitations en emmenant tout le monde vers la sortie. Quand elle ouvrit la porte pour les faire passer devant elle, les échos confus de la fête envahirent la chambre. Osgifu referma la porte, et ce fut le silence.

En hâte, Elgiva déplaça le siège à haut dossier sur lequel on avait posé sa ceinture et sa robe, pour s'y appuyer.

Bientôt des clameurs se firent de nouveau entendre, dans l'escalier cette fois, de plus en plus puissantes à mesure qu'elles se rapprochaient de la chambre. Halfdan, sans doute ivre, était celui qui donnait le plus de la voix. Olaf Bradefer, derrière lui, criait des encouragements, et quelques rires tonitruants éclataient.

Un silence relatif se fit lorsque les hommes se retrouvèrent à sa porte.

— Voilà le loup qui vient vous croquer, bergère ! cria Halfdan.

Elgiva sentit son sang se glacer.

Les compagnons de Wulfrum se retirèrent rapidement en lançant des plaisanteries qu'elle préférait ne pas comprendre. Quand ils se furent suffisamment éloignés, la porte s'ouvrit, Wulfrum entra, puis assujettit derrière lui la barre de sécurité.

— Qu'ils aillent au diable et nous laissent tranquilles ! maugréa-t-il en posant sur un coffre l'épée qu'il tenait à la main dans son fourreau, avant de déboucler sa large ceinture de cuir, à laquelle pendait un poignard.

Debout au milieu de la chambre, les nerfs noués, l'angoisse à la gorge, Elgiva le regarda ranger méthodiquement les accessoires de son costume, puis se défaire de son manteau court et de sa tunique. En le voyant torse nu, elle prit une conscience aiguë de sa propre faiblesse. A la lueur douce des lampes à huile, la peau de Wulfrum avait l'éclat du bronze. Il avait la trace de cicatrices anciennes, plusieurs courtes sur le haut des bras, une très longue au flanc gauche.

Comme elle l'observait en silence, toujours immobile, il lui sourit.

— Cette chemise vous va très bien, dit-il le plus naturellement du monde, mais j'aimerais voir ce qu'elle cache…

— Vous comptez vraiment jouer le rôle du loup ?

— Oui.

— Je n'ai pas l'intention de me laisser dévorer ni de satisfaire votre curiosité, Viking !

— C'est ainsi que vous le prenez ?

— Vous imaginez-vous que je suis prête à m'offrir à un barbare qui a massacré les miens, qui a réduit mes gens à l'esclavage ?

— Massacré ? Je ne crois pas, non… Vos hommes nous ont résisté vaillamment, et ils sont morts en braves, les armes à la main. Vos paysans et vos serfs continueront à travailler comme ils l'ont toujours fait, pour leur nouveau maître.

Les yeux dans ceux d'Elgiva, il marqua une pause.

— Et vous aussi, vous allez obéir à votre maître…

Elle sentit le sang lui monter à la tête.

— Jamais je n'entrerai dans votre lit !

— Mais si, cette nuit et toutes celles qui suivront, déclara-t-il sans élever la voix, en s'avançant jusqu'à presque la toucher. Et maintenant, enlevez cette chemise.

Les yeux brûlant de haine et sans faire le moindre geste pour obtempérer, Elgiva releva la tête en signe de défi.

— Faudra-t-il que je vous l'enlève moi-même ?

Elle jeta un coup d'œil circulaire à la pièce, comme si un miracle avait pu, en une fraction de seconde, modifier les lieux et lui ménager une issue de secours. Mais non, la chambre était telle qu'elle l'avait toujours connue, la maintenant prise au piège. Seule possibilité, l'ouverture qui lui aurait permis de sauter dans le vide, mais elle avait été solidement obturée par un panneau.

— J'attends, Elgiva.

— Si vous saviez combien je vous déteste !

— Tant mieux. Cela mettra du piment dans nos relations. Enlevez cette chemise !

— Jamais.

Elle frémit sous son regard. Il n'y avait plus un instant à perdre. A tâtons, elle saisit le manche de son couteau et brandit l'arme. Wulfrum lui saisit le poignet et l'empêcha d'abattre sa lame, qui s'immobilisa entre eux deux. La main d'Elgiva se crispait sur l'ivoire. Il suffit à son adversaire de lui serrer un peu plus le poignet pour que sa main s'ouvre, et que le couteau tombe sur le sol.

— Pour vous ou pour moi ? demanda-t-il sans la lâcher.

— Pour moi.

— Vous ne vous en tirerez pas à si bon compte. Vous m'appartenez, et je n'aime pas qu'on me dépouille de ce qui m'appartient.

— Je ne suis pas à vous, barbare !

— Pas encore.

Il la souleva de terre, fit trois pas vers le lit et la jeta sur les peaux tannées qui le garnissaient. Affolée, elle se débattit et recula vers la tête du lit, jusqu'à ce que ses épaules se heurtent à la muraille. Elle se blottit alors contre la tapisserie, les bras autour des jambes, éperdue de terreur. Wulfrum se redressa, se défit de ses jambières et de ses chausses et apparut entièrement nu.

L'ensemble de ces muscles forts et déliés, l'harmonie de ces membres, ce sexe même étaient comme le symbole de la toute-puissance. Elgiva poussa un léger cri et voulut bondir par terre, mais Wulfrum le retint par la taille et la ramena sur le lit. Il l'y maintint d'une main avec une outrageante facilité, saisit de l'autre le bas de sa chemise et l'en dépouilla d'un coup en la déchirant sur toute sa longueur.

D'une torsion Elgiva lui échappa. A genoux sur la fourrure, hors de souffle, égarée, elle ressentit le regard qui la détaillait comme une violente brûlure. Haletante, elle recula de nouveau vers la tête du lit, et de nouveau elle se heurta à la muraille.

Wulfrum la prit par le bras et la tira vers lui. De sa main libre elle le gifla très fort, par deux fois. Ce qui eut pour effet de le faire rire. Il lui saisit le poignet, évitant ainsi un troisième coup, et la renversa. Mais Elgiva lui mordit les doigts de toutes ses forces, libéra sa main assez longtemps pour lui griffer l'épaule jusqu'au sang.

Ce ne fut qu'une brève victoire. Il lui tenait à présent les deux poignets d'une seule main, et les rabattit au-dessus de sa tête. L'injure à la bouche, Elgiva se débattit dans tous les sens, se perdit en contorsions, mais en vain. Il la tenait à sa merci, pesant de tout son corps sur ses jambes pour les paralyser.

— Non ! Laissez-moi !

— Vous laisser ? Vous n'y pensez pas, ma belle.

En frémissant d'horreur, elle sentit sa main caresser lentement sa chair nue, sa taille, la courbe de sa hanche, toute la longueur de sa cuisse. Quand il palpa le creux du genou, elle tenta de le frapper d'une brusque détente, mais il sut éviter le choc et se permit de rire.

— Ne comptez pas sur moi pour tomber dans vos pièges, Elgiva.

— Rendez-moi mon couteau que je vous châtre ! cria-t-elle absurdement.

— Je n'en ferai rien, s'il vous plaît. Cela m'empêcherait d'accomplir mon devoir conjugal, et je suis un homme de devoir.

Pour l'empêcher de protester, il lui fit un bâillon de sa bouche et lui imposa un baiser ardent, pendant que sa main se livrait lentement à l'exploration de son corps. Elgiva, l'esprit perdu, tout entière réduite à n'éprouver que des sensations, retrouvait la douceur sucrée de l'hydromel, que relevait l'odeur musquée de la peau de Wulfrum, une enivrante odeur d'homme. Il prenait son temps, ce baiser semblait devoir durer toujours. Pour la première fois caressée par un homme, Elgiva vivait cette initiation dans une sorte d'inconscience.

Quand il abandonna enfin sa bouche et s'écarta un peu d'elle, ce fut pour la contempler longuement, tout entière offerte à ses regards. Il découvrait le galbe voluptueux de ses seins ordinairement comprimés par sa robe, mais orgueilleusement dressés à présent par la cambrure du torse, la délicatesse de sa taille, la rondeur de ses hanches et la perfection de ses cuisses fuselées qui pressées l'une sur l'autre lui dérobaient le mystère de sa féminité. Il admirait jusqu'à ses pieds mignons, dans la lueur chaude des lampes qui dorait cette admirable nudité.

— Comme vous êtes belle ! murmura-t-il.

Frémissant au son de sa voix, Elgiva rouvrit les yeux. Les traits tendus, elle allait mordre, hurler. Aucun son pourtant ne sortit de sa gorge. La grosse voix d'Halfdan retentissait derrière la porte, accompagnée de gros rires.

— Alors, Wulfrum, tu l'as croquée ? La preuve ! On veut la preuve !

— Depuis tout à l'heure, il a eu le temps de la croquer dix fois ! renchérit Olaf.

Ce n'étaient plus de rires, mais de véritables clameurs. Terrorisée, Elgiva ne comprit qu'avec un temps de retard la raison de cette intervention.

— Maudite tradition, maugréa Wulfrum.

Aussitôt libérée de son étreinte, Elgiva éperdue se couvrit d'une peau de chevreau prise au hasard et assista à un étrange spectacle. Wulfrum ramassa le couteau qu'elle voulait tout à l'heure s'enfoncer dans le cœur, s'entailla l'avant-bras et souilla de sang la chemise en lambeaux qui traînait au pied du lit. Pendant ce temps la porte retentissait de coups de plus en plus violents, jusqu'à devenir assourdissants.

En quelques pas, il alla y frapper de son côté, en criant un ordre. Les coups cessèrent. Le temps d'entrebâiller juste assez le vantail pour y passer la main et lâcher le tissu, il remettait déjà en place la barre de fermeture, et poussait un soupir de soulagement.

Quand leurs regards se rencontrèrent, elle était à genoux sur le lit, maladroitement enveloppée d'une peau très souple qui ne la dissimulait pas tout entière. Ses beaux yeux couleur d'ambre étaient grands ouverts, et son visage blême. Dans l'escalier, le calme revenait à mesure qu'Halfdan et les autres s'éloignaient.

Wulfrum lui sourit dans l'espoir de la détendre un peu, puis s'avisa du sang qui coulait encore le long de son bras.

Il s'approcha de la bassine d'eau que les femmes avaient laissée là, en quête d'un tissu.

— Laissez-moi vous faire un pansement, proposa Elgiva d'une voix qui s'étranglait.

— Ce n'est qu'une égratignure, objecta-t-il contre toute évidence.

Elgiva fit tenir comme elle le put la fourrure autour d'elle et vint le rejoindre. Elle lui prit des mains le carré de lin blanc qu'il avait saisi, et en humecta le coin pour nettoyer la plaie qui en effet n'était pas profonde, mais saignait encore.

Wulfrum la regarda sans broncher étancher le sang et faire du lin une compresse nouée et serrée dans les règles de l'art. Il ne disait rien mais ne la quittait pas des yeux. Elgiva pour sa part se concentrait sur son travail, les doigts tremblants, mais attentive à ne voir que l'avant-bras de cet homme entièrement nu si près d'elle. Quand elle en eut fini, Wulfrum observa le pansement et fit un signe d'approbation.

— Je suis certain qu'il va bien tenir, dit-il en la faisant pivoter à demi pour la regarder en face. Et maintenant, où en étions-nous ?

Il lui caressa l'épaule et la pointe d'un sein que le chevreau ne cachait plus. Elle frémit. Il la prit par le bras pour la ramener jusqu'au lit, sans qu'elle lui résiste. A quoi bon se débattre, quand l'adversaire est si puissant ?

Elle s'allongea, les yeux fermés, sentit qu'il mettait de l'ordre dans les coussins et les peaux de bêtes, puis éprouva sur elle tout le poids de son corps. Il allait la prendre. L'instant était venu.

Elle serra très fort les paupières et détourna la tête autant qu'elle le put. Ce serait bientôt fini.

Wulfrum lui caressa la joue de ses lèvres, cherchant sa bouche. Elle ne se défendait plus, mais tous ses muscles restaient tendus. Il voyait mal son visage, mais pouvait y lire la crainte et le dégoût.

— Regardez-moi dans les yeux, Elgiva…

Lentement, elle tourna la tête et il vit qu'elle pleurait. Jamais encore il ne l'avait vue ainsi. Même lorsque Sweyn était sur le point de la tuer, elle l'avait affronté avec hargne, n'avait pas désarmé. Mais elle était sans défense, cette nuit. Les émotions récentes l'avaient brisée. De toutes les femmes qu'il avait rencontrées, elle était la seule à ne jamais se laisser abattre, à toujours résister vaillamment.

D'un doigt léger, il lui débarrassa le visage des mèches blondes qui le recouvraient.

— Vous ne devez pas avoir peur de moi, Elgiva. Jamais je ne vous ferai de mal.

Elle demeura silencieuse, mais il vit naître un trouble dans ses yeux. Il songea avec dépit qu'il était sur le point de la faire sienne, au moment où Halfdan et les autres étaient venus le déranger. Par une étrange ironie du sort, ses camarades l'avaient empêché d'accomplir l'acte même dont ils venaient chercher la preuve. Il fallait qu'ils soient tous ivres, pour accepter celle qu'il leur avait donnée. A supposer qu'ils n'aient rien bu, aucun d'entre eux n'aurait pu croire qu'en se trouvant au lit avec une créature aussi ravissante, il avait su contenir ses élans. Un seul coup d'œil à la jeune femme suffisait à rendre absurde pareille supposition.

A cette pensée, Wulfrum ne put s'empêcher de sourire. De plus en plus troublée, Elgiva se perdait en conjectures. Entreprenait-il de la rassurer pour l'assaillir par surprise, quand elle ne se méfierait plus de lui ? Les barbares ne sont pas seulement cruels. En fait de ruses de guerre, ils n'en ignorent aucune, parce qu'ils n'ont aucune conscience, aucune moralité. En ce moment, il s'amusait d'elle, tout simplement. Celui qui s'appelait Halfdan l'avait dit : il était un loup, un prédateur.

Puis elle se souvint du jour où les Vikings avaient envahi le château, de la rage de Sweyn qu'elle avait humilié, de l'ouverture béante par laquelle il avait voulu jeter son neveu. Sans l'intervention de Wulfrum, elle serait morte de désespoir, à l'heure qu'il était. En devenant son mari, il la mettait hors d'atteinte de tous les malfaisants. Il n'en manquait pas, parmi tous les hommes de leur troupe. Mais Halfdan était sur le point de quitter Ravenswood avec le plus grand nombre. Wulfrum, lui, ne partirait pas. Il allait rester sur place, et plus rien ne serait comme avant.

Elgiva se sentait lasse, elle avait bu trop d'hydromel, et ses paupières s'alourdissaient. Blottie dans les bras de Wulfrum qu'elle avait vu si beau, baignée par la chaleur de sa peau, elle était gagnée par la somnolence, elle sentait son corps s'assoupir de lui-même. Elle battit des paupières, tenta de les relever, de lutter contre le sommeil qui venait, puis ferma les yeux et s'endormit.

Wulfrum écarta de sa joue quelques mèches blondes. Elle frémit à peine, inconsciente du regard qui se perdait dans la perfection de ses traits. Jamais il n'avait vu visage si gracieux, si délicat. Cette femme, la plus belle de toutes, était à lui, devant la loi. Nul ne pouvait le contester.

Pour le reste, il lui suffisait d'attendre. Elle allait se laisser séduire. Il n'en doutait pas. Un corps aussi admirable, aussi évidemment fait pour l'amour, ne pouvait demeurer insensible.

Il effleura le galbe tendre de ses seins, le creux de sa taille, la courbe voluptueuse de ses reins, respira son odeur de femme, si puissamment sensuelle. Un instant, il éprouva la tentation de la réveiller, mais sut y résister.

Tout viendrait en son temps…

Chapitre 7

Quand Elgiva ouvrit les yeux, il faisait grand jour. Dans le trouble des premiers instants, elle se demanda où elle se trouvait. Puis lorsqu'elle fut bien réveillée, elle s'en souvint et la honte l'accabla. Elle était mariée et son mari dormait près d'elle. Il dormait sur le dos, la tête sur son bras replié, détendu, sans défense.

Elle ne put s'empêcher de l'observer en détail : sa chevelure très sombre, tout ébouriffée, son profil, étonnamment bien dessiné, ses traits fins. Sa bouche était ferme et son menton volontaire. Sur son torse nu apparaissaient en rouge vif les griffures qu'elle lui avait infligées, quelques heures auparavant. Elle n'en éprouvait aucun remords.

L'idée lui vint qu'il ne serait pas difficile de le tuer avec un poignard, dans la position privilégiée où elle se trouvait. Il suffirait de placer la pointe de la lame entre deux côtes à bonne hauteur et de l'enfoncer très vite jusqu'à la garde, en appuyant très fort. Ce ne serait que justice, car il méritait la mort.

Elle en était incapable. Seuls les professionnels ont le courage de tuer de sang-froid. Et puis ne l'avait-il pas épargnée, cette nuit ? Il était en droit de la prendre, or de ce droit il n'avait finalement fait aucun usage. Pourquoi ? Il était une énigme pour elle. Tantôt guerrier impitoyable, tantôt homme sensible. A la fois très humain et infiniment haïssable.

Elle voulut se lever mais se trouva retenue par sa chevelure, que le corps de Wulfrum recouvrait en partie. Avec d'infinies précautions, elle parvint à la dégager. Il esquissa un geste, sans se réveiller. Elgiva poussa un soupir de soulagement, sortit du lit et se mit en quête de sa chemise. A peine s'était-elle mise à fureter à sa recherche qu'elle se souvint de l'usage qui en avait été fait la veille, et une brusque chaleur lui monta au visage. Elle prit sur le lit une peau de loup, et s'en enveloppa tant bien que mal. Elle n'avait qu'à remettre sa robe, le temps de chercher dans son coffre une autre chemise.

En cherchant sa robe, elle avisa, posés sur un tabouret, les vêtements de Wulfrum, et sur le coffre voisin son épée. Poussée par la curiosité, elle s'en approcha sans bruit, les pieds nus, et pour mieux l'observer souleva l'arme dans son fourreau.

La poignée, ciselée et dorée, était un chef-d'œuvre d'orfèvrerie. Une pierre de jaspe rouge décorait le pommeau. A une telle beauté dans la décoration devait répondre la qualité de la lame. Elgiva la tira à demi du fourreau et s'extasia. En martelant le métal avant de le tremper, l'artiste avait créé d'étranges motifs qui couraient en guirlande tout au long de l'acier, si délicats qu'ils avaient la légèreté d'un souffle pris par la glace et qui se givre. Au moindre frémissement, la lumière qui s'y réfléchissait jetait des éclats changeants.

Il n'était pas nécessaire de dégainer l'épée tout entière pour vérifier qu'elle était bien affilée et bien équilibrée. C'était celle d'un vrai guerrier.

— Vous avez l'intention de vous en servir, Elgiva ?

Elle sursauta et se retourna. Depuis le lit où il se trouvait encore allongé, Wulfrum posait sur elle un regard amusé. Reprenant son sang-froid, elle repoussa l'arme jusqu'au fond du fourreau.

— Non, répondit-elle. J'admirais votre arme. Vous ne pouvez en faire que mauvais usage, mais elle est superbe.

— On l'appelle la Dent du Dragon.

— La bien nommée, dit-elle en la reposant sur le coffre.

— Elle est l'œuvre d'un artisan célèbre, au Danemark. Il l'a forgée en l'honneur du roi Ragnar, qui m'en a fait cadeau.

— C'est un cadeau prestigieux. Il vous tenait sans doute en grande estime.

— Il était comme un père, pour moi.

Ses yeux bleus brillaient d'un éclat si terrible qu'elle en frémit. Ces dernières paroles expliquaient bien des choses.

— Quand Ella a tué Ragnar, vous n'avez songé qu'à la vengeance, n'est-ce pas ?

— Bien sûr. J'ai prêté le serment du sang avec ses trois fils. Ils sont mes frères, à présent. Notre honneur était en jeu.

— L'honneur vous commandait de tuer Ella, cela je le comprends bien. Mais fallait-il aussi massacrer tant d'innocents ?

— Les rois ne sont pas des hommes comme les autres. Les décisions qu'ils prennent engagent jusqu'au dernier de leurs sujets, pour le meilleur ou pour le pire. Quand Ella a fait jeter Ragnar dans une fosse aux serpents, il n'a pas seulement assassiné un grand chef de guerre, il lui a aussi infligé la pire des offenses en lui déniant le droit de mourir les armes à la main, lui interdisant de ce fait d'entrer dans le Walhalla. En commettant ce crime et cette offense, il s'est condamné à mort, et tout son peuple avec lui.

Pendant des années, songea Elgiva, les différents rois de Northumbrie s'étaient déchirés en disputes dérisoires. Ils s'étaient combattus, alors qu'en s'unissant ils auraient pu repousser l'attaque des Vikings, et empêcher l'invasion de leurs territoires. La Northumbrie était presque entièrement occupée à présent, et ses habitants avaient changé de maîtres.

— Je comprends bien à quoi vous pensez, Elgiva, mais l'heure n'est pas aux lamentations. On ne revient pas sur le passé. Ce qui est fait est fait.

— Certes… Mais vous ne pouvez pas demander à un peuple vaincu de se réjouir de sa défaite.

— Je n'en espère pas tant, mais j'entends bien me faire obéir, dit-il sur un ton beaucoup plus ferme, qui donnait plus de poids à sa déclaration. Les vaincus doivent se soumettre, telle est la loi.

— La loi du plus fort ? ironisa-t-elle. Nul ne saurait s'y soustraire, en effet.

— Vous ne vous avouez pas facilement vaincue, noble dame. Il vous déplaît de l'admettre…

Elle lui lança un regard furibond. Sans se laisser impressionner, Wulfrum se complut, du lit où il se trouvait toujours, à détailler ses charmes. La peau de loup dont elle s'était enveloppée laissait à découvert ses épaules et ses bras et s'arrêtait à mi-cuisse. Ainsi mises en valeur, ses jambes ajoutaient encore à toutes les perfections dont la nature l'avait gratifiée.

— Allons, admettez-le, insista-t-il.

— Tout ce que vous voudrez, monseigneur.

— Ne plaisantez pas, Elgiva ! Je devrais être votre seigneur et maître, mais je ne le suis pas. Il y a quelqu'un entre nous.

Quelqu'un ? Que voulait-il dire ? Elle le fixa, sincèrement interloquée.

— Ne faites pas semblant de ne pas comprendre à qui je fais allusion. Je parle de votre ancien fiancé.

— Aylwin ? murmura-t-elle avec stupéfaction, car il était bien loin de ses pensées.

— Lui-même. Il n'y aurait rien de plus naturel, il me semble.

— Comment voulez-vous qu'il s'interpose entre nous, puisqu'il est parti ?

D'un geste désinvolte, il montra en quel mépris il tenait cette échappatoire.

— Mais vous ne l'avez pas oublié.

— Non, bien sûr. Je m'en souviens, naturellement.

— Vous l'aimiez, n'est-ce pas ?

Elle rougit. Que voulait-il lui faire avouer ? Dans l'impossibilité d'échapper à son interrogatoire, allait-elle devoir lui faire une confidence embarrassante ? Elle le craignait mais se refusait à mentir.

— Il était juste et bon, dit-elle. J'avais pour lui beaucoup de respect.

Il hocha la tête, comme pour signifier que le caractère évasif de cette réponse ne lui échappait pas.

— Un peu plus que du respect, je suppose…

C'est une véritable enquête que menait Wulfrum. Il la mettait en cause, la soupçonnait de dissimulation. Irait-il jusqu'à l'accuser ?

— Il était un ami très proche de mon père. Quand mon père est mort, lord Aylwin s'est fait un devoir de nous prendre sous sa protection, mon frère et moi.

— Et quand votre frère est mort à son tour, vous vous êtes donc trouvée seule au monde ?

— Avec mes deux neveux, en effet. Ceux que votre ami Sweyn a voulu jeter…

Le cœur battant à ce souvenir, elle tourna la tête vers la tapisserie qui dissimulait l'ouverture. Tout à son idée, Wulfrum se garda de relever l'allusion.

— Il vous restait l'ami de la famille… Il a continué à vous prendre sous sa protection, il a veillé sur vous… Vous lui en étiez reconnaissante, et…

Il se tut.

— C'était un homme d'expérience et d'autorité, continua-t-elle en élevant un peu la voix, un modèle de probité. Il aurait pu gérer le domaine de Ravenswood et lui rendre son ancienne prospérité, si…

Elle n'en dit pas plus. Wulfrum hocha la tête d'un air entendu.

— Mais il était bien plus qu'un ami, n'est-ce pas ? Vous étiez amoureuse de lui ?

Elle eut un sursaut d'étonnement, qu'il interpréta aussitôt comme la confirmation de son hypothèse. Elle ne se refusait à lui que par fidélité à celui qui, pour échapper à la honte de la captivité, était parti mourir dans les bois.

— Il y a sans doute des mariages d'amour, monseigneur. Mais en très petit nombre.

Il serra les dents.

— Je vous l'accorde. Mais une femme n'a aucune raison de se refuser à son mari !

— Vous vous imaginez que je ne veux pas de vous par fidélité à Aylwin ?

Il y aurait eu de quoi rire, vraiment, mais Elgiva n'était pas d'humeur à la plaisanterie.

— Vous voulez dire que je me trompe ?

Incapable de s'expliquer et lasse de répondre à des questions qu'elle estimait stupides, elle se contenta de hocher la tête.

— Eh bien, c'est ce que nous allons voir !

Il bondit, l'attrapa, la jeta sur le lit et la couvrit de tout son corps, en lui tenant d'une main les poignets, au-dessus de la tête. Puis il s'immobilisa dans cette posture, sans dire un mot. Elgiva se tint tranquille cette fois, dans l'attente de ce qui allait suivre. Elle s'évertuait à respirer régulièrement sans s'affoler, à rester indifférente au plaisir que son corps prenait à baigner dans cette chaleur intime, peau contre peau.

Cette découverte l'épouvanta et elle eut un brusque

soubresaut. Un ennemi… Elle se trouvait dans les bras d'un ennemi, et n'avait pas à jouir de sa chaleur, à prendre plaisir de cette proximité. Elle ferma les yeux, pour ne plus voir son visage si près du sien, ses yeux qui la scrutaient.

Incapable de lire dans les pensées de cette femme qui lui refusait le moindre regard et dont le visage et le corps venaient de se crisper douloureusement, Wulfrum se souvint que si les femmes sont dispensatrices de volupté, elles ne manquent souvent ni de finesse ni de perversité. On ne pouvait leur faire confiance, car il n'était de parole crédible que parole d'homme. L'exceptionnelle beauté d'Elgiva la rendait plus redoutable encore que les autres. Elle ne lui avait pas menti, mais il n'était pas naïf au point de croire qu'elle ne lui avait rien caché. Les secrets qu'elle gardait pour elle, il les percerait l'un après l'autre, au fil des jours. Pour l'instant, il se trouvait dans une position si favorable qu'il aurait été criminel de ne pas la mettre à profit.

Alors il lui baisa la bouche sans violence, mais en insistant pour qu'elle desserre les dents et l'accueille. Au bout d'un certain temps il prit un peu de recul, pour la regarder dans les yeux.

— J'aimerais que vous vous donniez à moi, Elgiva…

Il ne la forçait pas, n'exigeait rien. Il demandait.

Elle se raidit davantage encore et il pressentit qu'elle allait lui dire non. Pour dissimuler sa déception, il adopta un ton léger.

— Non vraiment ? Je l'aurais parié !

Elgiva soutint son regard, en tentant de rester sourde aux battements précipités de son cœur.

— Je ne me donnerai jamais à vous, murmura-t-elle.

— Mais vous vous êtes déjà donnée à Aylwin, c'est ça ?

La question était si absurde et si brutalement posée

qu'Elgiva resta un instant muette. Si elle n'avait su à quoi s'en tenir, elle aurait pu croire Wulfrum jaloux.

— Non, répondit-elle simplement.

— Il n'était pas pressé !

— En ce domaine comme en d'autres, la courtoisie invite à la retenue et au respect, monseigneur. Mais ce sont des mots dont vous ne comprenez pas le sens…

— Je les comprends très bien, au contraire. En clair, vous n'aviez pas envie de coucher avec lui.

Elgiva se sentit rougir parce qu'il parlait crûment, mais surtout parce qu'il avait vu juste.

— Allez, admettez-le !

— Je n'admets qu'une chose, c'est que je vous déteste !

Si elle avait cru le jeter dans un désespoir enragé, elle s'était trompée. Il souriait, tout en froissant entre ses doigts une mèche blonde, pour en éprouver la douceur.

— Vous ne me détestez pas autant que vous le dites, affirma-t-il avec un aplomb qu'elle trouva insupportable et dont elle s'indigna silencieusement.

Ce barbare prétentieux s'imaginait-il qu'elle allait s'abandonner à lui parce que tel était son bon plaisir ?

— Vous y viendrez, croyez-moi…

Elgiva rougit de plus belle, ce qui le fit sourire plus ouvertement encore.

— On dit « jamais » pour commencer, mais cela n'a qu'un temps. Et j'ai le temps pour moi.

Sur ces mots, il s'écarta d'elle si vivement qu'elle en fut surprise. Libérée de son poids, elle se massa les poignets et le suivit des yeux. Après avoir enfilé ses braies, il alla chercher sa robe brodée. Il la lui jeta ; elle l'attrapa maladroitement.

— Mettez-la, et n'ayez pas cet air étonné, dit-il. Je vous laisse, pour le moment.

Elgiva s'empressa de lui obéir, bien consciente qu'il ne la quittait pas des yeux pendant qu'elle se revêtait comme elle le pouvait de la robe un peu rêche contre sa peau nue. Une fois décente, elle voulut aller ouvrir la porte, pour rejoindre Osgifu dans la tour voisine, en passant par le palier.

La barre de fermeture était lourde et mal positionnée. En la voyant se dépenser en efforts infructueux pour l'ôter, Wulfrum s'approcha. Ses deux grandes mains se posèrent sur les siennes et elle se raidit. Changeait-il d'avis, tout à coup ? Elle leva les yeux, pour deviner ses intentions, et vit son sourire moqueur. Il souleva la barre, mais n'ouvrit pas tout de suite la porte.

— Vous avez bien compris que cette chambre est désormais la nôtre, dit-il sans arrogance, mais sur un ton très ferme. Que vous m'aimiez ou que vous me haïssiez, vous allez vous rendre compte que nous sommes bel et bien unis par les liens du mariage.

Incapable de soutenir son regard, Elgiva détourna le sien.

Il sortit. Elle repoussa la porte, renonçant à rejoindre ses dames, s'abattit sur le lit, à bout de forces, et laissa libre cours aux larmes trop longtemps retenues. A grands sanglots elle se libéra de toutes les émotions qui l'avaient accablée en un temps si court. Elle pleura sur la défaite des Saxons, sur la perte des siens, de son domaine, de tout un passé qui n'aurait plus que de tristes lendemains.

Elle pleura longtemps.

Osgifu, qui avait entrouvert discrètement la porte pour s'en retourner tout aussi discrètement, la voyant en larmes, ne revint l'aider à sa toilette qu'une fois la crise apaisée. Lavée, vêtue de linge frais et de sa robe bleue, sa chevelure réunie en une simple tresse, Elgiva n'offrait plus cette image de la défaite et de la désolation. Osgifu s'en réjouit.

La jeune femme désemparée, à bout de forces, avait fait place à une femme apaisée et ravissante.

Après ce qu'elle avait ressenti comme un long enfermement, Elgiva souhaitait respirer au grand air, à condition de ne rencontrer personne. Après avoir vérifié que la voie était libre, elle voulut que sa première visite soit pour Mara, sa jument baie. Elle ne l'avait pas montée depuis des jours et des jours, mais dès qu'elle eut mis le pied dans l'écurie, l'animal hennit doucement depuis sa stalle, et tourna son élégante encolure pour l'accueillir.

Elgiva lui flatta l'épaule et les naseaux. Mara n'avait aucunement souffert des événements récents. D'un coup d'œil jeté autour d'elle, elle put constater que les Vikings, si cruels avec les hommes, prenaient grand soin des chevaux, même de ceux qui n'étaient pas les leurs.

La bride et la selle de Mara étaient restées à leur place, accrochées au montant de la stalle. Elgiva éprouva soudain le désir de quitter Ravenswood, de s'enfuir au loin, de rompre le contact avec tous ceux dont elle dépendait, aimés ou haïs. Il lui suffit d'un instant de réflexion pour y renoncer. Epouse du nouveau maître, elle était plus que tout autre sa prisonnière.

Halfdan allait très bientôt quitter Ravenswood avec le gros de ses hommes. Débarrassé de leur présence, Wulfrum aurait tout le loisir d'exercer son pouvoir sur ses sujets, et sur sa femme. Il lui interdirait certainement de monter à cheval, de peur qu'elle ne s'échappe. Elle soupira. Ravenswood n'était plus son domaine, mais sa prison, et son geôlier la tenait à la chaîne, jusqu'à ce que la mort l'en sépare. Dans l'état d'abattement où elle se trouvait, la mort lui semblait préférable à la vie d'esclave qui l'attendait.

Mais elle se souvint de ce que lui avait dit Osgifu. Elle se devait à ses gens, dames, servantes et serviteurs, serfs, paysans, tous ceux qui avaient servi son père, puis son frère, qui l'avaient servie, elle, durant le mois au cours duquel elle avait été la maîtresse de Ravenswood… Sans elle, le domaine et tous ceux qu'il faisait vivre n'étaient plus rien. Ensemble, ils devaient réunir ce qui leur restait de courage et de dynamisme pour faire face et rendre leur sort moins insupportable. Le passé, le cher passé n'était plus.

Le cœur gros, elle caressa une dernière fois l'encolure de Mara, et sortit de l'écurie.

En traversant la cour, elle vit qu'un cortège de Saxons à l'air grave prenait la direction du nouveau cimetière. Qui donc y menait-on ? Personne, s'avisa-t-elle soudain. Wulfrum honorait simplement la promesse qu'il lui avait faite la veille, après la cérémonie, de laisser les familles aller prier sur les tombes de leurs morts. Cette promesse, il la tenait. Elle se joignit à la foule.

Le Père Willibald marchait en tête. Les Danois observaient la scène avec curiosité, mais en silence. Elgiva croisa par hasard le regard de l'ignoble Sweyn. Il lui fit une grimace de menace qu'elle feignit de ne pas voir. Le prêtre récitait les versets de l'office des morts, les assistants lui répondaient.

Parmi eux, Elgiva remarqua un homme qui semblait louvoyer vers elle, et dont un capuchon dissimulait le visage. Parvenu près d'elle, il tourna un instant la tête. Elle le reconnut alors.

— Brekka ! Vous êtes revenu ! Quelle folie ! Ils vont vous tuer ! dit-elle à mi-voix, en regardant droit devant elle.

Avant de lui répondre, il jeta un regard en arrière, tête basse, pour s'assurer que personne ne les suivait de près.

— Je ne suis revenu que pour vous parler, madame. Je vous apporte une grande nouvelle. Lord Aylwin a si bien profité de vos soins qu'il a survécu. C'est lui qui m'envoie vers vous, pour que vous le sachiez.

Elgiva crut défaillir. Il lui fallut concentrer toute sa volonté pour reprendre ses esprits. Ce que Brekka lui annonçait lui semblait si incroyable !

— Aylwin n'est pas mort ?

— Grâce à vous, madame, et à sa volonté.

— Où se trouve-t-il ?

— Quelque part dans la forêt, avec ceux de ses hommes qui ont pu s'y réfugier.

— Il a repris ses forces ?

— Ses blessures ne sont pas entièrement cicatrisées, mais son état s'améliore de jour en jour. Il vous fait dire qu'il faut que vous preniez courage en l'attendant. Il va revenir.

Elgiva retint une exclamation.

— Dites-lui que je lui demande d'y renoncer, Brekka. C'est absolument impossible. Les Vikings sont trop nombreux et s'ils le surprenaient, ils le tueraient aussitôt.

— Il ne viendra pas seul. Quand il sera complètement rétabli, il rassemblera assez de volontaires pour reconquérir Ravenswood. Il renonce à son propre domaine, mais il veut vous rendre le vôtre.

Il y avait dans cet acharnement quelque chose d'émouvant mais de pitoyable. En homme d'honneur, Aylwin refusait la défaite et voulait prouver son attachement. Mais il s'aveuglait de chimères.

— C'est de la folie, encore une fois, protesta-t-elle. La moindre tentative ne fera que provoquer de nouveaux massacres.

— Quand on vient se battre, il y a toujours des morts, lui rappela Brekka. C'est la loi de la guerre.

— Dites-lui de renoncer à son projet. Dites-lui de s'exiler le plus loin possible, jusqu'au Wessex, s'il le faut, hors d'atteinte des Danois.

— Je vous promets de lui répéter vos paroles, madame, mais je crains qu'il n'en tienne aucun compte.

Sur ces mots il s'écarta d'elle, peu à peu pour ne pas attirer l'attention des gardes.

Bouleversée, Elgiva ne savait plus que penser. Jamais elle n'aurait supposé qu'Aylwin ait pu survivre à ses blessures. Osgifu et elle l'avaient soigné sans grand espoir, après l'avoir cru mort. Il vivait à force de volonté, sans doute, et de désir de revanche. Elle avait là de quoi se réjouir, bien sûr, mais aussi de s'inquiéter. Il se refusait à abandonner la lutte, mais ses intentions et son entêtement le conduiraient inévitablement à la catastrophe. Il avait trop peu d'hommes sous ses ordres, ils étaient mal nourris et mal armés.

La réponse qu'allait lui rapporter Brekka le ferait-elle réfléchir ? Comment réagirait Wulfrum, s'il le capturait ? Elle était sa femme, à présent, comme il ne cessait de le répéter. Et s'il venait à apprendre qu'elle complotait sa perte en se rendant complice de son ancien fiancé, sa fureur serait terrible. Elle ne pouvait pas non plus se confier à lui, sous peine de trahir Brekka et les siens. Et puis, sans qu'elle puisse dire pourquoi, il lui aurait été désagréable de lui mentir ou de l'induire en erreur.

On sonna de la trompe.

— Nous allons rendre la justice ! proclama Wulfrum d'une voix assez forte pour être entendue par l'assemblée tout entière. Bourreau, tous les rebelles se trouvent-ils réunis, tous ceux qui sont allés rejoindre les lièvres et les renards dans la forêt ?

— Ils sont tous là, monsieur le comte, répondit le géant.

— Nous allons les guérir de leur lâcheté ! Que chacun des Saxons le sache et que l'exemple que nous allons faire serve de leçon à tous : ce fief et son peuple m'appartiennent désormais par la volonté de lord Halfdan, mon frère et suzerain, et j'entends bien ne pas l'offenser en trahissant sa générosité. Tout ce qu'il m'a donné je le garde, jusqu'au plus infime de ses dons !

Saisie par la peur, Elgiva se mit à trembler. Elle lui avait entendu prononcer les mêmes mots, en une autre occasion. La conviction de Wulfrum n'avait pas changé, mais son intonation était bien plus menaçante, cette fois.

— Que la loi soit bien claire pour tout le monde ! Un sujet ou un serf sorti des limites du domaine aura le pied coupé, ou bien les deux jarrets.

Il y eut des gémissements dans le public. Les prisonniers s'agitaient, hypnotisés par le brasero où chauffaient les instruments de torture, et par la grande hache dont Bradefer éprouvait le tranchant. Le cœur battant, Elgiva réussit à gagner quelques rangs dans la foule, sans parvenir à en sortir. Elle aurait tant voulu supplier Wulfrum… Il jeta un coup d'œil dans sa direction, mais apparemment sans la voir.

— Amenez le premier prisonnier ! ordonna-t-il.

Deux gardes prirent chacun par un bras le premier des fuyards. On le détacha de la chaîne qui le reliait au suivant. Elgiva reconnut Drem, un serf qu'il fallut presque assommer pour l'empêcher de se débattre. D'abord traîné sur le sol, il se trouva jeté aux pieds de Wulfrum, qui contempla longuement son corps prostré.

— Madame ! s'écria-t-il soudain, à vous d'en décider. Le pied ou les jarrets ?

Il ne se tourna vers elle qu'après avoir proféré l'horrible question. Stupéfiée, Elgiva vit les Saxons se retourner et, découvrant sa présence, s'écarter pour lui livrer passage. Ils jetaient tous sur elle des regards désespérés.

Tout en s'avançant, elle prépara sa réponse, la gorge si serrée qu'elle dut s'éclaircir la voix avant de parler.

— Ayez pitié d'eux, monseigneur, je vous en supplie ! dit-elle alors que tous les assistants faisaient silence. Ne les mutilez pas.

— La loi prévoit ce châtiment, madame. Et je vous rappelle qu'ils se sont enfuis.

— On ne peut leur en vouloir. La bataille était perdue, le village et le château envahis. Ils ont vu des morts en si grand nombre qu'ils ont voulu survivre.

Wulfrum l'écoutait, impassible. Quelles étaient ses intentions véritables ? Pourquoi l'avait-il interpellée, lui demandant de choisir elle-même le châtiment, alors qu'il pouvait prévoir sa réponse ? Il demeurait silencieux. Pour la laisser parler encore ?

— Vous avez dit vous-même que le sang ne coulerait plus, monseigneur, et que tous les anciens serviteurs devaient travailler à la prospérité du domaine. Accordez-leur la grâce qu'ils vous demandent, que je vous demande au nom de tous les autres, et c'est vous qu'ils serviront.

Tous les regards convergeaient vers lui, mais il ne voyait qu'elle.

— Grâce pour eux, dit-elle encore, les yeux pleins de larmes.

— L'indulgence est funeste à qui doit se faire obéir, répliqua-t-il d'un ton sentencieux. Elle encourage la récidive. Voulez-vous rendre tout ce peuple assemblé témoin de ma faiblesse ?

— L'indulgence n'est pas une faiblesse, déclara-t-elle. Elle est grandeur au contraire. Nul n'ignore que vous êtes le seigneur de ce domaine désormais et de tous ceux qui s'y trouvent, et que vous y faites la loi. La cause est entendue. A quoi bon provoquer la peur et le ressentiment ? Ces malheureux souffrent depuis des jours dans leurs chaînes. Donnez-leur la chance de vous servir en leur faisant grâce…

Wulfrum hocha la tête et prit le temps de réfléchir. A ses pieds, le serf fermait les yeux, dans l'expectative. Elgiva, dévorée d'inquiétude, se mordait les lèvres.

— Telle est ma décision, dit-il. Je fais droit à votre supplique, madame. Vos protégés bénéficieront de ma clémence. Ils ne seront pas même fouettés, mais ils auront à prouver par leur zèle la reconnaissance qu'ils vous doivent.

Quand la foule commença à se disperser, Elgiva voulut se retirer discrètement, mais Wulfrum l'invita d'un regard et d'un geste à le rejoindre.

— Vous les avez tous épargnés, je vous en remercie, lui dit-elle.

— Ne me remerciez pas. J'ai trop besoin d'eux pour en faire des invalides.

— Vous n'avez donc jamais eu l'intention de les faire souffrir ?

— Non, bien sûr. Mais il fallait qu'ils me craignent, pour que je puisse me montrer généreux sans risque de les voir ensuite bafouer mon autorité.

Elle lui jeta un regard outré, comprenant quel rôle il lui avait fait jouer.

— Vous saviez que j'allais plaider leur cause !

— Naturellement. Si vous n'étiez de vous-même venue vous joindre à l'assistance, je vous aurais fait appeler. J'étais certain que vous n'entendriez pas toutes ces horreurs sans vouloir intervenir. Votre plaidoirie m'a beaucoup plu. Quelle éloquence !

Un tel aveu, un tel cynisme, la laissaient sans voix. La duplicité du personnage lui faisait horreur. Elle venait de se montrer reconnaissante. La colère l'étouffait à présent.

— S'il n'y avait tant de monde autour de nous, je vous giflerais, dit-elle entre ses dents. Vous vous êtes moqué de moi, vous m'avez ridiculisée !

— Pas du tout ! protesta-t-il sans relever l'impertinence de la menace.

— Quand je pense que je suis tombée dans le piège, que j'ai vraiment cru que…

— Il le fallait bien, pour que vous soyez sincère. Je ne me moque pas de vous, Elgiva, je vous admire…

Il lui sourit tendrement, parce qu'il la trouvait très belle quand elle était en colère et que ses beaux yeux brillaient ainsi, tout humides encore de larmes.

— Vous auriez préféré qu'Olaf se serve de sa hache ?

Elgiva se réfugia dans un silence hostile, mais il lui fallut bien reconnaître que Wulfrum avait raison. On aurait d'ailleurs pu croire qu'il avait toujours raison. Quelle arrogance, quelle prétention ! Et puis elle n'aimait qu'il soit si près d'elle. Il l'empêchait de réfléchir.

Le silence s'éternisait. C'est lui qui le rompit.

— Il le fallait bien, n'est-ce pas ?

— C'est entendu, maugréa-t-elle, je suis heureuse que vous ayez pu remettre ces malheureux au travail sans perdre la face. Mais votre façon de faire me déplaît fortement.

— J'en suis désolé, croyez-le bien…

Elle se demanda si elle avait bien entendu. Il n'y avait aucune trace de moquerie dans son intonation, pas plus que sur son visage. Pour cette fois, il parlait sérieusement.

— Je dois régir ce domaine, Elgiva, et mes sujets doivent apprendre à m'obéir, donc à me respecter. Il le faut, pour qu'ils vivent en paix. Et le plus tôt sera le mieux.

Il n'ajouta rien, la salua d'un signe de tête et partit en direction du campement de ses hommes, la laissant seule à ses pensées. Elle lui en voulait de s'être joué d'elle, et se reprochait sa propre naïveté. En fait, il était parvenu à lui faire jouer son rôle à la perfection. Il avait toutes les raisons d'être content de lui-même.

Ainsi étaient les hommes, songea-t-elle, fourbes et sans pitié, occupés de leur seule réussite, de leur seul pouvoir. Et Wulfrum ne faisait pas exception à la règle. Dans l'avenir, elle se montrerait plus circonspecte. Quand il s'était excusé, il lui avait paru sincère, mais quand il jouait au justicier il en avait aussi toutes les apparences. Il était impossible de savoir s'il avait parlé du fond du cœur ou s'il souhaitait simplement en finir avec les reproches qu'elle lui adressait.

Elle repartit vers le château, l'esprit encore troublé d'émotions contradictoires. Mécontente d'elle-même, elle déplorait son manque de clairvoyance. Il fallait absolument qu'elle apprenne à mieux connaître Wulfrum. Il était son mari, après tout, et elle ne savait rien de lui. Lui, en revanche, semblait lire en elle comme à livre ouvert. Il était insupportable et c'était pire encore quand il avait raison, comme tout à l'heure. On ne pouvait rêver verdict plus favorable. Nul n'aurait pu imaginer une ruse assez ingénieuse pour le conduire à l'acquittement !

— Maudit soit-il !

Un fieffé tricheur, voilà ce qu'il était ! Un être dominateur et orgueilleux ! D'une autre trempe, cependant, que Sweyn le sadique ou même qu'Halfdan, qui aurait volontiers achevé Aylwin alors qu'il était presque mourant. Wulfrum n'était pas le pire de la bande, il fallait bien le reconnaître.

Elle le chercha des yeux. Il écoutait les explications d'un charpentier, devant une grange à demi ruinée. Il la vit et lui sourit d'un sourire que l'on aurait dit complice. Elle n'y répondit pas, lui lança un regard distant et s'en fut.

Chapitre 8

Les Vikings restés à Ravenswood pour constituer la garde de Wulfrum s'adaptèrent avec une surprenante facilité à la vie sédentaire. Tout en poursuivant leur entraînement militaire, ils consacraient l'essentiel de leur temps et de leurs forces à la reconstruction des bâtiments détruits, à la réparation de ceux qui n'avaient été qu'endommagés, et ce de conserve avec les Saxons valides du domaine, au premier rang desquels les anciens fuyards heureusement libérés.

Cette réhabilitation suscitait en Elgiva des sentiments mitigés. Les Danois ne faisaient après tout que réparer une partie des dégâts dont ils étaient seuls responsables. Mais il ne lui était pas désagréable de voir Ravenswood reprendre vie et retrouver peu à peu son allure du temps de lord Egbert son père.

Wulfrum savait se faire obéir, et contrôlait la bonne marche des opérations sans déléguer. Il avait l'œil sur tout et ne croyait pas déchoir en prêtant parfois son concours aux travaux de force. Bref, il menait son monde avec une remarquable efficacité, ce qui ne manquait pas de surprendre la jeune femme. La vie s'organisait donc de nouveau à Ravenswood, l'ordre y régnait, le maître des lieux avait des ambitions pour le domaine et mettait tout en œuvre pour les réaliser, sans économiser sa personne.

Les Saxons venaient de subir trop d'épreuves pour accepter de bon cœur la domination d'un maître étranger et la présence permanente de sa garde, mais au fond, ils appréciaient d'avoir affaire à un homme d'action qui ne s'en laissait pas conter, et qui faisait preuve de qualités inattendues pour un homme de guerre. Il avait le sens de la justice et de la mesure. Il était exigeant, mais reconnaissait volontiers la qualité d'un travail bien fait, et ne cachait pas sa satisfaction le cas échéant. Lorsqu'il sanctionnait, il ne le faisait pas à la légère, et savait se faire respecter.

Un matin, après être allé vérifier que les serfs étaient bien occupés à curer un puits, selon un ordre donné la veille, Wulfrum revint vers le château dans l'intention d'inspecter le travail des charpentiers qui réparaient l'une des granges. La porte qui donnait accès à la poterne triple au pied des deux tours accolées était ouverte. Il allait poursuivre son chemin quand il vit en sortir Ulric, l'aîné des deux neveux d'Elgiva.

Il songea avec amusement à l'embarras d'Hilda, leur gardienne, qui serait surprise en flagrant délit de négligence en s'élançant à la poursuite de l'enfant. Pour avoir le plaisir de cet innocent spectacle il ralentit l'allure, sans quitter des yeux le garçonnet, qui titubait sur le sol inégal. Un instant plus tard, ce fut la chute puis des hurlements.

En quatre pas il alla relever l'enfant, qui ne s'était pas blessé. Il criait de surprise et de peur plutôt que de mal. Il le prit dans ses bras et se mit à lui murmurer à l'oreille des mots sans suite pleins de douceur, comme il l'avait souvent fait pour calmer un jeune poulain rétif en début de dressage. Le procédé s'avéra tout aussi efficace appliqué à l'espèce humaine, car Ulric cessa de hurler. Wulfrum lui passa un doigt dans les cheveux et lui sourit. L'enfant lui rendit son sourire.

Elgiva avait fait halte dans l'encadrement de la porte, à quelques pas d'eux, et se taisait. Elle avait vu Ulric s'enfuir, et comme Hilda changeait son cadet, l'avait suivi pour le rattraper. Sa surprise était complète. Jamais elle n'aurait pu s'imaginer qu'un Viking de cette taille, de cette force et de cette réputation puisse s'appliquer à consoler un être aussi fragile. Wulfrum manifestait dans cet exercice une aisance et une efficacité remarquables. Qu'un homme d'une telle importance puisse spontanément se conduire d'une manière si délicate sans avoir l'intention d'attendrir des témoins ou de se faire valoir, cela dépassait son entendement. Elle ne put s'empêcher de s'attendrir.

Se sentant observé, Wulfrum tourna la tête.

— Je parie que vous êtes à la recherche de ce polisson, dit-il en souriant.

— En effet…

Elle s'approcha, examina l'enfant, et vit qu'il n'avait rien.

— Dis-lui que tu n'es pas blessé, mon petit, rassure-la, conseilla Wulfrum à l'enfant.

Celui-ci bredouilla une réponse incompréhensible et lui sourit de nouveau.

— Je vois que tu es d'accord avec moi.

Elgiva se surprit à sourire.

— Dès qu'Hilda a le dos tourné, il s'enfuit, dit-elle en guise d'explication. Vous vous en êtes occupé. Je vous en remercie…

Elle laissa la phrase en suspens. Elle allait dire « monseigneur », mais on ne donne pas du « monseigneur » à un homme qui joue les bonnes d'enfant.

Séduit par la chaleur et l'éclat de ses yeux d'ambre gris, Wulfrum faillit succomber à l'attendrissement. Pour y échapper, c'est sur Ulric qu'il fixa son attention.

— Il a quel âge ?

— Trois ans.

— C'est un beau garçon, tout comme son frère. Leur

père devait être fier d'avoir engendré de pareils gaillards, vifs et vigoureux.

— Mon frère ne s'intéressait guère à eux, répondit-elle étourdiment.

Elle regretta aussitôt ses paroles. Fallait-il qu'elle soit sotte, pour se laisser aller à proférer une confidence aussi indiscrète et embarrassante !

— Cela m'a échappé, pardonnez-moi. Vous allez me prendre pour une sœur ingrate et médisante, qui ne respecte pas ceux qui sont morts.

— Pas du tout. Votre frère avait sans doute un tempérament très différent du vôtre, il n'y a rien de mal à cela. Par contre, vous, vous êtes très attachée à eux.

— Oui, bien sûr. Je suis leur tante, après tout.

— C'est bien plus que cela. Vous aimez les enfants, Elgiva.

— Je les aime, en effet.

— Voilà une bonne chose…

Il avait prononcé ces mots le plus naturellement du monde, envisageant sans doute d'autres satisfactions, faisant déjà sans les formuler des projets d'avenir. Elgiva se sentit rougir jusqu'au front.

Par bonheur, Hilda la tira d'embarras en faisant son apparition, Pybba dans les bras. En voyant qui tenait Ulric contre lui, elle ne put cacher sa stupéfaction. Wulfrum tendit l'enfant à Elgiva.

— Je remets ce fardeau en des mains dignes de le porter, déclara-t-il avec emphase, pour plaisanter.

Puis il s'éloigna. Elgiva le suivit du regard. Cet homme ne cessait de l'intriguer, décidément… Chaque fois qu'elle pensait s'être fait de lui une opinion, une nouvelle facette de sa personnalité se révélait. Il aimait les enfants, s'attardait à consoler un petit, presque un bébé encore, lui parlait. Le jour de leur rencontre, s'il n'était pas intervenu, Ulric et son frère seraient morts. Elle-même ne leur aurait probablement pas survécu.

En ayant envié à haute voix le sort des heureux pères, il engageait à demi-mot son propre avenir, il lui faisait discrètement part de ses projets. Elgiva aussi mettait au crédit du mariage le bonheur d'avoir des enfants. Du moins l'avait-elle fait… avant. Si elle avait épousé Aylwin, elle lui aurait donné sans s'en plaindre tous ceux qu'il aurait voulus. Avec Wulfrum, il en allait tout autrement. Il était son mari sans doute, mais entrer dans ses vues, porter et mettre au monde la progéniture d'un Viking, ce serait rompre avec tous ses principes, renoncer à ses convictions les plus chères.

Elle jeta un dernier coup d'œil au maître de Ravenswood, hocha la tête, et fit demi-tour avec impatience.

En revenant de sa tournée d'inspection, Wulfrum s'avisa d'aller rendre visite aux quelques blessés danois que l'on soignait encore. Une partie de la grande salle avait d'abord servi d'infirmerie. Les patients se trouvaient à présent réunis dans une annexe remise en service pour l'occasion. Il fallait qu'ils sachent que leur chef ne les oubliait pas et qu'il espérait comme eux leur complet rétablissement, ne fût-ce que pour les remettre aussi tôt que possible à l'entraînement.

Fidèles à leurs principes en matière de soins à apporter aux malades et aux blessés, Osgifu et Elgiva continuaient à faire bénéficier à tous de leur savoir-faire. Elles faisaient justement la première de leurs interventions quotidiennes. D'Osgifu, Wulfrum n'aperçut que la silhouette, car toute son attention se fixa immédiatement sur Elgiva. Elle changeait un pansement, attentive à sa tâche, les gestes sûrs. Elle échangeait de temps en temps quelques mots avec le blessé, Harald, l'un des plus gravement atteints au cours de l'assaut. La jeune recrue, âgée seulement de dix-sept ans, avait eu l'épaule traversée par une flèche. Atteint par une forte fièvre dès le lendemain du combat, il était resté plusieurs jours entre la vie et la mort. Sans les soins qui lui avaient été prodigués, il n'aurait pas survécu. Mais il était tiré d'affaire à présent, à en juger par le plaisir qu'il éprouvait à dialoguer avec Elgiva. Il lui posa une question d'un air enjoué. De loin, Wulfrum ne pouvait la comprendre, pas plus que la réponse que la jeune femme lui faisait, mais cette réponse avait sans doute quelque chose de particulier, à en juger par la réaction d'Harald, dont le visage s'illumina.

Elgiva était très jeune, elle aussi, s'avisa-t-il soudain. Quel âge avait-elle, exactement ?

L'intervention de Bradefer l'empêcha d'y réfléchir. Le géant semblait préoccupé.

— Une mauvaise nouvelle, Olaf ?

— Il y a beaucoup d'absents sur le chantier de la palissade, tous des serfs qui habitent au village. On me dit qu'ils sont malades.

— Malades ? Vraiment ?

— Oui… Je viens du village. Ils sont dans un triste état, tout pâles, et ce qu'ils se mettent sous la dent ils le rendent aussitôt avalé.

— C'est étrange. Ils ont peut-être mangé de la viande avariée ?

— Non, ce n'est pas ça. On ne leur donne que du pain et de la soupe.

— Il faut savoir pourquoi ils sont malades. J'ai besoin d'eux. On a vu parfois des armées entières plus affaiblies par une épidémie que par les combats.

— Je ne sais comment il faut s'y prendre, dit Bradefer, mais j'en connais qui pourraient nous le dire.

Wulfrum suivit son regard, qui désignait les deux guérisseuses. Elgiva s'occupait encore d'Harald, qui avait l'audace de la dévorer des yeux. A bien l'observer, il fallait reconnaître que ce gamin ne manquait pas d'allure, maintenant qu'il avait repris des forces. Elgiva le trouvait sympathique, puisqu'elle souriait en écoutant son bavardage. Wulfrum se renfrogna. Laissant là Bradefer et ses problèmes, il s'approcha à grands pas de la couchette.

— Monseigneur ? dit Elgiva, surprise de le trouver là.

— Quand vous en aurez fini avec ce gaillard, je voudrais m'entretenir avec vous. Avec vous aussi, Osgifu…

Les deux femmes échangèrent un regard.

— A vos ordres, répondit Osgifu.

Elgiva continua de resserrer le pansement neuf en tirant le tissu.

— Je vois que tu seras bientôt guéri, constata Wulfrum en s'adressant au jeune homme sur un ton assez neutre pour être ressenti comme l'affirmation d'une satisfaction.

— C'est bien vrai, monseigneur, répondit Harald. Tout ça grâce à cette dame, j'ai de la chance !

Son regard disait mieux que ses mots sa reconnaissance et son admiration.

— J'attends de te revoir à l'entraînement le plus tôt possible.

— J'espère bien, monseigneur !

Il n'avait pas levé les yeux vers son chef pour lui répondre, tout occupé qu'il était à ne pas perdre de vue le visage qui se penchait vers lui. Elgiva serrait le dernier nœud. Sa main s'attarda un instant sur le torse de son patient.

— Je suis content de te l'entendre dire, maugréa Wulfrum.

Elgiva se décidait enfin à se relever. Son mari lui prit le bras pour l'emmener à l'écart. Osgifu les suivit, et Olaf Bradefer s'approcha à son tour. Pendant qu'il leur répétait dans le détail ce qu'il avait pu observer au village, les deux femmes échangèrent plusieurs fois de regards entendus.

— Il faudrait que j'aille moi-même voir les malades, monseigneur, déclara alors Osgifu. Il est difficile de se rendre compte des choses à partir d'un simple récit…

— Je t'accompagnerai, dit Elgiva.

— Non, objecta Wulfrum. Vous l'attendrez ici et préparerez toutes les drogues recommandées pour guérir ce genre de maladie. Olaf, tu feras accompagner dame Osgifu jusqu'au village.

— Mais je peux lui être utile ! protesta Elgiva.

— Cela m'est égal.

— Mais…

— J'ai dit !

Elgiva pinça les lèvres et assista en silence au départ d'Osgifu, qui emportait avec elle son panier. Puis elle commença à s'éloigner.

— Ne partez pas encore !

— Monseigneur ?

Elle le regarda hardiment. Ses yeux disaient plus éloquemment que n'importe quel discours en quelle estime elle tenait cette interdiction, qui la révoltait et la chagrinait. Wulfrum retint le sourire qui lui venait aux lèvres.

— C'est ici que le devoir vous retient, lui dit-il.

— Comme il vous plaira, monseigneur.

Elle gardait son calme, mais il y avait dans son intonation assez d'ironie pour qu'il y soit sensible.

— Osgifu a suffisamment d'expérience pour évaluer la situation. A son retour, vous saurez exactement de quoi vous aurez besoin.

— Elle en jugera mieux que personne, je n'en doute pas. Mais s'il s'agit d'une épidémie, il vaut mieux être deux. A elle seule, elle ne pourra traiter tous les malades.

— S'il s'agit bien d'une épidémie…

Elgiva resta un moment silencieuse, le regard ailleurs. Puis elle releva les yeux.

— Vous craignez toujours que je m'enfuie loin de vous, n'est-ce pas ?

Wulfrum accusa le coup, mais se montra beau joueur.

— L'idée m'en est passée par la tête, en effet.

— Vous imaginez donc que j'ai l'âme assez basse pour abandonner les miens quand ils souffrent, et qu'ils vont peut-être mourir ?

— Ce scrupule ne vous a pas empêchée de vouloir vous échapper une première fois, et de disparaître pendant des heures, il n'y a pas si longtemps.

Il la vit s'empourprer, mais elle ne baissa pas les yeux.

— J'ai eu un moment d'égarement, c'est vrai. Et je le regrette. Quand je suis allée soigner le pauvre Hunfirth, j'aurais pu m'échapper vraiment, mais l'idée ne m'en est pas venue. Nous étions sur le chemin du retour, quand Olaf et ses hommes sont intervenus.

— Parce que vous saviez que je finirais bien par vous retrouver.

— Parce que je ne voulais pas abandonner mes gens, les laisser tous à la merci des Vikings !

— Mais ils sont à ma merci ! Et vous comme les autres, ajouta-t-il.

Il se félicita de l'avoir fait rougir un peu plus encore. La colère lui allait bien. Elle était plus charmante que jamais, quand l'incarnat de sa peau en faisait ressortir la finesse.

— Puisque vous avez tous les pouvoirs, permettez-moi d'aller les soigner.

— Vous les soignez déjà fort bien dans votre infirmerie. Les Danois eux-mêmes chantent vos louanges, si j'ai bien entendu.

— Je ne parlais pas des blessés qui se trouvent dans le château, vous le savez bien.

— Quoi qu'il en soit, c'est ici que le devoir vous appelle, et qu'il vous appellera aussi longtemps que nécessaire.

Il lui imposait sa volonté sans élever le ton, ce qui était sans doute pire que s'il avait usé de la contrainte. Elgiva dut prendre sur elle pour retenir son indignation et ne pas prononcer les mots cinglants qui lui venaient aux lèvres. Lui l'observait, prêt à la riposte. Mais elle décida qu'elle ne lui ferait pas le plaisir de s'exposer à de nouvelles humiliations.

— Eh bien, je vais revoir les blessés, conclut-elle en esquissant un mouvement de retrait.

— Quand je vous le dirai !

Elgiva se figea sur place dans une posture rigide, tous les muscles tendus. Wulfrum se tint prêt à affronter la suite. Elle avait envie de le frapper, de le griffer, cela se voyait. Allait-elle y céder ? Aurait-il à esquiver une paume ouverte, ou des ongles dévastateurs ? Les provocations qu'il venait de multiplier suffiraient-elles à la pousser à bout ? D'une certaine façon, il le souhaitait.

Le silence s'installa. Elgiva se gardait bien de le rompre, tout entière appliquée à garder la pose sous les yeux bleus du tyran qui se régalait du spectacle. Le souffle suspendu, elle ne remuait pas un cil. Il aurait aimé qu'elle s'insurge, qu'elle se révolte, mais elle ne lui donnerait pas l'occasion de porter la main sur elle. Elle sentait dans sa main aux doigts ridiculement écartés une sorte de démangeaison. Mais elle resta immobile.

— Vous pouvez y aller, maintenant, dit-il enfin.

Elle lui lança un coup d'œil lourd d'injures muettes, tourna les talons et s'en fut. Il la regarda partir. Avait-il bien fait de la garder au château, l'empêchant d'accompagner celle qui lui avait appris son art ? L'avenir le dirait. En attendant, elle vivrait sous son regard.

Wulfrum découvrait la grande pièce ; il n'y avait encore jamais mis les pieds. Sur des étagères s'alignaient quantité de flacons, de fioles et de gourdes. Des bottes de plantes aromatiques étaient accrochées aux poutres du plafond. Il se dégageait des parfums de menthe, de thym et de lavande, dont Elgiva se parfumait si heureusement qu'il ne cessait de les associer l'une à l'autre.

Elle lui tournait le dos, et ne s'aperçut de sa présence qu'au moment où il s'avança vers elle.

— Monseigneur ? dit-elle en lui faisant face.

— Je vous surprends en plein travail…

— Osgifu aura certainement besoin de ces décoctions et de ces tisanes. Autant ne pas attendre son retour pour les préparer…

Elle s'efforçait de garder son calme, mais ne sauvait que les apparences. Son cœur battait vite, et la pièce tout à coup semblait trop petite.

— En matière de guérison, vous ne manquez ni de science ni d'habileté, je le constate un peu plus chaque jour, dit-il avec du respect dans la voix.

— Merci pour le compliment, monseigneur.

— Votre talent est de notoriété publique. Mais je vous soupçonne d'en avoir d'autres, poursuivit-il sur un tout autre ton. Des talents que personne ne connaît. Des talents cachés, en quelque sorte.

Leurs regards se croisèrent, mais Elgiva ne put lire dans celui de Wulfrum, indéchiffrable et dérangeant. Elle revint à sa table de travail où fumait un liquide blanchâtre, qu'elle se mit à remuer avec une cuiller à long manche. Il la regardait faire, avec tant d'attention qu'elle s'en trouvait incommodée. Elle avait trop chaud. Wulfrum, quant à lui, restait tranquille, mais autour de lui l'atmosphère semblait chargée de menaces. Il incarnait la puissance et le danger imminent. Peu soucieuse de revenir sur la conversation précédente, Elgiva s'affairait en silence.

Il devinait sans peine les pensées sombres qui lui passaient par la tête, et ne pouvait lui en vouloir. Quand il lui avait interdit de se rendre au village, ce n'était pas de peur qu'elle en profite pour s'échapper. Ce n'était qu'un prétexte, tout comme auparavant sa visite à l'infirmerie. C'était pour pouvoir se retrouver seul avec elle. Il vint se placer à côté d'elle, devant la table. Pour dissimuler son embarras, elle voulut se détourner, mais il la prit par la taille et la retint. Elle sentit qu'il lui baisait les cheveux en respirant leur parfum, et puis ses lèvres se posèrent sur sa nuque.

Sous le coup de la surprise, elle eut un élan de révolte qu'elle n'eut pas le temps de manifester, car il la fit pivoter au creux de son bras et prit avidement sa bouche. Elle eut beau résister de toutes ses forces, de toute sa volonté, le baiser se fit de plus en plus passionné. Elle refusait cependant de se laisser émouvoir. Wulfrum, lui, s'enflammait, comme atteint de folie. Elle en eut la confirmation lorsqu'il dut reprendre son souffle et qu'elle vit son visage. Bouche ouverte, haletant, le regard perdu, il avait peine à reprendre ses esprits.

— Vous voulez encore me faire sentir que vous êtes le maître ? demanda-t-elle.

Il s'étonnait de son propre égarement. Il n'avait d'abord eu que l'envie de lui voler un petit baiser, mais l'odeur de ses cheveux, de sa peau, l'avait brusquement emporté hors de lui-même.

— Vous savez bien que non, protesta-t-il.

Il ne mentait pas. S'il avait voulu vraiment faire la

démonstration de sa toute-puissance, il aurait pu, dans cet endroit isolé où seules Osgifu et elle entraient.

Il la scrutait, comme pour lire en elle.

— Contre qui vous battez-vous, Elgiva ? Contre moi, ou contre vous-même ?

— Vous vous vantez !

— Vous le croyez vraiment ?

Emportée par l'indignation, elle se sentit rougir, et chercha sans la trouver la réponse cinglante qui s'imposait. Wulfrum lui adressa un sourire à faire tourner la tête qui ajouta à la confusion qu'elle éprouvait.

— Vous le croyez vraiment ? répéta-t-il.

Il ne la serrait plus très fort, mais elle sentait le contact de ses mains à travers le tissu de sa robe. Elles lui brûlaient la peau.

— Croyez ce que vous voulez, ça m'est égal.

— Eh bien, je crois que vous avez envie de moi, tout comme j'ai envie de vous.

— Vous vous trompez.

— On essaie ?

— Non !

— Vous craignez que j'aie raison ?

— De mon côté, je n'ai rien à craindre. Laissez-moi, maintenant. J'ai du travail…

Il lui obéit, et s'écarta d'elle. Elgiva en fut à la fois soulagée et surprise. Il avait l'air moqueur, mais on voyait aussi qu'il regrettait que le dialogue n'ait pas pris un autre tour. Son regard était lourd d'une émotion difficile à préciser.

— Eh bien, je vais vous laisser, dit-il. Pour le moment. A plus tard, madame.

Elle le regarda partir, et respira plus librement. Restée seule, elle dut attendre longtemps d'avoir repris assez d'empire sur elle-même pour pouvoir se remettre à ses mélanges.

*
* *

Osgifu et Olaf ne rentrèrent qu'au début de la soirée. Elgiva, avertie par Hilda, se dépêcha de descendre pour les accueillir. Wulfrum était déjà dans la grande salle, avec eux. Elle se demanda quel accueil il allait lui faire. Il se contenta de la saluer distraitement de la tête, dans sa hâte de s'informer.

— Comment les choses se présentent-elles, Olaf ?

— Plutôt mal. Un enfant de six ans est déjà mort. Il y aura sans doute bien d'autres victimes, les malades sont vraiment malades, et il y en a beaucoup.

Elgiva échangea avec Osgifu un regard consterné. En cas d'épidémie, les enfants et les vieillards étaient toujours les plus vulnérables et les premiers atteints. Elle pensa à ses neveux, et son cœur se serra.

— Il y a forcément un lien, dit-elle, une cause commune qui nous échappe…

Comme tous les yeux se tournaient vers elle, elle s'aperçut qu'elle s'était laissée aller à penser tout haut. Wulfrum allait-il lui reprocher d'avoir pris la parole sans y avoir été invitée ?

Il ne fit pourtant aucun commentaire, et se contenta de la fixer d'un air tendu.

— Osgifu m'a dit qu'il faudrait creuser des fosses un peu à l'écart du village, et obliger tout le monde à aller s'y soulager, reprit Olaf. A mon avis elle n'a pas tort, ne serait-ce que pour… Disons que ça ne sent pas bon…

— Dès demain matin, Ida emmènera une équipe et ces fosses seront creusées, déclara Wulfrum. On ne sait jamais… Les malades ne seront pas forcément guéris, mais il faut tout faire pour les garder en vie.

Elgiva se réjouit de voir la suggestion d'Osgifu aussi bien accueillie. Serait-elle autorisée à l'accompagner au village ? Le dernier entretien qu'elle avait eu avec Wulfrum avait été si décevant sur ce point qu'il semblait dangereux de revenir sur le sujet.

Osgifu n'eut pas de tels scrupules et ce fut avec une tranquille assurance qu'elle interpella le comte.

— Il y a trop de malades au village pour que je puisse les soigner seule, monseigneur. J'ai besoin d'aide.

— C'est bien vrai, confirma Bradefer.

Le regard de Wulfrum alla de l'un à l'autre, avant de se poser sur Elgiva.

— Vous l'accompagnerez demain, dit-il, mais vous n'irez pas seule. Olaf vous fera accompagner par un garde.

Elgiva acquiesça.

— A vos ordres, répondit-elle ainsi qu'il sied à une épouse soumise.

Wulfrum ne se laissa pas leurrer un seul instant par la suavité de son intonation, son air de soumission et ses yeux modestement baissés. L'humilité n'était pas la vertu principale de la fière Saxonne. Elle se réjouissait de l'entendre renoncer à ses précédentes exigences, elle savourait discrètement son triomphe, et se moquait de lui. En l'absence de témoins, il l'aurait punie d'une façon très particulière...

Mais le moment n'était pas propice aux rêvasseries sensuelles. Il y avait urgence. Ida venait aux nouvelles, et il fallait prévoir le plan d'action pour le lendemain. Il entraîna les deux hommes à l'écart, laissant les femmes seules.

— Je suis bien contente, dit Osgifu. Nous allons pouvoir travailler ensemble, encore une fois.

— Moi aussi je suis bien contente. J'ai fait des provisions de remèdes. Le garde qui me surveillera nous aidera à les porter.

— Autant qu'il serve à quelque chose, en effet !

Après le repas du soir, Elgiva s'esquiva dès qu'elle le put pour aller prendre des nouvelles de ses neveux. Ils dormaient depuis un moment et se portaient bien. Rassérénée, elle se hâta de passer par le palier supérieur de la Tour des Dames pour regagner sa chambre, ou plutôt la chambre conjugale, puisqu'elle la partageait à présent avec Wulfrum. Elle avait coutume d'aller se coucher la première, et s'endormait souvent avant qu'il y vienne à son tour.

Cette fois, elle eut la surprise et le désagrément de le trouver assis sur le lit, torse nu, en train de finir de se déshabiller. Il lui tournait le dos. L'espace d'un instant, elle admira sa puissante musculature, mais détourna aussitôt les yeux.

— Est-ce que les enfants vont bien ? demanda-t-il sans se retourner.

Comment savait-il qu'elle était allée les voir ?

— Ils dorment tranquillement et sont en bonne santé, semble-t-il.

— Tant mieux. Je tiens à ce qu'ils restent vifs et gaillards.

Rien ne l'obligeait à faire cette réflexion. Malgré tous ses griefs, Elgiva lui en sut gré, et ne voulut pas être en reste d'amabilité.

— Je vous remercie de m'avoir autorisée à accompagner Osgifu, demain.

— C'est bien ce dont vous aviez envie ? reprit-il en enlevant son haut de chausses.

— Oui, c'est bien ça, dit-elle en débouclant sa ceinture pour la ranger, bien consciente de la présence, à moitié nu, si près d'elle.

Il s'était levé. La regardait-il ? Les mains sur les rubans qui retenaient sa robe, elle hésitait. Allait-il se moquer ? Voyait-il son embarras ?

Il se coucha.

— Si nous trouvions ce qui provoque cette maladie, nous pourrions l'enrayer, dit-il.

Elle délaça sa robe, l'enleva et la posa à côté de sa ceinture.

— S'ils ne sont pas contaminés par ce qu'ils mangent, c'est peut-être par l'eau qu'ils boivent ? Ils n'utilisent que l'eau de la rivière, que l'on appelle la Rye.

Elle libéra sa chevelure et secoua la tête pour la faire ruisseler sur ses épaules. Au mouvement que fit Wulfrum, elle comprit qu'il s'appuyait sur un coude, pour la regarder se coiffer.

— C'est une idée, admit-il. Les gens du village puisent l'eau de la petite rivière, ceux du château en prennent au puits. Cela pourrait faire la différence.

— A moins que vos hommes ne boivent aussi de l'eau de la Rye, quand l'occasion s'en présente ?

— Je le leur demanderai dès demain matin.

Elle entreprit ensuite de peigner ses longues mèches. C'était se donner en spectacle, bien sûr, et elle sentait le regard de Wulfrum fixé sur elle. Mais comment faire autrement ? Il se taisait. A quoi pensait-il ?

Très vite, elle remit le peigne à sa place, s'allongea sous les peaux tannées en s'en couvrant jusqu'au menton, et resta sans bouger, aux aguets. Le cœur battant, elle entendit le grand corps nu à côté d'elle se déplacer un peu. Mais Wulfrum venait seulement de s'étendre de tout son long. Elle sentait sa chaleur, sous les peaux qu'ils partageaient. La gorge nouée, elle se tenait prête à réagir à la moindre alerte. Elle se battrait, s'il le fallait.

Elle veilla longtemps ainsi, l'oreille attentive à surprendre le premier froissement annonciateur d'une offensive. Elle en fut pour ses frais. Wulfrum n'essaya pas de la toucher. Il n'avait plus l'arrogance, la volonté de domination qui l'avaient rendu détestable, quelques heures plus tôt. On aurait même pu croire que l'incident n'avait pas eu lieu.

Elle en gardait cependant un souvenir si précis qu'elle pouvait encore ressentir la violence de ce baiser passionné, et l'intensité de sa propre réaction. Fallait-il que Wulfrum fût un barbare, pour oser l'embrasser ainsi ! Elle se passa l'index sur les lèvres, et revit en pensée le sourire moqueur de son mari, quand il lui avait demandé lequel des deux elle combattait : lui, ou elle-même…

Avait-elle encore le goût du combat ? C'était toute la question.

Tôt le matin, Elgiva et Osgifu prirent ensemble le chemin du village. En les voyant partir, Wulfrum remarqua avec amusement que Bradefer n'avait laissé à aucun subalterne le soin de les accompagner. Il portait lui-même les deux grands paniers garnis des remèdes qu'Elgiva avait préparés la veille.

Quand le petit groupe fut hors de vue, il passa par les écuries pour préparer sa propre expédition. Accompagné de deux cavaliers, il se rendit aux abords du village par un chemin plus direct, à travers champs et prairies, jusqu'aux plus éloignées des chaumières occupées par les artisans, les serfs et la plupart de ceux qui travaillaient la terre. La rivière, qui descendait des collines lointaines, coulait entre deux rives verdoyantes, heureusement bien dégagées.

— Nous allons remonter le cours sans nous presser, dit-il à ses hommes. Observez bien le bord des rives et les broussailles, s'il y en a. Nous ne devrions voir que l'eau, des herbes, du sable et des rochers.

L'inspection commença. Bientôt, le lit de la rivière devint plus étroit, le courant plus rapide. Des rochers faisaient comme un barrage. En amont de la cascade, un arbre mort était tombé.

— Monseigneur, ça pue la charogne par ici ! cria le plus jeune du petit groupe.

— C'est donc bien ça !

Wulfrum était enchanté de reconnaître qu'Elgiva ne s'était pas trompée.

— Un sanglier ! Il est coincé dans les branches ! Il y a tout un tas d'anguilles dessus.

— Eh bien, nous allons l'enlever aux poissons pour le donner aux corbeaux !

En sortant de la chaumière où régnait la pénombre, Elgiva, éblouie par la lumière du soleil, prit une profonde inspiration. Elle avait besoin d'air frais. Bradefer, dont les enfants assemblés à bonne distance admiraient la stature, quitta le mur sur lequel il s'appuyait.

— Le suivant, c'est lequel, madame ?

Elle ne put lui répondre. La gorge soudain sèche, elle vit les enfants s'enfuir à l'approche d'un cavalier et de son cheval, un grand étalon noir. Elle reconnut Wulfrum. Pourquoi venait-il au village ? Pour la ramener au château ? Pour lui adresser des reproches ? Il n'avait pas l'air fâché, mais cela ne signifiait rien. Au moment où il faisait halte, Osgifu sortit d'une chaumière voisine. Elle s'approcha.

— Il me semble que vous aviez raison, leur dit-il. Nous avons sorti de la rivière un sanglier mort. Il était en piteux état. Que ceux qui ont bu de cette eau soient tombés malades n'a rien de surprenant.

— Vous êtes allé vous-même vous en rendre compte ?

— Ne vous en étonnez pas. Puisque vous aviez fait cette hypothèse, il fallait bien que je la vérifie. Elle était juste. Cet animal empoisonnait la rivière. Mes hommes l'en ont sorti, il n'y a plus rien à craindre.

— A condition que toute l'eau dans laquelle il a trempé ait déjà traversé le village, monseigneur, fit observer Osgifu. Puis-je savoir à quelle distance vous l'avez trouvé ?

— A une demi-lieue environ, répondit Wulfrum, qui comprenait le sens de la question. Mais le courant est rapide.

— Alors je vais faire jeter toute l'eau que ces gens tiennent en réserve chez eux, et leur dire d'en puiser de la nouvelle, conclut Osgifu.

Wulfrum mit pied à terre et s'approcha d'Elgiva.

— Le pire est derrière nous. L'épidémie est conjurée, il me semble.

— Je le crois aussi. Grâce à la rapidité de votre intervention.

— C'est vous qui m'avez donné l'idée d'aller voir.

— Il n'y aura plus de nouvelle infection, et j'espère que ceux qui sont déjà atteints vont se remettre.

— S'ils guérissent, c'est à vous qu'ils le devront.

— Et à Osgifu !

— Oui, sans doute. Mais à vous, surtout.

Elle crut un instant qu'il se moquait d'elle, mais en l'observant bien, elle vit qu'il n'ironisait pas. Il parlait très sérieusement, au contraire.

— Je fais de mon mieux, dit-elle modestement.

— J'en suis persuadé.

Ses yeux bleus brillaient d'un tel éclat, il la contemplait avec tant d'intensité qu'Elgiva sentit son cœur se mettre à battre plus vite. Il tendit la main vers elle.

— Voulez-vous que je vous ramène au château ? La croupe de Trakhorst est très confortable, quand il ne galope pas.

Elle hésita. Ce fut Osgifu qui répondit pour elle.

— Acceptez, madame. Il n'y a plus que deux visites à faire, je m'en charge. Vous me paraissez bien fatiguée...

Wulfrum s'empressa d'abonder dans son sens.

— Ecoutez la voix de la sagesse. Vous en avez déjà beaucoup fait, Elgiva. Nous rentrons.

Il s'exprimait aimablement, mais fermement, en homme

qui a l'habitude d'être obéi. Toute protestation aurait été inutile. Il se remit en selle et, d'un simple coup d'œil, donna un ordre muet à Bradefer, qui prit Elgiva par la taille et la mit en croupe.

— Ne vous inquiétez pas, monseigneur, je m'occupe d'Osgifu et des paniers, dit le géant.

Il s'était exprimé avec un tel sérieux que Wulfrum le soupçonna de plaisanter. Mais aucun sourire ne vint confirmer ce soupçon. Elgiva songea qu'Olaf attendait sans doute leur départ pour s'égayer à son aise.

Wulfrum mit son cheval au pas, par prudence mais aussi pour jouir paisiblement d'un moment d'exception. Elgiva et lui étaient ensemble en plein air, aussi près que possible l'un de l'autre et pour une fois dans une situation qui n'était pas conflictuelle. La jeune femme se taisait, mais il ressentait intensément sa présence. Sa position l'obligeait constamment à se tenir à lui, si discrètement qu'elle ne faisait qu'effleurer la base de son pourpoint de cuir, mais il ne sentait que ce contact.

Pourquoi lui avait-il interdit de venir au village la veille, et en des termes si brutaux ? se demandait-il, brusquement pris de remords. Et comment se faire pardonner, maintenant ?

Il voulut rompre le silence, mais faute d'habitude avec des femmes de l'acabit d'Elgiva, il lui fallut longtemps réfléchir avant de trouver ses mots.

— Est-ce Osgifu seule qui vous a appris l'art de soigner ? demanda-t-il enfin, faute de trouver une ouverture plus originale.

— Ce fut d'abord ma mère, de son vivant, et Osgifu par la suite.

— Vous avez donc de qui tenir, et votre Osgifu ne manque pas de talent non plus. Je vous dois beaucoup, reprit-il après un moment de silence. Je vous suis très reconnaissant de tout ce que vous avez fait jusqu'à présent…

Prise au dépourvu par ce compliment, Elgiva contempla les larges épaules de son mari avant de lui répondre.

— Vous ne me devez rien. En soignant ceux qui en ont besoin, j'estime n'accomplir que mon devoir.

— Vous avez aussi soigné vos ennemis, lui fit-il observer.

Elgiva s'attendait à ce qu'il se moque un peu, comme il le faisait souvent. Son sérieux la déconcerta, tout comme la déconcertait l'initiative qu'il venait de prendre. Il avait inspecté en personne le cours de la Rye. Si intolérant la veille avec elle, il avait retenu ses conseils et les avait mis en pratique. Il la prenait donc au sérieux, du moins lorsqu'il s'agissait du domaine et de ses occupants. Comment un homme aussi fier et dominateur avait-il pu se métamorphoser jusqu'à la remercier ? Il méritait bien une petite récompense.

— Vous avez beaucoup fait vous aussi, monseigneur. Sans votre empressement, les gens du village boiraient encore de l'eau empoisonnée.

Wulfrum s'étonna à son tour. Elgiva ne lui avait jamais encore parlé sur ce ton. Il ne connaissait d'elle que son sens cinglant de la repartie et l'acidité de ses réflexions. Voilà qu'elle le complimentait à présent !

Quoi qu'il en soit, il venait de comprendre une chose très importante. Avec une femme aussi exceptionnelle que la sienne, il pouvait faire de grandes choses.

Mais comment lui en parler ? Il ne lui était pas facile de s'exprimer clairement dans un domaine aussi sensible. Il suffirait d'une maladresse de sa part pour que la trêve soit rompue. Pire encore, il courrait le risque qu'Elgiva lui rie au nez, à juste raison, après la démonstration d'autorité qu'il lui avait infligée la veille. Il était sans doute préférable de ne rien dire pour le moment.

En croupe derrière lui, Elgiva sentait que leurs rapports n'étaient plus les mêmes. Quelque chose venait de se passer... La tension qui les opposait s'était assouplie. Elle ne comprenait pas pourquoi, mais ne ferait rien pour compromettre ce fragile équilibre, et garda ses observations pour elle-même. En d'autres circonstances, elle aurait même trouvé de l'agrément à cette promenade faite à deux.

En quelques jours, tous les malades du village se rétablirent sans qu'on ait à déplorer un autre décès. Osgifu et Elgiva n'ayant plus à se déplacer, elles purent consacrer leurs efforts à la douzaine de convalescents encore retenus à l'infirmerie. Dans sa hâte de reprendre l'entraînement, le jeune Harald s'insurgeait contre l'obstination d'Osgifu, qui lui interdisait de quitter sa couchette.

— Si tu tiens à devenir invalide, mon garçon, alors va faire de l'exercice avec les autres !

— Je suis allongé là depuis trois semaines !

— Patiente une semaine encore, et tu seras comme neuf ! Explique-lui, ajouta-t-elle à l'intention d'Elgiva. Il ne veut rien entendre, cet âne !

Elgiva sourit au jeune homme pour lui faire comprendre qu'elle comprenait son impatience, mais montra la même fermeté.

— Osgifu a raison, Harald. Encore une semaine de repos, et il n'y paraîtra plus.

Aussitôt convaincu, Harald se contenta de soupirer et se détendit.

— Puisque c'est vous qui le dites, madame, je vais vous obéir, c'est promis.

— Gare aux promesses qu'on ne tient pas !

Tout à fait ragaillardi, Harald lui prit prestement la main et la porta à ses lèvres.

— Demandez-moi n'importe quoi et je le ferai, madame !

Elgiva se mit à rire, pendant qu'Osgifu, qui s'égayait aussi, hochait la tête en levant les yeux au ciel.

— De mieux en mieux ! Méfie-toi, c'est le genre de promesse que tu risques de regretter !

— Moi ? Jamais !

Elgiva sourit encore, lui retira sa main et revint au blessé dont elle achevait le pansement avant d'être interrompue. En jetant machinalement un coup d'œil vers la porte, elle vit que Wulfrum, immobile, l'observait, le visage sévère et contrarié. Pourquoi faisait-il cette tête ? Pour un peu, on aurait pu croire qu'il était en proie aux affres de la jalousie. On ne lui avait jamais dit que les patients font toujours bon accueil à leur infirmière, surtout quand ils s'ennuient ? Il semblait de très mauvaise humeur, en tout cas. Elle lui adressa un sourire un peu forcé, noua le pansement et passa au patient suivant.

De son poste d'observation, Wulfrum put observer tout à loisir qu'au fur et à mesure que sa femme évoluait dans la pièce, les visages s'éclairaient, les regards devenaient chaleureux. Les plus jeunes surtout échangeaient avec elle des plaisanteries. Elle n'était pas avare de ses sourires, et avait un mot aimable pour chacun. De sa couchette Harald la suivait des yeux, subjugué. Sous son charme, comme tous les autres, songea Wulfrum en soupirant. La moitié des hommes de la garnison étaient amoureux d'Elgiva !

Quand bien même ? Il n'y avait pas de quoi s'en formaliser. Sa mauvaise humeur lui fit honte. Elgiva lui appartenait, et nul ne songeait à le contester. Harald était un brave garçon, et quelques jours d'entraînement intensif lui remettraient bien vite les idées en place. A quoi bon s'inquiéter, quand on ne risque rien ?

Après tout, Elgiva accomplissait aussi un service commandé

auprès de ses hommes, commandé par lui-même. Beaucoup de Vikings leur devaient la vie, à Osgifu et à elle. Elgiva méritait des remerciements, et non pas des soupçons !

Jamais encore une femme n'avait fait naître en lui l'émotion absurde et désagréable qu'il avait éprouvée, quand il avait vu le jeune homme lui baiser la main. Quelle dérision ! Il s'était présenté en conquérant, en s'installant à Ravenswood, mais il n'était plus certain de mériter ce titre. Après un dernier coup d'œil dans l'infirmerie, il quitta les lieux. L'air frais lui ferait du bien.

Chapitre 9

Les décoctions, tisanes et autres remèdes qu'Elgiva avait dû préparer en urgence pour enrayer l'intoxication qui avait frappé les habitants du village, ainsi que les onguents ayant servi à soigner les blessures avaient quasiment épuisé les réserves de plantes. Il ne restait, accrochés aux poutres du plafond, que deux ballots d'herbes séchées et sur les étagères, de nombreux flacons étaient vides. Faute d'approvisionnement, faudrait-il bientôt interrompre les soins ? On ne trouvait que dans la forêt les plantes les plus précieuses et les plus rares.

— Il faut en parler au comte, dit Osgifu.

— A quoi bon ? Je suis certaine qu'il nous interdira d'aller herboriser en forêt.

— Il vous a déjà interdit de descendre au village, et puis il a changé d'avis. Vous y êtes allée, pour finir. Il ne faut pas désespérer de lui.

— C'était autre chose. Il y avait des malades.

— Des malades, il y en aura d'autres, et nous devons être prêtes. Nous lui ferons valoir qu'il faut du temps pour préparer les onguents et les baumes et qu'en tout état de cause, nous ne pouvons les faire à partir de rien !

Osgifu avait raison. Elgiva se résigna donc à solliciter son mari, au risque de subir une nouvelle rebuffade. Elle regrettait sa tentative d'évasion, faite dans un moment de folie et de détresse, à l'origine de cette surveillance incessante à laquelle elle était depuis soumise. Le désespoir et la peur lui avaient interdit toute réflexion. Wulfrum ne l'avait pas oubliée, lui non plus. Mais il l'avait effectivement autorisée à se rendre au village, et depuis ce jour-là leurs rapports étaient moins tendus. Allait-il l'écouter ?

Non sans appréhension, elle laissa Osgifu à ses occupations et se mit à sa recherche.

Elle le trouva au pied de la porte fortifiée, où les charpentiers travaillaient encore. Elle eut un moment d'hésitation en voyant qu'il se trouvait en compagnie d'Olaf, de Ceolnoth, d'Ida et de quelques autres. Dès qu'ils l'eurent vue, chacun d'eux ne regarda plus qu'elle. Elle en fut embarrassée et si elle n'avait craint les reproches d'Osgifu elle n'aurait pas eu le courage d'insister. Wulfrum lui tournait le dos et quand il se retourna, ce fut pour lui sourire.

— Que désirez-vous, madame ?

— Juste un mot, monseigneur. Mais le moment est mal choisi, peut-être…

— Pas du tout. Mon inspection est terminée, et pour vous être agréable, mes hommes m'attendraient volontiers, si tel n'était pas le cas. Faisons quelques pas, voulez-vous ?

Il vint vers elle et la prit par le bras.

— Qu'y a-t-il ?

Elle lui expliqua le problème, en guettant sur son visage ses réactions. Elle n'en vit aucune. Il l'écouta en silence, ne réfléchit que quelques instants et finalement acquiesça sans réserve.

— Allez cueillir tout ce dont vous avez besoin. Vous emmènerez Osgifu avec vous, naturellement…

Elgiva n'en crut pas ses oreilles. Sous l'effet de l'émotion, elle ne put que balbutier des remerciements, et encore avec un temps de retard.

— Vous n'avez aucune raison de me remercier, protesta-t-il.

C'est plutôt à moi de vous témoigner ma gratitude. Presque tous les blessés ont pu reprendre leur service grâce à vous. Il faudrait que je sois bien inconséquent pour vous empêcher d'exercer vos talents, alors qu'ils me sont si précieux…

Elgiva rougit de plaisir, et se dépêcha de mettre à profit les bonnes dispositions dans lesquelles se trouvait son mari.

— Les plantes médicinales doivent être cueillies à l'aube, encore couvertes de la rosée de la nuit, lui expliqua-t-elle. Nous pourrions aller les chercher demain matin, si vous n'y voyez pas d'inconvénient. Il faut faire au plus vite.

— A votre guise.

Trop émue pour trouver les mots qui auraient exprimé son bonheur, Elgiva ne put que lui sourire. Elle avait hâte d'aller annoncer la bonne nouvelle à Osgifu. Mais Wulfrum semblait avoir oublié Ceolnoth, Bradefer et les autres, et au lieu de la laisser repartir, il l'entraîna dans une sorte de promenade, au hasard de ses pas, la tenant par le bras si naturellement que ceux qui les observaient enviaient sans doute la bonne entente de leur couple.

— Le chantier de la porte sera fini dans un jour ou deux, dit-il. Les charpentiers s'occuperont ensuite de réparer la grange principale.

Elgiva songea à l'énorme travail qui restait à faire. Près de la grange, on équarrissait des poutres à l'herminette. Au village, on reconstruisait les chaumières détruites sans pour autant négliger les travaux agricoles. Partout les Vikings contrôlaient les travaux, et y collaboraient de plus en plus souvent. Contraints de se faire comprendre sur les chantiers, ils se familiarisaient peu à peu avec la langue du pays, ce qui étonnait tout le monde.

Pendant que Wulfrum lui faisait part de tous ses projets, leur marche les conduisit dans le secteur des étables et des écuries. Dans l'écurie principale, les palefreniers avaient fini leur travail. Il n'y avait plus personne. Elgiva eut comme un pressentiment. Wulfrum avait-il des intentions précises, en conduisant leurs pas dans cette direction ?

Sensible à son inquiétude, Wulfrum entra d'emblée dans le vif du sujet.

— Vous avez peur, Elgiva ? De quoi donc ?

— Je n'ai pas peur !

— Alors pourquoi tremblez-vous comme une feuille ? Vous croyez que j'ai l'intention de vous renverser sur une botte de foin ? Il n'en manque pas, remarquez…

Il affecta d'observer les lieux, comme s'il venait d'en faire la découverte.

— A la réflexion, reprit-il avec une feinte naïveté, votre idée est des plus séduisantes. Souhaitez-vous que nous la mettions en pratique ?

— Essayez donc ! lança-t-elle, et je vous embroche avec cette fourche !

— Voilà qui va mieux, je vous reconnais bien là… N'ayez crainte, je tiens trop à la vie pour me lancer dans cette aventure.

Il lui sourit, puis d'un seul coup se ravisa.

— L'aventure…, reprit-il en fronçant les sourcils, comme s'il réfléchissait. Mais je l'aime, en fait, l'aventure… Comme tous les hommes d'épée, j'ai le goût du risque.

Il la saisit à deux mains par la taille et la plaça face à lui. L'écurie se trouvait à l'écart, on ne voyait personne alentour. Le tas de foin était tout proche, la fourche inaccessible, et l'atmosphère avait quelque chose d'enivrant. Allait-il l'embrasser de force, encore une fois ? se demanda Elgiva. Si oui, après ce baiser, qu'allait-il se passer ?

Epouvantée par le cours que prenaient ses pensées et désireuse de se mettre à l'abri, elle se dégagea d'un geste vif, sans que Wulfrum ne cherche à la retenir, et alla se réfugier dans la stalle qu'occupait sa jument baie. Wulfrum la suivit en souriant, et laissa à l'animal le temps de le flairer pour qu'il s'habitue à sa présence et l'accepte. Il entreprit ensuite de lui flatter en connaisseur l'encolure, puis l'épaule et le flanc.

— Cette bête est superbe, mais un peu trop fine pour porter un homme en armes… C'est une cavalière qu'il lui faut.

Elgiva ne fit aucun commentaire.

— Elle vous appartient ?

— Oui. Elle s'appelle Mara. Mon père me l'a offerte.

— Il vous a fait là un beau cadeau.

— Oui.

— Elle va porter de beaux poulains, estima-t-il avec satisfaction.

Elgiva serra les dents et ne releva pas. Qu'aurait-elle eu à dire ? La jument appartenait à Wulfrum, à présent, comme tout ce qui lui avait appartenu auparavant. Il pouvait disposer de l'animal à sa guise. De la jument et de sa cavalière, d'ailleurs, s'il le souhaitait. Ne le lui avait-il pas rappelé une fois encore l'autre jour, au laboratoire ? Un goût d'amertume lui monta à la gorge. Elle se détourna de lui.

Wulfrum s'en inquiéta.

— Elgiva ? murmura-t-il en esquissant un mouvement vers elle.

Elle passa sous l'encolure de Mara, se précipita hors de la stalle et partit en courant. Sourde aux appels de Wulfrum, elle continua de courir et disparut bientôt. Frappé d'un étonnement sincère, ce dernier resta un moment sur place, cherchant sans les trouver les raisons de ce brusque revirement.

— Par Thor et par Odin c'est à n'y rien comprendre, maugréa-t-il tout haut.

La jument s'ébroua à côté de lui et hennit doucement. Wulfrum secoua la tête. Tout comme les chevaux, les femmes étaient des êtres imprévisibles, dans la plupart des cas. Il fallait les manier avec précaution, sans cesser de leur rappeler qui était le maître.

Au lieu de s'embarrasser de scrupules, il aurait peut-être dû faire d'Elgiva sa femme dès leur nuit de noces, exigeant qu'elle se soumette totalement. Il est rare qu'une jeune mariée résiste bec et ongles à son époux, et plus rare encore qu'elle sorte victorieuse de cet affrontement.

Mais non… Même s'il avait par moments le plus grand mal à résister à la pulsion du désir, il répugnait à user de la force en matière de relations conjugales. Il n'avait jamais abusé d'une femme, et n'abuserait certainement pas de la sienne, qui était pourtant la plus désirable de toutes celles qu'il avait rencontrées. Il préférait faire confiance au temps qui passe, et s'armer de patience.

Il se demandait cependant pendant combien de temps il parviendrait à supporter la torture qu'il s'infligeait. Nuit après nuit, il reposait près d'elle, attentif à écouter la douceur de son souffle dans l'obscurité, à la regarder dormir aux premières lueurs de l'aube. Il devait faire appel à toute sa volonté pour s'empêcher de porter la main sur elle.

Bien souvent la tentation avait failli triompher, et seule la volonté qu'Elgiva vienne à lui d'elle-même, de son plein gré, l'avait retenu. Car alors seulement, il pourrait dire qu'elle était sienne. Combien de fois avait-il imaginé ce moment, s'était-il représenté la scène où elle se donnerait à lui, volontairement et sans réserve ?

Il sourit à cette pensée, sans se faire d'illusions. Il n'était pas naïf au point de croire que la victoire serait facile, ni qu'elle était proche. Mais il faisait un pari sur l'avenir, et il aimait prendre des risques. Plus un être est rétif, plus grande est la gloire du dompteur. Comme pour prendre Mara à témoin, il lui donna sur la croupe une tape affectueuse, et sortit de l'écurie.

Ces propos que tenaient les Vikings, elle les avait déjà entendus dans la bouche de son père et de son frère, quand ils recevaient leurs amis. Souvent elle les avait accompagnés avec Mara, s'enivrant de vitesse et d'excitation. Elle ne déparait pas parmi les cavaliers, car sa jument était légère, sans doute, mais ne manquait pas de nerf, et tenait tête aux montures les plus puissantes. Mais tout cela aussi, n'avait pas d'importance, à présent. Plus jamais elle ne lancerait son cheval au galop, et la belle Mara serait vouée à la reproduction.

— Qu'est-ce que vous faites là, Elgiva ?

Perdue dans ses pensées, elle n'avait pas vu Wulfrum quitter ses compagnons et s'approcher d'elle.

— Votre place n'est pas ici, comtesse. Laissez les domestiques à leur travail. Je veux vous voir assise près de moi, à la table d'honneur.

— Ma place est ici, monseigneur. Je surveille ce que l'on vous apporte à boire et à manger.

— Votre place se trouve là où je l'ai décidé !

De mauvais gré, Elgiva l'accompagna et prit place à côté de lui. D'un hochement de tête très appuyé, Wulfrum manifesta sa satisfaction. Les hommes, qui s'étaient tus à son arrivée, échangèrent des regards un peu étonnés, et les conversations reprirent aussitôt. Elgiva se composa une attitude aussi digne que possible, pour ne pas décevoir son mari, qui n'avait d'yeux que pour elle.

— Dorénavant, c'est à ma table que vous prendrez vos repas, déclara-t-il.

— Si vous voulez, monseigneur.

— Je le veux, et je m'appelle Wulfrum.

— Si vous voulez, Wulfrum.

Content de cette réponse, il fit de nouveau un signe d'approbation et tint à garnir en personne son tranchoir. Elgiva prit son couteau à sa ceinture et se mit à couper sur la large tranche de pain la venaison en ragoût. Ils mangèrent un moment en silence. La jeune femme concentrait son attention sur la viande et les raves, en apparence indifférente aux regards insistants que posait sur elle son mari.

— A propos de votre sortie, demain matin…

Il marqua une pause pendant qu'une servante versait de la bière dans son hanap. Le cœur d'Elgiva battit plus vite. Allait-il revenir sur sa décision ?

— Olaf vous accompagnera.

Il maintenait donc son autorisation, c'était l'essentiel.

— Je n'ai pas l'intention de m'échapper, rassurez-vous, ne put-elle s'empêcher de dire.

— Vous n'essayerez pas de vous enfuir parce que vous savez que je vous retrouverais très vite. Mais la forêt n'est pas sûre, en ces temps troublés. On ne pourra la traverser sans risque que le jour où nous aurons imposé notre loi sur la Northumbrie tout entière.

Wulfrum parlait de l'avenir comme si les choses étaient réglées d'avance. Le malheur était qu'il avait sans doute raison. Les Danois convoitaient depuis longtemps le territoire, plus fertile et mieux exposé que le leur. L'ayant enfin conquis, quoi de plus normal qu'ils entendent bien le conserver. Pour s'en convaincre, il lui suffisait d'ouvrir les yeux sur l'assemblée des convives, uniquement composée de guerriers bien armés et bien entraînés, ardents au combat et toujours en quête de butin.

Ils devaient obéissance à Wulfrum, et cette obligation ne leur pesait pas, parce qu'ils le respectaient. Il n'abusait pas de son pouvoir, mais sa parole était sacrée. Ils le servaient avec intransigeance, prêts à sévir contre toute atteinte extérieure. S'ils avaient des égards pour elle, c'est parce qu'elle était sa femme, mais ils la regardaient avec circonspection. Olaf la surveillait sur l'ordre de Wulfrum, comme il le ferait le lendemain. Les autres la considéraient sans doute comme une étrangère, dont ils devaient supporter la présence.

Des cris la tirèrent soudain de ses réflexions. Hilda protestait contre les privautés que prenait avec elle Ceolnoth. Il voulait l'asseoir sur ses genoux, elle ne le voulait pas. Pour s'en défendre, elle lui appliqua sur le visage une gifle si retentissante qu'elle souleva un éclat de rire général.

Elgiva observa du coin de l'œil Wulfrum, inquiète de voir sa réaction. Il ne riait pas, mais semblait indifférent à l'incident. Ne s'avouant pas vaincu et stimulé sans doute par les railleries de ses camarades, Ceolnoth se leva, saisit Hilda avant qu'elle ait pu s'enfuir et quitta la grande salle en l'emportant sur son épaule. Hilda se débattit et cria de plus belle, soulevant de nouveaux rires.

Elgiva était indignée.

— Vous ne faites rien ? demanda-t-elle à Wulfrum.

— Que voulez-vous que j'y fasse ?

— Vous pourriez interdire à vos hommes de bousculer ainsi une pauvre fille sans défense.

— Sans défense ? Si j'en juge par mon expérience personnelle, il me semble que les femmes de ce pays savent très bien se défendre !

— Ne plaisantez pas ! Vous savez fort bien ce que je veux dire ! Hilda n'est pas une fille publique, aucun de vos hommes n'a le droit d'en user ainsi avec elle.

— Elle ne manque pas de charme, et Ceolnoth tient vraiment à elle. Voulez-vous que je lui interdise des relations dont je lui ai moi-même donné l'exemple en vous épousant ?

En la voyant rougir comme une pivoine, il éprouva une vive satisfaction. Elle avait compris la leçon, et se le tiendrait pour dit.

Elgiva ne voulut pourtant pas lui permettre d'avoir le dernier mot.

— Ils ne sont pas mariés, fit-elle observer.

— En effet, mais ils le seront bientôt. Ceolnoth tient tellement à ce mariage qu'il m'a demandé ce matin l'autorisation d'épouser Hilda. Je n'avais aucune raison de lui refuser ma permission.

— Mais quel est le point de vue d'Hilda sur la question ? Vous le lui avez demandé ?

Elle n'éleva pas la voix, mais la question en elle-même prenait un caractère agressif. Wulfrum haussa les sourcils pour la rappeler à l'ordre.

— Je ne demande pas leur avis aux domestiques. Hilda va se marier avec Ceolnoth, c'est une affaire entendue.

Il jeta sur l'assemblée un regard songeur.

— Ce qui m'ennuie, c'est qu'ils n'auront pas tous la chance de trouver une femme à leur goût, comme je l'aurais voulu. Il n'y a guère de filles à marier, par ici…

C'était vrai. Ceolnoth avait de la chance, songea Elgiva, mais pas la pauvre Hilda, qui serait bientôt l'épouse d'un Viking, tout comme elle.

Wulfrum comprit sans doute son état d'âme, car il entreprit de plaider la cause de la vie conjugale.

— Etre mariée, pour une femme, signifie avoir droit à la considération et au respect de tous. Vous aimeriez mieux que je mette votre Hilda à la disposition de mes hommes, et qu'ils se la partagent ?

— Aucune femme ne mérite de subir un tel traitement ! s'exclama Elgiva, horrifiée qu'il ait pu seulement mentionner pareille chose. Aucune ne mérite non plus d'être obligée à se marier avec un homme qu'elle n'a…

Elle se tut brusquement et rougit de plus belle. On en dit toujours trop, quand on parle sous le coup de l'émotion.

— Vous voulez dire « avec un homme qu'elle n'aime pas » ?

— Non. Je voulais dire « avec un homme qui ne lui plaît pas, qu'elle n'a pas choisi ».

— Vous ne m'avez pas choisi, mais vous êtes ma femme, Elgiva.

— On ne m'a pas laissé le choix !

— C'est vrai. Mais dites-moi, n'auriez-vous pas appris à m'aimer un peu, depuis ?

Il se moquait d'elle, évidemment.

— Non, répondit-elle.

Wulfrum éclata d'un rire si sonore que les convives les plus proches lui jetèrent des regards étonnés.

— Mais vous allez y songer ?

— Vous vous faites des illusions, monseigneur.

— Vous croyez ?

Il la contempla longuement, détaillant toutes les perfections de son visage — son profil net, ses traits délicats —, l'élégance de son cou, les rondeurs de sa poitrine, s'enchantant de constater son embarras grandissant. Elle finit par se révolter, les yeux étincelants d'indignation.

— Vous allez me regarder encore longtemps ainsi ?

— C'est plus fort que moi, murmura-t-il, faussement contrit, en lui passant la main tout au long du bras.

Elle parvint à ne pas sursauter, malgré la brûlure que faisait sur sa peau, à travers le tissu, la caresse de ses doigts.

— D'ailleurs, poursuivit-il, j'ai l'impression qu'il ne vous est pas aussi désagréable que vous le dites d'être ainsi regardée.

Elgiva serra les poings. Elle avait envie de le frapper, autant pour le punir de savoir lire aussi bien en elle que pour rabattre sa prétention.

— Vos impressions vous troublent l'esprit, monseigneur. Faites-vous des illusions, mentez-vous à vous-même, si cela peut vous donner du plaisir. Je n'y peux rien.

— C'est vous qui vous mentez à vous-même, Elgiva.

Il ne souriait plus, et son regard s'était durci. Elle n'eut pas le temps de trouver la repartie qui aurait dû s'imposer. Il se pencha vers elle et l'embrassa à pleine bouche. Saisie de surprise, elle ne put que subir le baiser qu'il lui imposait. Sa façon de faire, aussi bien que la justesse de ses affirmations, la faisaient enrager.

Il s'écarta un peu d'elle pour la regarder dans les yeux, sans manifester le moindre remords. Rouge d'embarras, elle dut se débattre un peu pour prendre une posture plus digne, bien consciente de son émoi et de sa honte, car après une telle démonstration, tous les regards se portaient sur eux. Les hommes semblaient apprécier la fougue de leur chef. En l'admirant, ils semblaient prendre part à sa gloire.

— Vous vous amusez bien ? gronda-t-elle sans élever le ton, pour ne pas créer de scandale. Vous vous êtes bien moqué de moi ?

— Vous le pensez vraiment ? Eh bien, sachez que je ne me moque pas, et que je ne me suis jamais moqué de vous.

— Alors dites-moi pourquoi vous nous donnez en spectacle, devant tous ces gens ?

— Ne me dites pas que cela vous arrive pour la première fois. Aylwin ne vous embrassait jamais ?

Elgiva le regarda d'un air interloqué. Que venait faire Aylwin dans cette discussion ?

— Alors, il ne vous embrassait pas ?

Une telle indiscrétion, une telle grossièreté devenaient choquantes, à la fin.

— Certainement pas ! Il me respectait !

Wulfrum éclata d'un rire si joyeux et si sonore qu'il attira de nouveau l'attention générale. Il semblait comme délivré d'un poids.

Hors d'elle, Elgiva se leva de son siège.

— Insupportable ! Voilà ce que vous êtes !

Loin de se formaliser, Wulfrum rit de plus belle et ne fit aucun effort pour la retenir, quand elle se retira, dans un bruissant froissement de jupes et de voile.

Le soleil était déjà haut dans le ciel quand elles rentrèrent au château, leurs paniers bien remplis. Le reste de la matinée se passa dans le laboratoire, consacré au tri des plantes, celles qu'il fallait faire sécher, ou infuser, ou broyer pour les mélanger à de la graisse d'oie afin de composer les baumes ou les onguents. La grande pièce embaumait les parfums les plus forts et les plus subtils. A chacun, Elgiva associait une vertu particulière.

L'atmosphère paisible et recueillie qui régnait dans la pièce se trouva soudain troublée par l'irruption d'Hilda, qui fit claquer la porte derrière elle dans son affolement.

— Sauvez-moi, madame, je vous en supplie !

— Que se passe-t-il ?

Elgiva n'eut que le temps de s'essuyer les mains à son tablier. Hilda, terrifiée, se jetait dans ses bras en sanglotant, s'y blottissant comme un enfant pour y trouver refuge. Osgifu, intriguée, leva les yeux du mortier où elle pilait du basilic sauvage et s'immobilisa, le pilon de pierre à la main.

— Tu as mal, ma petite ? Tu es blessée ?

Hilda secoua la tête pour faire signe que non, mais avant qu'elle ait pu dire quoi que ce soit, Ceolnoth entra à son tour dans le laboratoire sans y être invité. Il respirait fort, parce qu'il avait couru sans doute, mais son visage s'épanouit quand il aperçut celle qu'il poursuivait.

— Je viens te chercher, ma tourterelle, dit-il en prenant le poignet de la jeune fille.

Il la détacha sans effort d'Elgiva pour l'attirer vers lui. Mais Hilda se débattit en pleurant.

— Qu'est-ce que ça signifie ? protesta Elgiva. Vous n'avez pas le droit d'importuner mes serviteurs !

— Je ne veux pas l'importuner, madame, répondit Ceolnoth. Je veux me marier avec elle.

— Vous ne pouvez l'épouser sans l'autorisation du comte, lui rappela Osgifu.

— L'autorisation, il me l'a donnée. Hilda est à moi.

— A toi, Viking ? s'indigna-t-elle. Attends un peu !

Le pilon à la main, elle contournait la table, le regard homicide.

Elgiva dut s'interposer.

— Il dit vrai, Gifu. Wulfrum m'en a parlé. Il a donné son consentement au mariage.

Osgifu en resta interdite, les yeux ronds, son bras armé du pilon en l'air.

— Ce n'est pas possible !

— Mais si, Gifu…

Hilda, prisonnière de son galant, pleurait toutes les larmes de son corps.

— Vous ne pouvez rien y faire, madame ? demanda Osgifu.

— J'ai bien essayé, mais en vain. Wulfrum a pris sa décision. S'il y avait assez de femmes dans les environs, il encouragerait tous les hommes de la garnison à les épouser. Mais il faut que notre Hilda cesse de pleurer. Allez attendre dans le couloir, Ceolnoth. Vous retrouverez bientôt Hilda, mais je tiens d'abord à lui parler.

— Comme vous voulez, madame, mais ne la retenez pas trop longtemps, s'il vous plaît. J'en ai tellement envie, de ce mariage !

Il lâcha Hilda et sortit.

Osgifu se hâta d'aller fermer la porte derrière lui. Elgiva prit doucement les mains d'Hilda dans les siennes.

— Tu sais qu'il m'est impossible de faire revenir Wulfrum sur sa décision, lui dit-elle. Tu le sais bien, n'est-ce pas ?

— Je ne veux pas me marier !

D'un coup d'œil, Elgiva appela sa confidente à la rescousse.

— Ecoute-moi bien, Hilda…, dit à son tour Osgifu en s'approchant. Tu dois épouser ce garçon, tu n'as pas le choix. Personne ici ne peut refuser d'obéir au comte. Et puis sais-tu comment tu serais traitée, si tu n'acceptais pas ce mariage ? Tu crois qu'il te laissera tranquille ? Et si les autres ne te considèrent plus comme sa promise, que crois-tu qui va t'arriver ?

Hilda fit une grimace d'horreur et de répulsion.

— Gifu a raison, renchérit Elgiva. De deux maux, il faut choisir le moindre. Si tu deviens sa femme, tous les autres te devront le respect.

Hilda poussa un gros soupir et s'essuya les yeux du revers de la main.

— Je sais bien que vous ne pouvez rien faire pour moi, madame, puisque vous vous êtes trouvée dans la même situation. Mas j'ai tellement peur !

Elle se remit à pleurer. Elgiva la serra dans ses bras pour tenter de la consoler.

— Moi aussi j'avais peur, Hilda.

— Non ! Vous n'avez jamais peur, vous, madame ! Le jour de votre mariage avec lord Wulfrum, j'ai bien vu comme vous vous teniez en face de tous ces hommes, sans vous laisser impressionner.

— Les apparences sont trompeuses, Hilda. J'avais envie de m'enfuir si vite et si loin qu'aucun d'eux n'aurait pu me rattraper. Si je ne l'ai pas fait, c'est parce que je savais que je n'y parviendrais pas. Et puis je n'ai pas voulu leur donner le plaisir de leur laisser voir combien j'avais peur, combien j'étais triste. Il faut savoir se résigner, en espérant que les choses finiront par s'arranger, si l'on sait s'y prendre.

Hilda, qui avait bien écouté, soupira encore.

On frappa du poing sur la porte.

— Elle va bientôt sortir ?

Osgifu, qui tenait toujours en main le pilon du mortier, s'empressa de lui donner la réplique, le nez sur la porte.

— Essaye d'entrer, Viking, et je te brise le crâne !

Il frappa encore. Osgifu fit un pas en arrière. Elgiva s'interposa, et ouvrit à demi la porte.

Ceolnoth s'immobilisa, le poing brandi, qu'il baissa immédiatement.

— Je vais vous rendre Hilda dans un moment, lui dit-elle. Soyez patient… N'oubliez pas que vous n'avez rien à faire dans cette pièce. Demandez-vous plutôt comment réagirait votre maître, s'il vous voyait me harceler ainsi.

L'entreprenant candidat au mariage baissa le nez. Il n'eut pas longtemps à attendre. Hilda, qui venait de se rafraîchir le visage avec l'aide d'Osgifu, se déclara bientôt prête. Elle sortit, encore pâle mais rassérénée. Ceolnoth lui sourit et lui offrit la main, qu'elle accepta après un instant d'hésitation. Avant de l'emmener, il tint à remercier Elgiva.

— Vous me l'avez transformée, madame la comtesse. C'est votre prêtre qui va nous marier tout à l'heure. Si j'osais vous demander…

— J'assisterai à la cérémonie, dit Elgiva.

*
* *

Un peu étourdi par la considération que lui témoignaient les Vikings, le Père Willibald célébra son deuxième mariage devant un public composé de quelques servantes d'un certain âge et d'une demi-douzaine de camarades du marié, assagis par la présence d'Elgiva. Celle-ci se souvenait de ses peurs, de la terreur que lui inspirait l'attente de la nuit de noces, de son envie de fuir et de ses efforts pour n'en rien laisser paraître.

Elle sentit soudain la présence d'un homme à ses côtés. Wulfrum… A peine avait-elle levé les yeux vers son visage qu'il lui entourait les épaules de son bras et la serrait contre lui. Elle tenta de se dégager. La pression du bras se fit plus forte. Tout proches mais tendus, ils restèrent dans cette posture inconfortable jusqu'au moment où Willibald, qui ne parlait pas le Danois, ajouta le geste à la parole pour faire comprendre à Ceolnoth qu'il l'invitait à embrasser sa femme.

Quand ce fut fait, les autres l'accablèrent de claques dans le dos et de félicitations, sans oublier de faire savoir à la mariée qu'ils l'accueillaient désormais parmi eux. Ils se faisaient comprendre en partie par mimiques et par signes, mais leurs gesticulations étaient assez éloquentes. En les écoutant plaisanter, Elgiva entendit quelques mots saxons, et ne s'en étonna pas autrement. Les Vikings manifestaient une étonnante aptitude à assimiler cette langue.

Quand Wulfrum s'avança à son tour, la tenant encore enlacée, chacun se tut pour l'écouter.

— Longue vie à toi, Ceolnoth, longue vie à toi, Hilda. Pour que l'on sache que votre union m'est agréable, je vous donne deux arpents de bonne terre. Vous pourrez y construire votre maison, et y élever tous les enfants que vous voudrez.

Une clameur d'approbation s'éleva.

— Je reconnais bien là vos bontés, monseigneur, dit Ceolnoth. Ma femme et moi nous vous remercions.

Hilda se répandit à son tour en remerciements. Dans son émotion, elle en bégayait. Pas plus qu'elle, Elgiva ne s'attendait, venant de son mari, à tant de générosité.

— Vous avez étonné tout le monde, lui dit-elle quand ils s'éloignèrent de la petite bande.

— En partie par calcul, répondit-il en souriant. Un homme qui devient propriétaire se stabilise ; il s'attache à sa terre, il s'y fixe, et les liens de la reconnaissance l'attachent à son bienfaiteur. Chaque fois que l'un de mes hommes épousera une Saxonne, il aura ses deux arpents, comme Ceolnoth. Ce n'est pas la terre qui manque, à Ravenswood.

Elgiva songea furtivement qu'il distribuait très généreusement un bien qu'il s'était indûment approprié, mais elle se garda d'en faire l'observation. Un peu plus tôt affolée et rétive, Hilda se félicitait à présent du tour que prenaient les choses. Dramatiquement commencée, l'affaire se terminait bien.

Wulfrum fut sensible au soulagement qui gagnait sa femme, perceptible dans tout son corps. Sa démarche s'assouplissait et ses yeux n'exprimaient plus ni la crainte ni le ressentiment. En la tenant contre lui, il sentait son parfum frais de fleurs sauvages, et plus intimement l'odeur tiède de sa chair, enivrante et pleine de promesses. Sans s'arrêter, il se pencha et lui baisa légèrement les lèvres.

Elgiva se laissa faire. Quand le baiser se fit plus exigeant, son cœur se mit à battre plus vite, et une onde d'agréable chaleur la parcourut. Lorsque Wulfrum mit fin à ce baiser, elle jeta un coup d'œil autour d'eux, et vit que ce moment de tendresse avait eu des témoins.

— Ces hommes… On nous regarde, murmura-t-elle.

— Qu'ils nous regardent, s'ils le veulent. Quelle importance ?

Comme pour confirmer son indifférence, il lui baisa encore très doucement les lèvres, les sentit s'entrouvrir sous la pression légère des siennes, et savoura la fraîcheur de sa bouche. Comme il la désirait ! Il la sentait prête, elle aussi, en cet instant. Mais les témoins n'avaient pas à en voir davantage. Il interrompit le baiser et prit un peu de recul, pour lire dans ses yeux.

Ce qu'il y vit lui parut incompréhensible. Leur expression était nouvelle. A quoi pensait-elle, dans le fond de son cœur ? Pour le savoir, il aurait donné tout l'or du monde. Pour parvenir à retrouver son calme, il cessa de l'étreindre et se contenta de lui tenir le bras.

Elgiva lui déroba son visage, pour qu'il ne se rende pas compte de son embarras. Le premier baiser lui avait été volé, mais elle avait donné le second, surprise par ce plaisir, tout nouveau pour elle, qui était monté en elle, cette chaleur secrète… Pour un peu, elle aurait voulu que Wulfrum la garde dans ses bras, et qu'il l'embrasse encore. « Vous y viendrez », lui avait-il dit un jour, très sûr de ce qu'il affirmait.

Honteuse de sa faiblesse, elle s'écarta soudain, comme pour faire demi-tour.

— De quoi avez-vous peur, Elgiva ?

— De rien, répondit-elle, toute rouge et tremblante.

— Menteuse !

— Je dis la vérité !

— Regardez-moi dans les yeux…

— C'est à cause des plantes, balbutia-t-elle en détournant la tête. Hilda m'a dérangée tout à l'heure, Osgifu est seule, et je ne veux pas la faire attendre plus longtemps.

Sans le voir, elle sut que Wulfrum arborait une nouvelle

fois ce sourire triomphateur qu'elle connaissait bien. Il jouissait de sa victoire. Mais il la laissa partir, sans dire un mot ni faire un geste pour la retenir.

En s'éloignant aussi dignement que possible, mais avec la sensation d'étouffer, elle sentit le regard de Wulfrum peser longtemps sur elle. En fin stratège il avait la satisfaction de la voir battre en retraite. Une honteuse retraite, en vérité. Il aurait pu l'embrasser à en perdre le souffle, elle l'aurait laissé faire. Il y avait dans ses baisers quelque chose de redoutable qui l'affaiblissait, la rendait presque sans volonté. Plus jamais elle ne devait s'y laisser prendre ! Il voulait qu'elle capitule, qu'elle se rende à lui, il voulait la conquérir pour le plaisir de la conquête. Il s'amusait d'elle comme il s'était amusé sans doute de bien d'autres femmes.

Elle sentit des larmes brûlantes s'accumuler sous ses paupières. Elle se hâta d'aller se cacher, pour qu'on ne la voie pas pleurer.

Quand elle vint prendre place aux côtés de Wulfrum, au moment du repas, il l'accueillit avec courtoisie. A en juger par son attitude, il avait déjà oublié l'incident dont elle avait si cruellement souffert. Indifférent aux femmes, voilà ce qu'il était. Et elle aurait grand tort de s'imaginer qu'elle signifiait quelque chose pour lui, même en étant son épouse. Quand elle lui avait rendu son baiser, il n'avait éprouvé que l'orgueil de la victoire. Un combattant, un chasseur, voilà tout ce qu'il était ! Il ne verrait jamais en elle qu'un simple trophée.

Chapitre 10

Avec l'arrivée du printemps, la vie à Ravenswood reprenait un cours presque normal. Rien ne menaçait plus les gens du domaine, et chacun pouvait se consacrer aux travaux traditionnels, dans le calme et la routine des jours. Les barrières destinées à protéger les champs ensemencés avaient été redressées, réparées, et il convenait à présent de veiller à la bonne gestion du cheptel et de rétablir partout la coordination des travaux, indispensable à la prospérité de tout domaine.

Wulfrum avait l'autorité et l'ambition nécessaires pour y parvenir, mais l'expérience du terrain lui manquait. L'intendant était mort, figurant parmi les victimes du premier jour. A qui pouvait-il demander conseil, sinon à l'ancienne maîtresse du domaine, la seule à connaître les compétences de chacun ?

— Il me faut un intendant sérieux, lui dit-il un soir. Parmi tous les fermiers, lequel vous semble le plus capable et le plus digne d'occuper cette fonction ?

Elgiva, surprise et flattée de ce témoignage de confiance, lui répondit d'autant plus volontiers qu'elle tenait la réponse toute prête, y ayant elle-même songé.

— Gurth est l'homme qu'il vous faut. Il a de la suite dans les idées, il travaille dur, et je sais que mon père l'estimait beaucoup, parce qu'il est honnête et sérieux.

Le jour même, Gurth se trouva convoqué dans la grande

salle. Massif et trapu, un peu grisonnant, il ne manquait pas de faire impression, car il affichait l'assurance tranquille de ceux à qui l'on n'en conte pas et qui ne se laissent pas facilement émouvoir. Alors même qu'il se demandait sans doute quelle faute il avait pu commettre pour comparaître ainsi devant le maître de Ravenswood, son visage restait impassible. Il avait en entrant jeté un bref coup d'œil à Elgiva, ainsi qu'à l'impressionnant Bradefer. Quand il eut entendu la proposition que lui faisait le comte, il ne put, malgré le calme qu'il affichait, s'empêcher de tressaillir de surprise et de satisfaction.

— Ce qu'il me faut, c'est un homme de confiance et qui sache faire preuve d'initiative, conclut Wulfrum.

— Sa Seigneurie me fait trop d'honneur…

— Vous engagez-vous à vous mettre à mon service, et à devenir mon intendant ?

Soudain arrêté par un scrupule, car en s'engageant ainsi il admettait la légitimité du conquérant, Gurth n'hésita qu'un instant. La reconnaissance de ses mérites, à travers le poste qu'on lui proposait, lui semblait légitime.

— Je m'y engage, monseigneur.

— Vous prenez vos fonctions dès cet instant et pour en rendre compte vous n'aurez affaire qu'à moi. Demain matin vous me ferez visiter le domaine de fond en comble, jusqu'à ses limites. Je veux tout savoir, jusqu'au nombre de poules qu'on élève.

— Il sera fait selon votre volonté, monseigneur.

Il s'inclina et quitta la salle.

— Votre conseil était bon, déclara Wulfrum à Elgiva. Je veux que ce domaine serve d'exemple dans toute la Northumbrie.

— Comme du temps de mon père, soupira Elgiva.

— Vous le reverrez bientôt tel que vous l'aimiez, je m'y engage.

Elgiva le crut volontiers, car il avait déjà beaucoup fait pour cela. En fait de reconstruction et de restauration des bâtiments, le résultat était déjà très visible. Elle se réjouissait à l'idée de revoir un jour le Ravenswood de son enfance. Mieux encore, elle éprouvait le contentement d'avoir été consultée à son propos et d'avoir été écoutée, puisque sa proposition était retenue.

— Vous pouvez compter sur Gurth, lui assura-t-elle.

— S'il ne convient pas, je l'étripe ! grommela Bradefer.

— Wulfrum vous en empêcherait !

— Pas du tout, protesta l'intéressé. N'oubliez pas qu'Olaf est mon bras armé, mon bourreau. Il va surveiller Gurth, et si mon intendant se conduit mal et fait des folies…

— Il faut me comprendre, madame, plaida le géant. On ne décapite que les seigneurs, par égard pour leur rang.

— De toute façon, Gurth ne fera pas de folies.

— Alors il ne sera pas étripé !

Elgiva vit les deux hommes échanger un regard courroucé, puis éclater de rire. Fâchée de s'être laissé duper, une fois encore, elle s'indigna.

— Espèce de…

Elle ne trouvait pas de mot pour les qualifier. Vexée d'être tombée dans le piège en prenant au sérieux des menaces extravagantes, elle bouda quelques instants, puis, entraînée par l'hilarité des deux hommes, elle se laissa aller à sourire, puis à rire à son tour de bon cœur.

Etonné de la voir pour la première fois de si belle humeur, Wulfrum reprit de son sérieux. Dans la gaieté, Elgiva était plus belle encore que dans la colère.

Intimidée par le regard qu'il fixait sur elle, elle cessa

soudain de rire. Elle se reprocha de s'être abandonnée ainsi. Cette aimable conversation n'avait que trop duré.

— Vous êtes trop forts pour moi ! Avec votre permission, monseigneur, je vais vous demander l'autorisation d'aller où le devoir m'appelle.

En prenant pour excuse les travaux qui l'attendaient, elle ne mentait pas. Elle sortit de la grande salle par la petite porte, dans l'intention de se rendre à la Tour des Dames. A peine l'avait-elle franchie que le vantail qui donnait accès à la tour se referma de lui-même.

Dans l'ombre, un homme de grande taille, un serf engoncé dans sa robe à capuchon, se dressait.

— Qui es-tu ? Que veux-tu ? lui demanda-t-elle.

— Vous ne me reconnaissez pas, Elgiva ?

Il dégagea son visage.

— Aylwin !

— Ne vous avais-je pas promis de revenir ?

Elle sentit sa gorge se serrer.

— Il ne faut pas que l'on vous trouve ici, milord. Les Vikings vous tueraient.

— Brekka surveille les alentours. Il m'avertira, en cas de danger. Mais qu'il y ait du danger ou pas, je tenais absolument à vous voir. Il me semble que vous allez bien.

— Je vais bien, répondit-elle, la voix altérée par la crainte qu'on ne les surprenne. Et vous ? Vos blessures sont-elles tout à fait guéries ?

— Je n'en souffre presque plus.

— Alors je vous demande instamment de partir, Aylwin. Allez-vous-en, tant que la voie est libre !

— Vous voulez que je vous abandonne ?

— Vous le devez. Je suis la femme de Wulfrum, à présent.

— Ce Viking a peut-être pu vous contraindre à l'épouser, mais vous ne resterez plus longtemps sa prisonnière.

— Que voulez-vous dire ?

— Que je ne vais pas me laisser dépouiller de ce qui m'appartient sans réagir !

— Je ne vous appartiens plus, Aylwin, dit-elle aussi calmement que possible.

Elle le blessait, sans doute. Mais la promesse faite à l'occasion de leurs fiançailles ne tenait plus.

— Vous serez de nouveau à moi, Elgiva, je vous en fais le serment ! reprit-il âprement. Je vais vous délivrer du joug que ce damné Viking vous impose !

Il la prit par les épaules et lui parla de près, à mi-voix, les yeux dans les siens.

— Je rêve de cet instant depuis si longtemps, Elgiva… Vous ne pouvez savoir avec quelle ardeur je l'ai attendu ! Et voici que je vous retrouve… Je n'ose croire à mon bonheur.

Il y avait tant de tendresse, tant de sincérité dans sa voix qu'elle faillit céder à la panique. Sous son regard, un regard dément, halluciné, elle se sentit trembler, comme prise de vertige. Elle comprit qu'il allait l'embrasser et détourna la tête, si bien qu'il ne fit que lui effleurer la joue.

— Vous ne devez pas vous conduire ainsi, milord, protesta-t-elle en faisant un pas en arrière pour se dégager.

Il la lâcha. Les bras ballants, le visage hagard, il ne semblait plus rien comprendre.

— Qu'y a-t-il, Elgiva ?

— Vous ne le voyez pas vous-même ? Je ne pourrai jamais vous appartenir. Wulfrum ne m'abandonnera jamais. Si vous tentiez de m'enlever, il finirait par nous retrouver, et sa vengeance serait terrible.

— Je trouverai un moyen…

— Aucun moyen, dit-elle fermement, lui prenant le bras à deux mains. Il n'existe aucun moyen. Tenez-vous-le pour dit.

— Aucun moyen ? répéta-t-il après un instant de silence.

Ne voulez-vous pas plutôt me faire comprendre que vous ne souhaitez plus le quitter ?

— Je n'ai pas choisi mon destin. Il m'a été imposé, mais rien désormais ne pourra le changer.

— Parce qu'il vous convient, sans doute !

— A Ravenswood, je suis chez moi. J'y suis attachée et je me dois à mes gens.

— Cet attachement vous honore, Elgiva, mais il arrange aussi bien vos affaires, il me semble ! Vous vous en faites une parure pour cacher la vérité.

— Non !

— Si ! Il a fallu combien de temps à ce Viking pour conquérir votre cœur ? A moins que vous n'ayez été séduite par le plaisir qu'il vous donne, dans son lit ?

Il n'était plus le même ; il délirait, sans doute.

— Votre grossièreté n'y changera rien, milord, s'efforça-t-elle de dire en conservant tout son calme, malgré l'indignation que ses propos avaient soulevée en elle. Pour le meilleur et pour le pire, Wulfrum est mon époux devant Dieu, et je lui dois fidélité.

Aylwin eut un sourire amer.

— Je ne vous savais pas aussi oublieuse de vos promesses, Elgiva, ni aussi perfide.

Douloureusement blessée par ces accusations infondées, elle sentit les larmes lui monter aux yeux. Pour qu'Aylwin ne les voie pas, elle se détourna.

— En venant vous voir, j'ai commis une erreur, murmura-t-il tristement.

— Partez, milord, avant qu'il ne soit trop tard.

— Je m'en vais… Soyez sans crainte… Mais je reviendrai à la tête d'une armée qui rejettera ces maudits Danois à la mer, une fois pour toutes ! Celui que vous appelez votre époux mourra de mes propres mains, ayez-en la certitude !

Il quitta la tour. Le cœur battant, Elgiva s'adossa au chambranle de la porte, tremblante mais soulagée. Quand la pénombre et le confinement du lieu lui parurent insupportables, elle ressortit au grand air. Elle avait besoin d'espace, pour réfléchir.

Ses pas la conduisirent sans qu'elle y pense jusqu'au champ où s'alignaient les tombes.

Y resta-t-elle une heure, deux, méditant au-dessus des tertres que décoraient quelques bouquets ? Elle n'aurait pu le dire. Le visage attristé d'Aylwin ne cessait de lui apparaître. Le croyant mort, elle s'était empressée de l'oublier avec une facilité qui en disait long sur elle. Lorsque Brekka était parvenu jusqu'à elle pour l'informer qu'il était encore en vie, elle n'avait ressenti aucune envie de le revoir. Aylwin avait eu raison, quand il lui avait reproché de prendre le parti de l'ennemi. Mais comment faire autrement ? Pour ne pas le désespérer, aurait-elle dû lui mentir, lui faire de fausses promesses ? Elle ne l'aimait pas, ne l'avait jamais aimé. Mais elle tenait à ce qu'il vive, parce que c'était un homme bon. S'il ne renonçait pas à ses chimères, il mènerait ses partisans à la catastrophe.

Un bruit de pas la tira de sa rêverie. Elle sursauta et se retourna. C'était Wulfrum. La peur la saisit. Avait-il eu vent de la visite d'Aylwin ? L'avait-il vu ?

— Je vous prie de m'excuser, Elgiva… Je vous ai fait peur. Vous étiez perdue dans vos pensées, et je ne voudrais pas vous importuner.

Incapable de lui répondre sur le ton de la conversation ordinaire, elle prit une profonde inspiration et devança tout questionnement embarrassant.

— Vous avez quelque chose à me dire ?

Elle était tendue, il le sentait. Depuis combien de temps, seule dans ce cimetière, déplorait-elle le sort des disparus ?

— Rien d'important, répondit-il.

Sans se concerter, ils prirent ensemble le chemin du retour, en silence. Elgiva avait visiblement l'esprit ailleurs et Wulfrum s'en inquiéta.

— Que se passe-t-il, Elgiva ?

— Rien. En tout cas rien qui puisse s'arranger.

— Il est difficile de faire son deuil, reconnut-il. Il en est que l'on porte toute sa vie…

Elle lui jeta un coup d'œil étonné. Pourquoi parlait-il de deuil ? Que pouvait-il en savoir ? Les gens de son espèce le provoquaient, ils ne l'éprouvaient pas ! Elle s'abstint d'en faire la remarque, et ce fut de nouveau le silence.

— Mais la vie continue, reprit-il au bout de quelques minutes, et ceux qui vivent doivent apprendre à composer avec les pertes dont ils ont souffert.

— Ces pertes, je ne peux les oublier, murmura-t-elle.

— Non, bien sûr, mais il faut aller de l'avant. A quoi bon consacrer sa vie à verser des larmes sur le passé, se priver des plaisirs de l'existence jusqu'à ce que la vieillesse nous les interdisent ?

— Je vous trouve bien optimiste.

— Disons plutôt que je suis réaliste.

— La réalité dans laquelle nous vivons à présent, ce sont les Danois qui nous l'ont imposée !

Il y avait dans sa voix une amertume si profonde que Wulfrum en fut blessé.

— Vous nous détestez toujours aussi violemment ? Rien de ce que nous avons fait depuis ne peut infléchir votre ressentiment ?

— Rien.

— La destinée est une étrange aventure, Elgiva…

— La destinée ? Elle n'a certainement pas voulu que les gens du Nord nous envahissent ! Il n'était certainement pas écrit dans le ciel qu'il y aurait tant de morts et de destructions ! L'origine de notre malheur est dans les hommes, dans leur esprit de vengeance et leur cupidité !

Elle s'arrêta sur le chemin, et lui fit face.

— Les Danois ne connaissent que la loi du plus fort, ils ne savent que tuer, brûler, piller ! s'écria-t-elle encore avec la même véhémence.

— Tout cela appartient au passé, déclara-t-il calmement.

— Vraiment ? Mais le souvenir reste, nous en gardons la mémoire.

— Nous gardons la mémoire du passé, en effet.

— Qu'en savez-vous ?

Elle vit l'éclat de ses yeux bleus s'altérer. Elle l'avait touchée au vif.

— Je le sais depuis mon plus jeune âge, murmura-t-il.

— Comment cela ?

— A l'occasion d'une querelle entre clans... Une nuit, les ennemis de mon père ont encerclé sa maison forte, qui était de bois. Ils y ont mis le feu, pour obliger tous ceux qui s'y trouvaient à en sortir. Aussitôt dehors, ils servaient de cible aux archers ou aux lanceurs de javelot. Pas un seul n'a survécu.

— Mais vous-même...

— Je n'y étais pas. L'un des serviteurs de mon père m'avait emmené avec lui chez un seigneur du voisinage. Les jours sont très courts en hiver, nous avions donc dormi sur place. Quand nous sommes revenus le lendemain, ce qui avait été ma maison n'était plus qu'un tas de ruines fumantes, et tous les membres de ma famille avaient été massacrés.

Dans les légendes nordiques qu'Osgifu lui racontait autrefois, il était parfois question de ces luttes tribales.

— Vous aviez quel âge ?

— Dix ans.

— Comment êtes-vous parvenu à survivre, seul au monde ?

— J'ai tout de suite trouvé un protecteur.

— C'est Ragnar qui vous a recueilli, n'est-ce pas ?

— Mon père était un de ses amis les plus proches. Ragnar m'a élevé chez lui, avec ses fils. Il m'a appris les armes et l'art de la guerre, ainsi que tout ce que je sais. Quand je suis devenu un homme, j'ai retrouvé les responsables et les complices du crime et je les ai tués un par un. Avec la Dent du Dragon. Alors Ragnar m'a fait chevalier, et j'ai repris le titre de comte, qui était celui de mon père.

— Et quand Ragnar a été assassiné par le roi Ella, vous êtes venu le venger, avec ses fils, comme vous aviez vengé votre première famille…

— Notre vengeance est accomplie.

Elgiva se le représenta petit garçon, découvrant sa maison en cendres et les membres de sa famille massacrés. Elle le vit grandir, s'instruire au combat pour mieux se venger, accomplir un exploit en châtiant les coupables, et mériter ainsi l'estime de son protecteur. C'est par fidélité, par amour de Ragnar, que Wulfrum était devenu comme ses frères, l'ennemi juré des Saxons.

Il ne la quittait pas des yeux, embarrassé soudain de s'être ainsi confié à elle. Il n'avait pas eu l'intention de lui parler de son enfance, mais les mots étaient sortis d'eux-mêmes, comme par nécessité. Au moins savait-elle à présent qui il était, en quelles circonstances son caractère s'était formé, comment son destin s'était imposé à lui.

— Je ne veux plus combattre sans cesse, Elgiva, je suis dégoûté des carnages.

— Que voulez-vous faire, alors ?

— Je veux construire un avenir qui en vaille la peine.

— A partir de cendres ?

— Oui, pourquoi pas… Vous et moi, ensemble…

— Moi ? Votre butin de guerre ? Le trophée que vous avez reçu en cadeau ?

— Vous êtes devenue bien plus que cela à mes yeux et vous le savez fort bien, Elgiva. Je veux qu'entre nous il n'y ait plus de secrets.

Il ne se moquait pas. Il lui baisa les lèvres, avec beaucoup de douceur. Elle ferma les yeux. Plus de secrets… Comme elle aurait voulu que ce soit possible ! Mais comment en faire la promesse, avec la certitude de ne pas la tenir ? Pouvait-elle lui faire savoir que Brekka, Aylwin et quelques autres complotaient contre lui ? Qu'ils étaient venus à Ravenswood, qu'elle les avait écoutés ?

S'il venait à l'apprendre, ce serait la ruine immédiate de la confiance qu'il mettait en elle, la preuve de sa trahison, du dédain que lui inspiraient ses bonnes intentions. La punition serait terrible. Il la tuerait, sans doute.

Elle frissonna.

— N'ayez pas peur, Elgiva. J'ai confiance en notre avenir. Nous finirons par bien nous entendre. J'en suis certain.

Un peu plus tard, elle relata à Osgifu la visite d'Aylwin et lui répéta ce qu'il avait dit.

— Il est fou ! Jamais il n'aurait dû commettre une telle imprudence, madame ! Les Danois auraient pu le surprendre, et qui sait ce qu'il serait advenu de lui ? Dans son fief, il faisait merveille. Mais à la tête de quelques irréductibles, il court à la catastrophe. Les Viking les traqueraient jusqu'au dernier, s'ils les savaient si proches. Ce serait la guerre, encore une fois…

— Dieu nous en préserve !

— Que pouvons-nous faire ?

— Rien, j'en ai peur.

Puisqu'elle ne pouvait trahir les siens, songeait Elgiva, si dangereux qu'ils soient, elle devait trahir la confiance que son mari commençait à placer en elle. Elle redoutait les moments où elle se retrouverait seule avec lui. Parviendrait-elle à interpréter le rôle de l'épouse confiante et attentive, alors qu'elle avait toutes les raisons de craindre pour l'avenir immédiat ? Il ne manquait ni de finesse ni d'intuition, et pour peu que son jeu ne soit pas convaincant, il aurait tôt fait de s'apercevoir que quelque chose n'allait pas.

La conscience de sa duplicité lui faisait l'effet d'une blessure en plein cœur.

Si Wulfrum remarqua un regain de tension chez elle, il n'en laissa rien paraître. Aussi bien se trouvait-il fort occupé, la belle saison étant, pour un domaine, le moment le plus chargé. Sous sa direction, Ravenswood retrouvait l'air de prospérité qui avait fait son charme, sous l'égide de lord Egbert. Les bâtiments étaient comme neufs, les clôtures entièrement rétablies, les champs bien cultivés. Les moissons futures commençaient à dorer au soleil, et la première récolte de foin était déjà engrangée. Bien soignés, les chevreaux et les jeunes veaux faisaient plaisir à voir, et les arbres du verger avaient si magnifiquement fleuri qu'on ne manquerait pas de fruits. Les abeilles butinaient de fleur en fleur. Habile apiculteur, Gurth surveillait de près les ruches.

Le beau temps incitait Elgiva et Osgifu à travailler en plein air, au bas de la tour, au village ou dans les environs.

A plusieurs reprises, elles allèrent cueillir des plantes médicinales, à la lisière de la forêt. Wulfrum n'y voyait pas d'inconvénient, mais les faisait discrètement surveiller par un garde, qui les suivait à distance. Elgiva ne se formalisait pas de ce rappel à l'ordre des choses, et reconstituait patiemment les réserves de baumes, d'onguents et de plantes séchées, regarnissant les étagères, habillant le plafond du laboratoire de feuillages odorants.

Mais sa duplicité lui pesait sur la conscience. En proie à l'insomnie, les yeux grands ouverts dans le noir, elle laissait courir ses pensées, invariablement sombres. Elle avait trop chaud dans cette pièce, sur ce lit… Ecoutant la respiration régulière de Wulfrum, couché près d'elle, elle vivait des émotions contradictoires. Allait-il s'éveiller soudain, et vouloir la toucher ? Elle l'espérait à présent, tout en craignant qu'il ne le fasse.

Elle se levait toujours dès les premières lueurs de l'aube. Un beau matin, incommodée par l'atmosphère étouffante qui régnait dans la chambre, elle profita de ce que Wulfrum dormait encore pour s'habiller tranquillement et sortir discrètement. Quelques minutes plus tard, elle se trouvait dans la cour. La porte de l'enceinte était grande ouverte, pour laisser entrer ceux qui venaient travailler au château et ceux qui en sortaient pour aller aux champs. Rendus inattentifs par la routine, les gardes qu'on allait relever ne la virent pas passer. En s'engageant sur le chemin de terre qui menait à la forêt, elle pressa le pas, dans sa hâte d'atteindre au plus vite son but. L'eau de la cascade serait délicieusement fraîche, et à cette heure de la journée, l'endroit serait désert.

L'air sentait bon la terre et les plantes étaient encore humides de rosée. Dans le sous-bois, elle se dirigea en habituée des lieux vers le torrent. Il suffisait d'en descendre le cours par la rive la plus commode pour atteindre le bassin naturel où il se jetait.

Après avoir vérifié qu'elle était bien seule, elle se défit de ses vêtements et commença par se tremper les jambes. Elle sursauta d'abord, parce que l'eau semblait vraiment très froide. Mais après la chaleur moite qui régnait dans la chambre, la fraîcheur de l'eau limpide était comme une bénédiction. Elle prit une profonde inspiration et s'immergea.

Wulfrum ouvrit les yeux, s'étira, puis bâilla à s'en décrocher la mâchoire, comme il aimait à le faire quand aucun souci ne le tourmentait. Il était encore tôt, mais il faisait déjà très chaud dans la chambre. Il se retourna et tendit la main vers Elgiva. Sa place était vide.

Dans l'instant, il se trouva complètement réveillé. Il lui suffit d'un coup d'œil pour voir qu'elle avait emporté ses vêtements, et que la barre de fermeture n'était plus en place. Vite habillé, il descendit dans la grande salle, où des hommes dormaient encore sur des paillasses ou sur les bancs. Mais là comme ailleurs, aucune trace de sa femme. A la porte qu'on laissait ouverte en plein jour régnait l'habituelle animation. Il courut à l'écurie et sella Trakhorst.

Quelques minutes plus tard, son étalon trottait sur le chemin de la forêt. On avait marché dans l'herbe. L'effacement de la rosée révélait le passage d'une personne seule, et les quelques traces de pas qu'il releva ne laissaient aucun doute sur leur origine. Elgiva ne l'avait pourtant pas averti de ses intentions, et aucun garde ne l'accompagnait. Le croyait-elle assez naïf pour ne pas se rendre compte de son escapade ou assez indulgent pour la lui pardonner ?

Il mit son cheval au pas et suivit la piste, jusqu'au torrent. Sur la berge humide, l'empreinte très nette d'une chaussure étroite ne laissait subsister aucun doute : Elgiva venait de passer par là. Pour aller où ? Pour quoi faire ?

Après toutes ces semaines passées ensemble, elle savait encore le surprendre et lui troubler l'esprit. Elle était parfaitement imprévisible, ce qui d'une certaine façon ajoutait encore à son charme. Mais pour cette fois sa hardiesse dépassait la mesure.

La densité de la végétation l'obligea à mettre pied à terre. Tenant Trakhorst par la bride, il suivit comme il le put le cours de l'étroite rivière. Il vit des rochers, entendit le clapotis d'une cascade. Il trouva bien vite que cette cascade arrivait dans un bassin naturel, et que dans ce bassin se baignait une femme. Il sourit de plaisir et se trouva très vite un poste d'observation, d'où il pouvait voir sans être vu.

— Vous !

— Moi-même, répondit-il en souriant d'un air satisfait.

— Qu'est-ce que vous faites ici ?

— Je suis venu vous chercher.

— Vous êtes là depuis longtemps ?

— Assez longtemps, oui…

Assez longtemps pour contempler à loisir le corps magnifique de sa femme, songea-t-il, toute nue en pleine lumière, s'ébattant dans l'eau transparente, exposant en toute innocence les plus intimes perfections de son corps. En ce moment même, le linge qu'elle pressait sur ses seins ronds et fermes pour les dissimuler laissait voir ses longues jambes, ses cuisses et ses hanches. Pour le reste, il en gardait un souvenir ébloui.

— Et pendant tout ce temps, vous m'avez regardée ?

— Je l'avoue.

Ne trouvant rien à ajouter, Elgiva lui jeta un coup d'œil embarrassé. Elle était presque nue, et il ne se faisait pas faute d'en profiter pour la détailler d'un regard intéressé.

Après quelques instants d'observation mutuelle, il se leva. Avant qu'il ait fait deux pas vers elle, elle avait enfilé sa robe, si vite qu'une grande partie de sa chevelure en était prisonnière. Wulfrum s'en amusa, mais Elgiva frissonna. Ils étaient seuls en un lieu discret. N'allait-il pas profiter de l'occasion ?

— Quand je me suis réveillé, vous n'étiez plus là, dit-il en soulevant ses cheveux défaits pour les rassembler et les écarter d'elle, afin qu'ils ruissellent ailleurs que sur sa peau.

— Il faisait si chaud ! J'avais besoin de fraîcheur.

— Et vous avez profité de la négligence des gardes pour vous esquiver. Ils seront plus attentifs, désormais, et plus jamais vous ne me jouerez ce tour pendable.

Il ne manifestait ni impatience ni colère, mais pour être mesurés ses ordres n'étaient pas moins impérieux.

— Avez-vous pensé que je m'étais enfuie ?

— Non. J'ai trop confiance en vous pour cela. Mais l'ordre ne règne pas encore partout, autour de Ravenswood, et vous vous êtes mise en danger en venant vous baigner dans ce lieu solitaire. Si vous n'aviez pas laissé de traces de votre passage, jamais je n'aurais eu l'idée de venir jusqu'ici.

Il n'avait pas tort, mais ce qui étonnait surtout Elgiva, c'était de l'entendre parler avec autant de calme, autant de sincérité. Une fois de plus le sentiment de sa propre duplicité lui serra le cœur. Mais elle n'eut pas le temps de s'y attarder, car il la prenait dans ses bras et lui baisait la bouche. Elle sentit monter en elle et s'épanouir la chaleur désormais familière. Des frissons la saisirent, parce qu'elle avait un peu froid, mais aussi parce qu'elle avait peur, peur de lui et surtout peur d'elle-même.

De toutes les fibres de son être, Wulfrum la désirait, mais en la sentant trembler dans ses bras, il s'inquiéta. Avait-elle encore à ce point peur de lui ? Non, ce n'était pas cela, estima-t-il, du moins pas uniquement. Au-delà de la crainte, il devinait en elle un malaise profond, dont il ne comprenait pas la cause.

Embarrassée par sa chevelure, les doigts gourds, Elgiva essayait maladroitement de lacer sa robe. Le sourire de Wulfrum ne lui facilitait pas la tâche. Quand il l'eut vue assez longtemps se débattre, il la prit par les épaules, la fit pivoter, et arrangea adroitement sa chevelure aussi bien que sa robe. Prenant un peu de recul pour juger de l'effet produit, il lui tendit la main.

— Nous pouvons rentrer, à présent.

Après un instant d'hésitation, elle mit sa main dans la sienne, et ils allèrent ainsi jusqu'au cheval, qui attendait.

— Vous allez monter devant moi.

— Ce n'est pas nécessaire, je peux rentrer à pied.

— Je ne vous demandais pas votre avis.

Il la prit par la taille et la hissa sur la selle sans effort, avant de se placer derrière elle. Ils se mirent en route et restèrent un moment silencieux. On n'entendait que les pas du cheval et le froissement des branchages.

Elgiva n'avait plus froid. Les rayons du soleil ne perçaient l'ombre du sous-bois que par intermittence, mais Wulfrum la tenait si étroitement serrée contre lui qu'elle avait le feu aux joues. Sa chaleur et sa force l'enveloppaient, il sentait bon le musc et le cuir, et son odeur lui était devenue familière depuis qu'ils dormaient dans le même lit. Quand il l'embrassait, elle respirait contre sa peau, et la sensation était plus forte encore. En ce moment, tout contre lui, elle avait l'impression de lui appartenir. Le désir la dominait. Elle avait voulu le haïr, mais n'y était pas parvenue.

Le sous-bois devint moins dense, les arbres plus espacés, mais le cheval allait toujours au pas. Wulfrum restait silencieux. Il ne semblait pas pressé d'aller parcourir le domaine en tous sens pour stimuler l'ardeur au travail de ses sujets, Danois et Saxons.

Si heureuse de se trouver sous sa protection alors qu'elle se faisait dans le même temps la complice passive de ses ennemis, Elgiva éprouvait comme un déchirement. Si elle avait pu lui échapper, elle se serait enfuie. En tournant un peu la tête, elle vit qu'il souriait toujours et c'était de la vraie gaieté qu'elle lut dans ses yeux bleus.

— Vous avez l'air de passer un bon moment, dit-elle tout à trac.

— Bien sûr, répliqua-t-il sans sourciller. Pas vous ?

Elle ne répondit pas mais Wulfrum ne cessa pas de sourire et Trakhorst allait toujours au pas.

Elle lui rendit son baiser. Allait-elle s'abandonner ? Wulfrum l'étreignit avec fougue. Il la voulait toute à lui. Sous le tissu de sa robe, la chaleur de sa peau lui rappelait qu'il venait de la voir nue, non plus rétive et paralysée d'épouvante sur leur lit, comme le premier jour, mais libre, joyeuse, exposant en toute innocence les merveilles de son corps.

Il la désirait si ardemment qu'il en avait mal. Elgiva participait d'un tel cœur à ce baiser qu'elle devait le désirer, elle aussi. Il ne pouvait en être autrement. Le bonheur était proche. Mais au moment même où son excitation culminait, elle se raidit et détourna violemment la tête. Il vit dans ses yeux de l'angoisse.

— Qu'y a-t-il, Elgiva ? Qu'est-ce qui ne va pas ?

— Rien. Je…

— Si, il y a quelque chose. Dites-le-moi.

Pour la convaincre de se détendre, il caressa des lèvres ses cheveux blonds, son cou, la naissance de sa gorge. Elle ferma les yeux. Chaque effleurement éveillait sa chair, l'invitait à prolonger l'aventure sensuelle jusqu'à l'assouvissement.

Mais il fallait qu'elle résiste, si intense, si douloureux que soit l'effort. Elle le devait.

— Laissez-moi partir, Wulfrum, je vous en prie.

Il pouvait insister, la prendre dans ses bras et la porter jusqu'à leur lit, pour reprendre les choses où il les avait laissées. Mais c'était compter sans l'empire qu'exerçait sur lui ses yeux couleur d'ambre.

— De quoi avez-vous peur, Elgiva ?

Incapable de s'exprimer, elle ne put que secouer la tête. Chez n'importe quelle autre femme, il aurait cru à un caprice, au jeu d'une coquette qui veut se faire désirer. Mais la résistance que lui opposait la jeune femme avait assurément des racines profondes. Quel était son mystère ? Il brûlait de l'apprendre, mais refusait de lui arracher des confidences, tout comme il se refusait à la soumettre par la force. Il lui lâcha la taille.

— Eh bien, partez, puisqu'il le faut, dit-il d'un ton qui se voulait désinvolte.

Etait-il parvenu à cacher son dépit ? Il l'espérait. Quant à Elgiva, elle dissimulait son soulagement avec tant de maladresse qu'il en aurait souri. Mais le jeu ne l'amusait plus.

Il la suivit du regard jusqu'à ce qu'elle ait disparu et décida de panser lui-même son cheval afin de rester seul, loin de ses hommes, libéré pour un moment de ses responsabilités quotidiennes. En exécutant des gestes mille fois répétés, il s'occupait les mains et se libérait l'esprit.

La scène de la baignade, au premier abord si charmante, l'avait violemment bouleversé, au point qu'il découvrait un nouvel aspect de sa propre personnalité. En épousant Elgiva, il avait saisi l'occasion de s'unir durablement à une personne de bonne famille, compensant en quelque sorte la confiscation de ses biens. Qu'elle soit jeune et jolie n'enlevait rien à l'intérêt de ce marché, où il trouvait son compte. Mais il n'avait jamais été question de sentiments, dans cette affaire.

En conséquence, il s'était conduit en maître autoritaire et intraitable. Et voilà qu'il se découvrait à son tour en position de dépendance ! Ce qui n'était d'abord qu'un désir physique était devenu tout autre chose, un attachement beaucoup plus fort et infiniment plus dérangeant. Il pouvait dire sans se tromper qu'Elgiva éprouvait à son égard une certaine attirance physique, mais elle persistait à le combattre, à le considérer encore comme un ennemi. Pour mettre du piment dans leurs relations, il s'était juré de n'exercer les droits qu'il avait sur elle qu'au moment où, n'y pouvant plus tenir, elle se donnerait à lui de son plein gré. Mais par une cruelle ironie du sort, son ambition était autrement exigeante, à présent. Attendre une reddition des sens est une chose. Se faire aimer en est une autre.

En quittant l'écurie, il eut l'œil attiré par une tache bleue qui se détachait sur la verdure des prairies. Elgiva caressait Mara. Réduite à l'inaction depuis plusieurs semaines, la jolie jument n'en recevait pas moins les soins attentifs des palefreniers saxons, qui la pansaient et l'emmenaient s'ébattre au pacage. En lui parlant, elle lui flattait l'encolure et les naseaux. L'animal écoutait docilement ses confidences. Wulfrum aurait aimé les entendre, mais la distance était trop grande. Il se contenta d'observer la scène jusqu'à sa fin.

A regrets, cela se devinait à son allure, Elgiva s'éloigna de la barrière. La jument la suivit des yeux en hennissant doucement. Elgiva tourna la tête, lui sourit fugitivement, reprit sa marche et se retourna encore. Tout à ce manège, elle ne vit pas Wulfrum, qui de son côté l'observait avec une attention de plus en plus soutenue, à mesure qu'elle approchait.

Comme elle était seule et ne savait pas qu'on la regardait,

elle avait laissé tomber le masque d'assurance et de sérénité qu'elle s'imposait en public ou avec lui. Wulfrum eut l'impression d'apercevoir pour la première fois seulement son vrai visage. C'était celui d'une femme profondément malheureuse. Le souffle coupé, il porta la main droite à son cœur. Un coup de masse ne l'aurait pas fait souffrir autant que cette découverte.

Chapitre 11

— Debout, femme ! Il fait jour et je pars pour la chasse !

Elgiva se réveilla en sursaut et se redressa sur le lit. Il fallait que Wulfrum s'impatiente, pour parler aussi fort. Il se dressait près d'elle, tout de cuir vêtu, sans son baudrier mais un long coutelas passé à la ceinture.

— Excusez-moi, monseigneur. Je ne savais pas qu'il était si tard…

Il ne la quitta pas des yeux pendant qu'elle sortait précipitamment du lit, se passait les doigts dans les cheveux pour y mettre un peu d'ordre. Quand elle en fut à passer sa robe, il sourit d'un air satisfait et se dirigea vers la porte.

— Préparez-vous, Elgiva, ne me faites pas attendre, lança-t-il en dégageant la barre de fermeture.

Renonçant à se faire une tresse, elle enfila précipitamment ses souliers.

— Vous êtes à jeun, je vais aller chercher…

— Il y a des domestiques pour cela. Préparez-vous, vous dis-je.

— A quoi ?

— A partir à la chasse. Avec moi.

Il la vit d'abord perplexe puis incrédule. Quand elle eut compris ce qu'il venait de dire, le plus éblouissant des sourires illumina son visage.

— Vous voulez vraiment m'emmener avec vous ?

— Je ne parle pas pour ne rien dire. Et puis votre jument a besoin d'exercice. Allons, dépêchez-vous !

Il n'eut pas à répéter, cette fois. Convoquée d'urgence, Osgifu sortit du coffre où elle était depuis longtemps enfermée la tenue de chasse d'Elgiva, puis elle l'aida à s'habiller.

Elgiva avait souvent pensé ces derniers temps, avec un pincement au cœur, qu'elle ne porterait plus jamais ce costume, qui lui rappelait tant de souvenirs heureux. A la pensée de faire une longue promenade en plein air avec Mara, elle ne se tenait plus de joie. Sa chère Gifu eut toutes les peines du monde à la faire tenir tranquille pendant qu'elle lui peignait les cheveux et la coiffait. Dès que ce fut fini, Elgiva dévala les escaliers pour rejoindre dans la cour d'honneur Wulfrum et ses hommes, qui l'attendaient. Un palefrenier tenait à la bride sa jument, équipée et sellée.

Wulfrum détailla complaisamment son allure et son costume, mais ne fit aucun commentaire. Il se mit en selle d'un seul élan pendant qu'avec l'aide du palefrenier, elle-même renouait moins sportivement avec les joies de l'équitation. Sa jument semblait bien frêle, à côté des lourds chevaux de combat que montaient les hommes, mais en fait de vitesse, elle les valait bien. Sensible à l'excitation de sa maîtresse, Mara s'ébroua nerveusement. Elgiva rit de cette complicité et n'eut qu'à lui tapoter la crinière pour la calmer.

On sortit du château en cortège. En retrouvant sous ses sabots le sol plus ferme du chemin caillouteux, Mara se mit à caracoler et à lancer de petites ruades. Wulfrum se garda d'intervenir, appréciant la façon dont Elgiva la reprenait en main sans agir sur le mors et sans la rudoyer. Comme il n'avait pas été monté depuis plusieurs semaines, l'animal avait perdu un peu de sa docilité, mais ses cabrioles ne semblaient en aucune façon gêner sa cavalière, ni altérer sa bonne humeur. Wulfrum entendit sa femme dire doucement des mots sans suite et vit la jument, vite calmée, se remettre au pas et reprendre sa place dans le rang. Il sourit de satisfaction. Elgiva était une excellente écuyère. Encore une qualité, un sujet pour lui de se féliciter de l'avoir choisie.

Pour pénétrer dans la forêt, on emprunta une allée assez large pour que deux cavaliers puissent s'y tenir de front. Des piétons retenaient les chiens, entraînés au combat comme à la chasse. Les oiseaux chantaient, les fleurs sauvages égayaient l'herbe, au bord du chemin. Elgiva respirait à pleins poumons et souriait, délivrée comme par enchantement de la tension qui si souvent la tenait en alerte. A côté d'elle, Wulfrum chevauchait en silence, apparemment perdu dans ses pensées.

Mais cela n'avait pas d'importance. De temps en temps, elle lui jetait furtivement un coup d'œil, remarquant avec quelle aisance il menait son étalon, de quelle manière il faisait corps avec lui. Où avait-il appris à monter ? Quel maître avait fait de lui ce moderne Centaure ? Elle connaissait encore bien mal le beau cavalier qui était son mari…

On parvint enfin à la croisée d'un passage où les chiens relevèrent des traces récentes. On les lâcha. La chasse était lancée. Les grands chevaux suivirent la meute. Elgiva connaissait bien cette partie de la forêt, dont les hautes frondaisons faisaient comme une voûte au-dessus d'eux. Au lieu de lancer Mara dans la déclivité, comme l'avaient fait les autres, elle se maintint sur les hauteurs. Elle savait quelle déconvenue attendait les chasseurs, dont elle entendait les cris.

Le sanglier les entraînait en effet vers une vaste dépression recouverte de prunelliers et d'épineux dans lesquels il se déplacerait aisément, tandis que les chiens s'y déchireraient la truffe et la peau, et que les cavaliers hésiteraient à y engager leurs montures. De son poste d'observation, elle voyait déjà les fourrés frémir au passage de la bête.

A deux reprises au moins, au cours de parties de chasse avec son père et son frère, elle avait vu un sanglier adopter la même tactique pour tenter d'échapper à ses poursuivants. Tout au bas de la pente coulait un torrent rapide. En s'y plongeant, et en ne reprenant pied sur l'autre rive qu'à une certaine distance, l'animal comptait bien brouiller sa piste. Elgiva lança Mara sur le chemin de crête, qui offrait un accès facile au torrent. Du coin de l'œil elle aperçut Trakhorst, le grand étalon de Wulfrum, et sourit.

Alors que Bradefer, Ceolnoth et les autres n'avaient dans l'esprit que la poursuite, son mari tenait surtout à ne pas la perdre de vue. L'occasion était bonne de lui faire la démonstration des qualités de sa jument. Trop élégante et trop fine pour être montée par un guerrier — ainsi que Wulfrum l'avait fort justement noté —, Mara ne le cédait cependant en rien aux chevaux de bataille en fait de vigueur et galopait plus vite que n'importe lequel d'entre eux.

Lancée à bride abattue sur le sol bien dégagé, l'animal atteignit en un temps record le bord de la rivière. Elgiva eut ainsi largement le temps d'observer en aval les chiens égarés au sortir des taillis et les cavaliers ralentis par les ronces avant que Wulfrum ne la rejoigne.

— Vous connaissez bien la région ! commenta-t-il comme pour expliquer l'avantage qu'elle avait pris sur lui.

— Quand je n'étais encore qu'une enfant, mon père m'emmenait déjà à la chasse. Je connais depuis longtemps ce chemin sur la hauteur, et le torrent où les animaux viennent boire et se baigner. Ce sanglier est un vieux mâle, les taillis ne ralentissent pas son allure. Vos chiens ne retrouveront ses traces que sur l'autre rive.

Wulfrum hocha la tête en souriant.

— J'admire vos talents aussi bien…

Des aboiements et des cris retentirent soudain tout près. Les chiens avaient traversé le torrent, ils en remontaient le cours sur la rive opposée. Les cavaliers brandissaient déjà leurs lances. Wulfrum et son étalon dévalèrent la pente. Mara voulut les suivre, mais Elgiva la retint. La conclusion de la chasse était une affaire d'hommes, et le spectacle de la curée lui répugnait. Si elle avait eu le temps d'instruire plus complètement son mari des particularités du lieu, elle lui aurait conseillé de ne pas descendre du plateau. Elle ne voyait plus les cavaliers, mais suivait leur parcours à l'oreille. Il ne lui restait plus qu'à les précéder en traversant la moyenne futaie. Avec un peu de chance, la mise à mort aurait lieu au bord du torrent. Alors elle y assisterait depuis la hauteur, sans être incommodée par l'odeur violente de la bête abattue, celle des chevaux ruisselant de sueur, celle des hommes aussi.

Dans la futaie, les troncs étaient espacés et le sous-bois baignait dans l'ombre. A quelque distance, la lueur vive du soleil indiquait la présence d'une clairière dont Elgiva se souvenait pour y avoir attendu son père et ses gens, un jour. Elle s'y trouverait bien. Mara allait au trot, tout heureuse elle aussi de se retrouver dans son élément. Elle accéléra l'allure à proximité du but, entra dans la lumière et sauta sans difficulté le tronc d'un arbre mort.

Mais au moment où elle se recevait sur ses antérieurs, un épais moignon de branche brisée jaillit du sol en tournoyant et s'abattit sur son encolure en même temps que sur le genou de sa cavalière.

Déséquilibrée par le coup, projetée en l'air par la ruade de la jument affolée, Elgiva retomba lourdement sur l'herbe, où elle resta un moment immobile. Quand elle eut repris son souffle, elle se redressa en position assise pour s'assurer de son état. Bien… Tout semblait aller…

Mais quand elle voulut se remettre debout, son genou le lui interdit. Elle aurait une belle ecchymose, le lendemain ! Pour se consoler, il lui suffit de penser qu'elle aurait aussi bien pu se rompre la jambe ou le cou. Si son genou endolori retrouvait de lui-même sa mobilité dans les minutes qui allaient suivre, elle échapperait au ridicule de se faire ramasser par un Wulfrum goguenard.

Déjà calmée, Mara broutait tranquillement l'herbe verte. Elgiva songea qu'en s'aidant des sangles de son harnais elle pourrait se redresser. Elle s'approcha d'elle comme elle le put. Mais au moment où sa main effleurait la bride, elle entendit un froissement dans les fourrés. Mara releva brusquement la tête et s'ébroua en renâclant, toute frémissante. Elgiva suivit son regard et sentit le sang se glacer dans ses veines. Le sanglier de la chasse, un énorme solitaire, était à quelques pas d'elle. Le corps dans l'ombre, le souffle haletant, les soies trempées d'eau et de sueur, la hure baveuse, il se mit à passer sa rage sur le sol, en le labourant de ses défenses pour jeter ensuite à droite et à gauche les mottes de terre qu'il arrachait.

Mara baissa la tête, comme pour permettre à Elgiva de se saisir des rênes, ce qu'elle allait parvenir à faire, mais la jument s'enfuit soudain au galop. Le solitaire releva la hure, et fit une courte charge jusqu'au centre de la clairière. Puis il s'arrêta court et renifla bruyamment, piétina, tourna la tête et s'avisa soudain d'une présence.

Terrifiée par les petits yeux sanguinolents qui la fixaient, Elgiva pensa d'abord à la fureur de Wulfrum, qui ne lui pardonnerait pas de s'être fait déchiqueter par une bête sauvage. En fait d'arme, elle n'avait qu'un ridicule couteau de chasse. Libre de ses mouvements, elle aurait pu courir vers les arbres, tenter d'y grimper…

La bête fit quelques pas et se mit à piaffer. Elle se préparait à charger !

— Ne bougez surtout pas, Elgiva.

Wulfrum entrait dans la clairière, son épieu à la main. Le soleil faisait briller le métal qui en garnissait l'extrémité. Brusquement, ce fut la charge. Il en était encore à assurer sur le sol la base de l'épieu que le sanglier fonçait vers lui. Wulfrum se jeta sur le côté. Elgiva s'épouvanta de voir aussitôt couler le sang, non pas celui du gibier, mais celui du chasseur, qui roula sur lui-même, se redressa sur un genou et présenta la pointe de son arme à son adversaire qui fit demi-tour, et chargea de nouveau. La hampe, tenue très bas et sa base solidement bloquée dans le sol, résistèrent au choc. Atteint au défaut de l'épaule, l'animal s'empala en hurlant, si profondément qu'il s'abattit sur le sol en détachant l'épieu. Puis il se débattit, menaça encore.

Elgiva ne se remit à respirer qu'au moment du dernier spasme, lorsque Wulfrum dégaina sa dague et l'acheva.

— C'est fini, dit-il en se relevant. Vous n'avez rien de cassé ?

Elgiva ne put répondre que d'un signe, au bord de la défaillance. Il lui tendit la main, l'aida à se relever et la prit dans ses bras. Sans s'étonner vraiment de cette découverte, Elgiva s'aperçut qu'elle n'avait plus mal au genou. En revanche, elle tremblait de tous ses membres.

— N'ayez plus peur…

Les yeux fermés, le cœur battant, blottie contre le torse de son mari, Elgiva se sentait anéantie. Dans une sorte de vertige, elle entendait Wulfrum lui murmurer des paroles apaisantes, de celles que l'on murmure à l'oreille des enfants pour apaiser leur chagrin. Elle ne les comprenait pas toutes, mais c'était si doux qu'elle sentit les larmes perler d'abord à ses paupières, puis ruisseler sur ses joues.

Wulfrum s'en émut. Il ne l'avait jamais vue véritablement pleurer. Confrontée aux deuils, aux violences de toutes sortes, Elgiva s'était en chaque occasion montrée assez vaillante pour en triompher. Elle sanglotait, à présent, se libérait de ses peurs, de ses angoisses, des douleurs qu'elle gardait secrètes et qui la rongeaient. Il la serra un peu plus fort contre lui.

Ils restèrent ainsi immobiles, le temps que les larmes d'Elgiva cessent de couler et que son cœur s'apaise.

— Vous m'avez sauvée. Merci…

Des deux mains, elle attrapa son visage et le fit se pencher vers elle jusqu'à pouvoir l'embrasser. Déconcerté tout d'abord, il plongea son regard dans le sien, n'osant croire ce qu'il y lisait. Elle lui donna un deuxième baiser, alors il l'étreignit avec fougue, prit sa bouche accueillante et lui donna la sienne jusqu'à perdre le souffle. Les bras autour de son cou, elle se pressait contre lui, répondait à son ardeur par une ardeur égale. Il en éprouva une sorte d'ivresse. Ce moment, il l'avait si longtemps espéré qu'il se demanda s'il rêvait encore, ou s'il était bien éveillé.

Ils entendirent des cris, des froissements de feuillage. Ils s'écartèrent l'un de l'autre en se souriant, les yeux dans les yeux, le regard plein de promesses.

Puis Elgiva aperçut le sang sur le pourpoint de Wulfrum et ne put retenir un cri.

— Vous êtes blessé !

— Ce n'est qu'une estafilade. Cette brute m'a pris de vitesse au premier assaut.

— Montrez-la-moi…

Comme sa manche était largement déchirée, il suffit à Wulfrum d'étendre le bras pour qu'elle puisse observer la blessure. La plaie était superficielle, mais la chair à vif saignait encore.

— Il faut nettoyer et panser votre bras aussi vite que possible, dit-elle. Dès notre retour, nous nous en occuperons, Osgifu et moi.

Wulfrum n'émit aucune protestation. La blessure commençait à le faire souffrir.

Suivant les chiens, qui les premiers entrèrent dans la clairière, les chasseurs arrivèrent bientôt en nombre. A leur tête, Olaf observa d'abord le couple, puis le sanglier.

— Belle bête, dit-il. Je m'en occupe. Sauf votre respect, madame, vous feriez bien d'aller soigner votre mari. D'habitude, aucun homme n'attaque seul une bête de cette taille-là.

Leur retour à Ravenswood fit sensation. En voyant de loin que le comte était blessé, les guetteurs avaient donné l'alerte. Avant même que Mara et Trakhorst aient franchi la porte fortifiée, des servantes montaient des baquets d'eau chaude et des linges dans la chambre conjugale, sous la direction de la prévoyante Osgifu. Lorsque Wulfrum et Elgiva pénétrèrent dans la pièce, tout était prêt pour les accueillir. Les servantes avaient disparu. Osgifu se retira à son tour, après qu'un regard d'Elgiva l'eut rassurée.

Restée seule avec son mari, elle l'aida tout d'abord à déboucler sa ceinture, puis à se débarrasser de sa tunique et de sa chemise, en piètre état l'une et l'autre.

— Nous allons d'abord nettoyer cette vilaine blessure, dit-elle.

Fier de sa victoire, encore bouleversé par les émotions qui l'avaient précédée, ravi surtout de savoir ses vœux les plus chers exaucés, Wulfrum se sentait comme sur un nuage. Il s'assit sur un tabouret et contempla les mains fines de sa femme, qu'il avait si souvent vue soigner les autres. C'était de lui qu'elle s'occupait à présent. Elle débarrassa son bras du sang séché, lui nettoya la peau. Elle avait repris des couleurs, pendant le trajet du retour, et des mèches blondes faisaient comme un halo autour de son visage, dont il connaissait si bien les contours qu'il pouvait se le représenter, les yeux fermés. Il connaissait aussi le goût de cette jolie bouche, la douceur de ces lèvres maintenant fermées, et ses narines se remplissaient de l'odeur enivrante et subtile de sa peau, de sa chair, de son corps tout entier. Bientôt…

— Les blessures faites par les dents ou les défenses des bêtes sauvages risquent plus que les autres de s'infecter. Je vais devoir verser du vin sur la vôtre, vous éprouverez comme une brûlure…

— J'y survivrai, fit-il avec désinvolture.

Il grimaça pourtant, quand le vin coula. Elgiva avait préparé une compresse de plantes séchées. Elle la mit en place et la fixa sous un pansement bien serré.

— Je la remplacerai dans trois jours, dit-elle.

— Merci, Elgiva. Je me sens déjà soulagé !

— Eh bien, tant mieux !

Ils se tenaient l'un en face de l'autre, souriants mais timides, comme en attente. Wulfrum quitta son siège, prit la main d'Elgiva et l'effleura de ses lèvres. Toutes les fibres de son corps semblaient se souvenir de leur baiser dans la clairière, elles s'animaient, s'éveillaient à d'autres sensations.

Elgiva sentait sa chaleur, son odeur virile. Elle ne vivait plus que portée par le désir de l'avoir tout à elle, de se donner à lui. Elle ferma les yeux. Allait-il l'embrasser ? Il s'éloigna au contraire. Pourquoi ? En entendant la barre de fermeture glisser dans son logement, elle se rassura, mais l'imminence de ce qui allait suivre lui donnait le vertige.

— Je vous ai déjà dit merci, Elgiva. Mais les mots ne me suffisent pas…

Les yeux toujours fermés, elle sentit les mains de Wulfrum sur sa taille. Pendant quelques instants, il demeura immobile, en muette contemplation, puis lui prit soudain les lèvres. Il la sentit frissonner non pas de peur, mais d'émotion, d'attente fébrile. La bouche avide, elle répondit à son baiser avec une gourmandise égale à la sienne. Quand il lui ôta sa ceinture, elle émit une exclamation d'encouragement. Les yeux maintenant ouverts mais le regard perdu, elle était prête à se livrer toute à la folie du moment.

Il la déshabilla, et elle se retrouva nue contre lui, haletante. Il la décoiffa, passa ses doigts dans ses cheveux, les caressa jusqu'à ses reins. Il en prit une poignée et lui tira doucement la tête en arrière pour lui baiser encore la bouche. Quand il la souleva pour la porter jusqu'au lit, elle crut défaillir de bonheur.

Wulfrum se dépouilla rapidement de ses vêtements sans la quitter des yeux. Il l'avait déjà vue nue, il avait déjà effleuré son corps, mais il allait pouvoir l'explorer à présent, en jouir autrement, totalement. D'abord allongé près d'elle, appuyé sur un coude, il parcourut du bout des doigts toute sa peau, non pas dans sa continuité mais par touches légères, passant de sa cheville fine à la splendeur des seins.

Elgiva restait immobile, concentrée sur elle-même et sur les sensations qu'il lui procurait ainsi, paupières et lèvres closes. Quand aucune parcelle n'eut échappé à sa caresse, Wulfrum se déplaça un peu, et prit entre ses lèvres humides la pointe d'un sein. Alors Elgiva s'anima soudain, et tous d'eux s'étreignirent, se caressant de la bouche, des mains, de toute leur peau, jusqu'à en perdre haleine.

A ce délire succéda une autre phase, plus sereine mais plus intense. Allongée sur le dos, Elgiva s'abandonna toute aux lèvres et à la langue de Wulfrum. Et puis il se plaça au-dessus d'elle, lui écarta les cuisses. A la moiteur de sa chair la plus intime, Elgiva sut qu'elle était prête. Le cœur battant, elle sentit le sexe dressé s'y poser, puis venir lentement en elle. Elle en ressentit de la douleur, mais si brève et si exquise qu'elle était déjà une jouissance. Quand le sexe de Wulfrum atteignit le bout de sa course, il entreprit un mouvement d'abord très lent. Gémissant, elle lui enserra les reins de ses jambes et se cambra, pour mieux le sentir en elle. Elle se donnait tout entière, épousait son rythme qui soudain s'accéléra, attisa la jouissance qui les conduisit ensemble jusqu'à l'éruption de la volupté. Leurs cris se confondirent, puis ce fut la paix de l'assouvissement.

Epuisés de bonheur, l'un et l'autre étonnés de ce qu'ils venaient de vivre, ils restèrent un long moment silencieux. Wulfrum replia son bras, pour qu'Elgiva se blottisse au creux de son épaule.

— Dès notre première rencontre, voilà ce que j'ai voulu faire. Mais je ne savais rien de l'amour, c'est vous qui me l'avez appris, Elgiva.

Surprise d'un tel aveu, elle dut le regarder dans les yeux pour voir qu'il était sincère.

— J'avais un peu peur, murmura-t-elle. De vous surtout, mais de moi aussi.

— Jamais je ne vous ferai de mal, Elgiva. Vous le savez.

Il s'appuya sur un coude et la contempla longuement, effleurant de l'index la courbe de sa joue, le dessin de ses lèvres, la ligne de son cou, les rondeurs de ses seins, comme pour en graver dans son esprit le souvenir. Il venait de vivre avec elle une incroyable expérience. Qu'elle soit dotée d'un caractère passionné, il l'avait pressenti. Mais la fougue et la sensualité de son tempérament le laissaient pantois, en même temps qu'elles faisaient ses délices. Dans ses rêves les plus fous jamais il n'avait imaginé une reddition aussi complète, aussi triomphale.

Mais en même temps qu'il jouissait de sa victoire, il découvrait des inquiétudes nouvelles, des préoccupations qu'il n'avait jamais encore ressenties. Elgiva lui avait livré son corps admirable, mais qu'en était-il de son cœur ? Jusqu'à présent, les femmes n'avaient été pour lui que l'agréable exutoire d'une nécessité physique. Il ne les brutalisait pas, ne les forçait pas, mais l'idée de s'intéresser à leurs pensées ou à leurs sentiments ne lui était jamais venue. Il en allait autrement, désormais.

Elgiva allait elle aussi de surprise en surprise. Certaines de ses femmes lui avaient confié qu'après l'amour, les hommes étaient au pire grossiers, au mieux indifférents. Wulfrum n'avait aucun de ces défauts. Il était doux et attentif, au contraire, et elle s'enchantait de cette découverte.

Mais sa façon de faire l'amour dénotait une longue expérience des femmes. N'était-elle que la suivante, après tant d'autres ? Au moment le plus intime, il ne lui avait pas parlé d'amour. Mais pourquoi l'aurait-il fait ? Mariée sous la contrainte pour des raisons politiques, que pouvait-elle espérer ? S'il avait attendu si longtemps pour faire valoir ses droits sur elle, c'est qu'il n'en éprouvait pas la nécessité. Comme il le lui avait dit, le temps jouait en sa faveur. En bon stratège, il avait attendu qu'elle se rende pour mieux jouir de sa victoire.

Et pourtant, elle ne ressentait pas l'humiliation de la défaite. Quel homme était-il, cet ennemi qui savait donner un tel attrait, une telle saveur, à la capitulation ? Le matin même, Wulfrum aurait pu trouver la mort, dans la forêt. Quelques mois plus tôt, cet événement l'aurait comblée d'aise. Or tout avait changé. Rien ne restait plus de la haine qu'il lui inspirait alors. Ce qu'elle éprouvait à présent était d'une nature beaucoup plus préoccupante, car elle ne pouvait plus se cacher la vérité, dénier la tendresse qu'il lui inspirait. Il était déjà assez affreux qu'il soit l'ennemi de son peuple, un conquérant, et qu'elle-même fasse partie de son butin. Mais qu'il se soit aussi emparé de son cœur ! Dans le sien, lui réservait-il seulement une place ?

Chapitre 12

— Il vous a vraiment sauvé la vie ? Quelle aventure ! Racontez !

Elgiva venait de rejoindre Osgifu, qui profitait du beau temps en faisant de la couture en plein air, au pied de la Tour des Dames. La base d'une ancienne muraille de défense, au bord d'un jardinet, leur servait de siège. C'est là qu'elles aimaient se retrouver pour échanger les confidences qui faisaient leur bonheur depuis tant d'années. Osgifu n'avait fait qu'entrevoir Wulfrum blessé, au retour de la chasse.

C'est avec un intérêt soutenu qu'elle écouta le récit détaillé de l'aventure.

— J'ai vu l'animal avant qu'on ait fini de le dépouiller, dit-elle. Pour s'attaquer seul à un tel monstre, il faut qu'il soit fou !

— Il ne l'est pas !

— Mais non, bien sûr, il n'est pas fou. C'est simplement qu'il ne pouvait pas attendre les autres. Mais il n'empêche…

— Si tu l'avais vu, Gifu ! Quelle force et quelle simplicité aussi ! Il trouve tout cela banal, alors qu'il a risqué sa vie pour sauver la mienne.

— Dans certaines circonstances, les hommes vraiment forts ont tendance à minimiser leurs mérites, fit observer Osgifu.

— Tu crois ?

— Bien sûr. Ils font les modestes pour ne pas paraître prétentieux.

Elgiva leva les yeux de son ouvrage et reçut un coup au cœur. Depuis la porte de l'infirmerie toute proche, Wulfrum observait en souriant le spectacle paisible qu'elles offraient toutes deux.

— Je comptais bien vous trouver dans votre lieu de prédilection, dit-il avec bonne humeur.

Elgiva posa son ouvrage sur l'épaisseur du mur, à côté d'elle, et se leva.

— De quoi avez-vous besoin, mon… Wulfrum ?

— Voulez-vous bien me tenir un moment compagnie ? Je suis certain qu'Osgifu ne m'en tiendra pas rigueur.

Osgifu opina de la tête et se retint de sourire. Elgiva, qui la connaissait bien, ne fut pas dupe et se demanda ce qui avait bien pu provoquer ce sourire que l'on voulait cacher. Elle n'eut pas le temps d'approfondir la question. Wulfrum la prenait déjà par la main et l'emmenait avec lui.

Ils marchèrent d'abord en silence. De temps en temps, Elgiva levait sur lui un regard interrogateur. Ils se dirigeaient vers les écuries, semblait-il.

— Nous allons rendre visite à Mara, dit-il, confirmant son impression.

Le poil luisant et la mangeoire bien garnie, la jument avait de toute évidence bénéficié d'un traitement spécial à son retour de la chasse. Elle hennit doucement, comme elle le faisait chaque fois qu'elle entendait le pas de sa maîtresse.

— Voilà qui devrait lui plaire, dit Wulfrum en tirant une pomme de sa tunique. Elle est de l'année dernière, mais Mara ne fera pas la fine bouche, j'en suis certain.

Il avait raison. La jument croqua la pomme sans broncher. Elgiva observa son époux à la dérobée. Elle avait déjà été témoin de cette aptitude à la douceur, à la tendresse chez lui, quand il s'était soucié de consoler Ulric. Il aimait les enfants, il apportait un fruit à un cheval qu'il ne monterait jamais…

La stalle de son étalon se trouvait assez loin, à l'extrémité de la travée. Difficile et ombrageux entre des mains étrangères, l'animal était la docilité même lorsque Wulfrum tenait les rênes. Ils semblaient ne faire qu'un. Sans doute était-ce parce qu'il s'était chargé de le dresser, dès son plus jeune âge.

— Trakhorst vous appartient depuis longtemps ?

— Depuis deux ans. Il était difficile, au début du dressage, et têtu, presque sauvage !

Il songea qu'en cela sa femme et son cheval se ressemblaient, à cette différence que l'étalon lui obéissait à présent sans jamais discuter.

— Il est magnifique.

— Votre jument l'est aussi. Votre père l'a bien choisie.

Elgiva resta un moment silencieuse. Elle n'avait d'yeux que pour Mara, dont elle caressait les naseaux duvetés. Wulfrum ne put s'empêcher de repenser à ce qui s'était passé entre eux à ce même endroit, quelques semaines auparavant. Il ne s'était pas conduit en gentilhomme, ce jour-là. Pourquoi s'était-il cru obligé de donner de lui l'image d'un tyran ? Se pouvait-il que son caractère se soit à ce point modifié, entre-temps ?

— Vous avez toujours l'intention de la faire saillir ? demanda-t-elle enfin.

— Si vous le voulez, naturellement. Elle vous appartient.

En voyant les joues d'Elgiva se colorer, il sut qu'il venait de lui faire plaisir. Mais son regard en disait davantage.

— Merci, Wulfrum. J'aime beaucoup Mara. Je lui attache beaucoup d'importance.

— Je le sais bien.

Elle sentit soudain son cœur battre plus vite. Elle aimait les simples mots qu'il venait de prononcer ; ils lui faisaient du bien. Il s'intéressait à elle, il tenait compte de ses sentiments, il voulait lui plaire. Jamais elle ne l'avait senti aussi humain, aussi proche d'elle.

Elle posa la main sur son bras.

— Mara est pour moi une véritable compagne. Elle me rappelle la bonté de mon père, elle fait mon bonheur, mais ce que vous venez de me dire me rend bien plus heureuse encore, murmura-t-elle.

Violemment ému, Wulfrum se trouva pris de court. Il n'avait pas coutume de provoquer de pareilles émotions, ni d'ailleurs de les ressentir lui-même. Ne sachant que répondre à cette déclaration, il sourit, d'un sourire incertain.

Une fois qu'ils furent sortis de l'écurie, leurs pas les conduisirent au verger. Le ciel était si bleu, la brise si légère qu'ils s'avancèrent entre les arbres sans un mot, jouissant ensemble de la quiétude qui régnait autour d'eux. Des merles picoraient des fruits tombés, d'autres oiseaux gazouillaient dans les branches.

Wulfrum fit halte au pied d'un cerisier et déploya sa cape sur l'herbe.

— Asseyons-nous, Elgiva. Tout est si calme…

Quand elle se fut installée, il lui lâcha la main et se plaça tout près d'elle. Il respirait profondément ; ses yeux allaient d'un point à l'autre du panorama qui s'offrait à eux, tantôt vers les champs cultivés, tantôt vers un bouquet de verdure au milieu des prairies, tantôt vers les granges si bien réparées qu'elles semblaient de construction récente. Rien ne rappelait plus les combats qui s'y étaient déroulés ni leur violence.

Elgiva le voyait de profil. Elle le contemplait avec autant d'attention qu'il en mettait à contempler le paysage.

Comment ne pas admirer un être aussi puissant, au corps aussi souple, au visage aussi bien dessiné ? Le menton arrondi mais volontaire, les pommettes hautes au-dessus du méplat des joues, le nez droit, un peu arrogant, signe d'une forte personnalité, et les lèvres finement dessinées, si sensuelles, si douces, si exigeantes aussi…

Surprise par le cours que prenaient ses pensées, Elgiva sursauta. Il valait mieux qu'elle regarde le paysage, elle aussi. Elle aurait aimé savoir ce qui absorbait ainsi Wulfrum à côté d'elle.

— Comme tout est calme, dit-elle. Le printemps me fait penser à la douceur de vivre.

— C'est vrai. Il fait bon ici, je m'y sens bien. Je pensais justement aux caprices de la destinée, qui a voulu que je m'installe dans ce beau domaine, près de vous. Il y a beaucoup de sorciers, au Danemark, et de diseuses de bonne aventure. Si l'une d'elles m'avait prédit qu'un jour je serais assis sur l'herbe dans mon verger, près de ma femme, en Northumbrie, je ne l'aurais pas crue !

Elgiva se souvint du jour où elle avait dû insister pour qu'Osgifu lise son avenir dans les runes. Il lui semblait perdu dans un passé lointain. La scène avait pourtant eu lieu l'hiver précédent, juste avant l'invasion viking. « Les runes ne mentent jamais », avait dit Osgifu. Elle ne s'était pas trompée dans sa prédiction.

Ils restèrent un long moment sous le cerisier, baignant dans la tiédeur de l'après-midi, si heureux d'être là ensemble que l'idée même de rentrer au château ne leur passait pas par l'esprit. L'un et l'autre conscients de l'importance de ce qu'ils venaient de vivre et de découvrir, ils ne troublaient que rarement le silence, de peur de rompre la magie du bonheur. Ils ne rentrèrent qu'après que le soleil couchant eut embrasé l'horizon.

Lorsqu'ils vinrent s'installer à leur place, sur l'estrade, ils purent constater que les convives ne les avaient pas attendus et que l'ambiance était joyeuse, dans la grande salle. Bien des sourires les accueillirent. Elgiva n'eut aucun mal à en comprendre la signification. On les prenait, non sans raison, pour deux amoureux encore émerveillés l'un de l'autre après un rendez-vous galant.

Un peu embarrassée, elle interrogea son mari du regard, dans l'espoir qu'il lui permettrait de se soustraire à la curiosité générale. Mais il semblait s'en accommoder, et échangeait avec les uns et les autres des plaisanteries.

Devinant sans doute sa gêne, il lui posa la main sur l'avant-bras.

— Restez près de moi, Elgiva.

— Comme vous voudrez, Wulfrum.

Elle avait affecté le ton d'une jeune épouse bien sage, mais il ne se laissa pas prendre à son jeu.

— Quelle modestie ! s'exclama-t-il en riant. Me croyez-vous assez naïf pour vous prendre au mot ?

Plus tard dans la soirée, dans l'intimité de leur chambre, Wulfrum lui fit l'amour. Patient et attentionné, il voulut qu'elle y prenne autant de plaisir que lui-même. Elève désireuse d'apprendre, avide d'expériences nouvelles, elle répondit à ses initiatives avec une chaleur telle qu'en se perdant en elle il se trouva transporté ailleurs, loin de son passé et de toutes les violences du monde. A elle seule, Elgiva était son univers.

Un peu plus tard, en reprenant conscience dans la bienheureuse langueur qui vient après la jouissance partagée, il se mit à rêver à leur avenir. Il avait souvent entendu dire qu'à côté de tous les hommes qui réussissaient se trouvait une femme au caractère bien trempé. Cette maxime lui avait paru longtemps absurde. Il en mesurait le bien-fondé, à présent.

Avec l'aide d'Elgiva, il réussirait mieux que tous les autres, il serait invincible. Aucune des femmes qu'il avait rencontrées, et qui toutes étaient sorties de sa mémoire, ne lui avait donné ce sentiment de puissance.

En assistant à la métamorphose de Ravenswood, qui prospérait sous sa direction, Wulfrum éprouvait un plaisir sans cesse renouvelé et d'autant plus aigu qu'Elgiva s'enchantait devant les champs bien cultivés, le bétail bien soigné et tout le personnel en pleine activité. Wulfrum était un véritable meneur d'hommes, elle n'en doutait plus à présent. Les Vikings de la garnison étaient quotidiennement astreints à l'entraînement militaire. Mais une fois ce devoir accompli, ils participaient bravement à tous les travaux du domaine, si bien que les Saxons, d'abord hostiles puis seulement réticents, finirent par s'habituer à leur présence.

On recevait de temps en temps des nouvelles de l'extérieur. Halfdan régnait sur York et ses environs. Ses troupes et celles d'Hubba et d'Invarr, ses deux autres frères, occupaient tout le territoire de la Northumbrie.

Ces informations n'enchantaient pas les Saxons de Ravenswood mais, ne pouvant refaire l'Histoire, ils se résignaient peu à peu. Au sud de l'Angleterre le royaume du Wessex faisait encore obstacle à l'invasion. Certains Saxons espéraient secrètement une guerre et la victoire des Anglais sur les Vikings. Mais la plupart avaient trop souffert pour souhaiter de nouveaux bains de sang. Elgiva partageait leur avis. Elle souhaitait la paix.

Depuis son étrange apparition au pied de la Tour des Dames, Aylwin n'avait pas redonné signe de vie. Elgiva espérait que cela signifiait qu'il avait décidé de s'éloigner en lieu sûr, comme elle le lui avait conseillé. C'est vers l'avenir qu'elle voulait se tourner maintenant. Vers l'avenir du domaine et vers son avenir d'épouse. Elle secondait pour cela le mari que le destin lui avait donné, régnant sur les dames de la cuisine, les lavandières et l'ensemble de la domesticité.

Wulfrum pour sa part ne commentait pas ses activités mais ne trouvait rien à lui reprocher. Les repas, bien préparés, étaient servis à l'heure. Les serfs savaient ce que l'on attendait d'eux et obéissaient d'autant plus volontiers à la jeune femme qu'ils la connaissaient de longue date. Les bâtiments étaient bien tenus et la grande salle si accueillante qu'à la fin de la journée, les hommes s'y rassemblaient avec plaisir. Tous les Vikings la saluaient et la respectaient. Ses anciens patients échangeaient avec elle des mots aimables, des plaisanteries. Sa réputation n'était plus à faire. Chacun savait qu'en cas de malaise ou d'accident, elle lui viendrait en aide.

Wulfrum s'émerveillait du tour que prenaient les choses. Mariée de force avec un ennemi qu'elle haïssait, sa femme était maintenant la plus aimable des épouses. Elle était si généreuse et si sincère ! Il en était fier.

Vers la fin du mois de juillet, le guetteur annonça l'arrivée d'un groupe de cavaliers au château. Il faisait chaud. A sa place favorite, près du jardinet, Elgiva réparait en compagnie d'Osgifu l'une des chemises de protection que Wulfrum portait sous sa cotte de mailles. Ulric et Pybba jouaient dans l'herbe, près d'elles.

L'alerte lancée depuis le sommet de la plus haute tour n'agita que quelques instants la garnison. Les arrivants ayant déployé le fanion de lord Halfdan, on s'apprêta à les accueillir plutôt qu'à les combattre. Les visites officielles étaient rares. Curieuse d'assister à l'accueil des cavaliers, Elgiva attendit un moment, et vit bientôt des palefreniers emmener à l'abreuvoir une douzaine de chevaux. Laissant ses neveux sous la surveillance d'Osgifu, elle alla aux nouvelles.

En présence de Bradefer et Ida, Wulfrum accueillait les visiteurs. Discrètement, Elgiva donna des ordres pour qu'on leur apporte de quoi boire et une collation. Quand elle revint vers le groupe, elle s'aperçut que l'un des nouveaux venus n'écoutait pas Wulfrum, comme faisaient tous les autres, mais qu'il la regardait avec insistance Sweyn ! Il lui adressa un grand sourire et la salua avec ostentation. Elle se contenta d'esquisser à son intention un bref mouvement de la tête, et reporta son intérêt sur le chef du détachement, un guerrier nommé Thorvald.

— Nous vous remercions de votre accueil, monsieur le comte, disait ce dernier. Lord Halfdan nous envoie auprès de chacun de ses frères pour les informer de la situation du nouveau royaume, les mettre en garde contre certains dangers, et leur faire part de ses intentions.

Conformément à l'usage, des servantes apportèrent des baquets d'eau. Obéissant à l'ordre donné par Elgiva, d'autres sortirent des cuisines des plateaux chargés de pain, de viandes et de fruits.

— Rafraîchissez-vous d'abord et restaurez-vous, leur proposa Wulfrum. Vous parlerez ensuite, en vous reposant des fatigues du voyage.

Les hommes eurent tôt fait de se baigner le visage et les mains. Ils prirent ensuite place autour de la table que l'on venait de dresser, et Thorvald, tout en mangeant, décrivit l'évolution de la situation en Northumbrie. Elgiva, qui se tenait un peu en retrait, ne perdait rien de ses propos, qui ne faisaient que confirmer ce qu'elle pressentait.

Halfdan faisait savoir à ses frères que l'invasion de la Northumbrie était quasiment achevée, que les derniers petits groupes de rebelles avaient été anéantis et que le Danelaw, l'Ordre danois, s'imposait partout.

Elgiva songea qu'en fait Halfdan voulait surtout se poser en homme d'autorité, et qu'il se conduisait déjà comme s'il avait la certitude que ses frères feraient de lui leur futur roi.

Mais elle dut se retenir pour ne pas sursauter, lorsque Thorvald en vint à mentionner Aylwin.

— Son ancien domaine n'est pas loin d'ici, disait-il. Il aurait recruté une vingtaine d'irréductibles et camperait avec eux quelque part dans la forêt qui vous appartient. Ils n'ont aucune chance de vaincre, bien sûr, mais ils peuvent préparer un mauvais coup. Lord Halfdan vous recommande de doubler la garde, aussi longtemps que ces fous n'auront pas été délogés.

— La garde sera doublée dès aujourd'hui, Thorvald, merci du conseil, dit Wulfrum.

— De toute façon, ils ne tiendront pas longtemps, prédit le messager.

— J'en suis certain, et je m'en charge. Mes hommes vont faire des reconnaissances en forêt. Ces gens la connaissent mieux que nous, mais nous pourrons toujours détruire leur campement, et s'ils ont des chevaux ils ne pourront pas toujours les cacher. Olaf, c'est toi qui organiseras l'expédition. Tu partiras demain matin.

— A vos ordres. Il faut ramener des prisonniers ?

— Pourquoi pas ? Mais s'ils résistent, pas de quartier. Vous prendrez les chiens.

Bradefer acquiesça et jeta un coup d'œil à Ida, que la perspective d'une traque semblait remplir d'aise.

— J'ai gardé l'essentiel pour la fin, ajouta Thorvald, sans doute soucieux de ménager ses effets. Lord Halfdan tiendra conseil au début de l'automne. Il veut que tous les comtes y assistent.

— En quel lieu ?

— A York.

— J'y serai.

Elgiva s'empressa de rejoindre Osgifu pour lui faire le récit de ce qu'elle venait d'entendre.

— Il faut absolument prévenir Aylwin de ce qui se prépare !

— Vous ne pouvez pas prendre un tel risque, madame !

— Il n'est pas question que j'y aille moi-même, mais je peux lui transmettre un message.

— Par quel moyen ?

— Je suis persuadée que Leofwine est resté en contact avec eux et qu'il les ravitaille. Il connaît trop bien Brekka pour l'abandonner. Si je leur fais savoir ce qui se prépare, ils pourront déplacer leur campement, effacer leurs traces, et aller se réfugier très loin.

— Qu'Aylwin s'en aille, en effet, c'est ce qu'il a de mieux à faire. Mais espérons que Wulfrum n'apprenne jamais que vous l'avez trahi.

Elgiva protesta vigoureusement.

— Je ne le trahis pas ! J'avertis seulement ces malheureux du danger qui les menace, parce que je trouve que l'on a déjà versé trop de sang !

— Je pense qu'il ne verrait malheureusement pas les choses de cette façon, fit observer Osgifu.

— Tu ne m'apprends rien, mais pour rien au monde je ne me rendrai complice d'un massacre. Va voir Leofwine, Gifu, je t'en prie. Quand le moment sera venu de faire rentrer les enfants, j'irai travailler au laboratoire, en t'attendant. Je n'ai guère envie de revoir ce Thorvald et sa bande avant le repas du soir.

Vers la fin de l'après-midi, lasse d'être restée enfermée au milieu de ses plantes et de ses onguents, Elgiva décida d'aller prendre l'air du côté des écuries, la partie la moins fréquentée du château à cette heure. Il faisait chaud, l'air sentait bon les fleurs sauvages et le foin coupé. Elle reconnut Mara, qui broutait dans une prairie en compagnie de juments et de hongres, mais pour une fois, elle ne s'arrêta pas à contempler les chevaux. Par la pensée, elle suivait Osgifu, qui avait sans doute transmis le message au forgeron, lequel avait à son tour dû prévenir les rebelles de l'expédition qui se montait contre eux.

Elle se rappela les reproches qu'Aylwin lui avait adressés, lors de leur dernière rencontre, reproches qui l'avaient profondément blessée, d'autant qu'ils étaient fondés. Elle n'avait pas l'intention de rompre son mariage, en effet, maintenant encore moins qu'à ce moment-là, et jamais elle ne quitterait Wulfrum en faveur de son ancien fiancé.

C'était un homme courageux et digne, indiscutablement, mais il ne lui inspirait que du respect. A l'égard de Wulfrum il en allait tout autrement. Quand elle se trouvait en présence de l'ami de son père, aucun frisson ne la parcourait, aucun élan fiévreux. Quand elle lui touchait la main, toujours par obligation, aucune chaleur ne remontait au long de son bras.

Les baisers de Wulfrum l'enflammaient, au contraire. Elle préférait ne pas penser à ceux qu'aurait pu lui donner son ancien fiancé, qui d'ailleurs avait fait montre d'une bienheureuse retenue en ce domaine. Il s'était attaché à elle, sans doute. Mais elle ne pouvait répondre à ses vœux. Certains hommes inspirent la passion, d'autres pas, telle est la loi de la vie. Elle appartenait à Wulfrum et s'en trouvait bien, maintenant.

Elle longea le manège où l'on dressait les chevaux et poursuivit sa promenade jusqu'à son cher verger, lieu idéal de repos en cette saison. Elle s'assit sur le tronc d'un vieux noyer foudroyé, abandonné sur place. Devant elle, le soleil posait sur l'herbe drue, comme vernissée, des reflets irisés.

L'apparition d'une ombre lui arracha une exclamation de surprise. Quand elle eut levé les yeux, ce fut un cri d'effroi.

— Aylwin !

Elle ne l'avait pas entendu venir. L'herbe avait étouffé ses pas. Il portait la même défroque de serf que l'autre fois.

— Vous êtes fou, murmura-t-elle dès qu'elle eut repris contenance.

— Il fallait que je vous voie encore une fois, Elgiva…

— Vous êtes fou, répéta-t-elle en regardant à droite et à gauche, vers les bâtiments surtout, pour s'assurer que personne n'était en vue. Si on vous aperçoit…

— Je tenais à vous remercier de l'avertissement que vous m'avez envoyé et je voulais aussi…

Il cherchait ses mots.

— Je voulais vous présenter mes excuses. Je regrette profondément les paroles qui m'ont échappé, l'autre jour. Des paroles amères, injustes, indignes d'un gentilhomme. Vous ne pouvez imaginer combien de fois depuis je me suis maudit de les avoir prononcées.

— Tout cela est oublié, Aylwin…

Dans sa hâte de le voir partir, elle lui parlait sèchement.

— Comme vous êtes généreuse, et courageuse aussi ! En me faisant connaître les intentions de ces bandits, vous avez pris de grands risques.

— Au lieu de me faire des compliments vous feriez mieux d'aller vous mettre à l'abri, et de disparaître avec vos hommes, avant qu'il ne soit trop tard.

Allait-il donc comprendre qu'à chaque instant, il risquait de les mener tous deux à la catastrophe ?

— Rappelez-vous que Ravenswood se trouve sur la route du Nord, insista-t-elle. Comme le château occupe une position stratégique, les Vikings sont bien résolus à ne pas s'en laisser défaire !

— Je ne suis pas fou. Je n'ai pas l'intention de les attaquer en bataille rangée, du moins pas encore. Ils sont trop nombreux, mais nous allons recevoir des renforts. En attendant, nous les harcèlerons, leur rendrons la vie impossible. Jamais ils ne nous débusqueront, dans la forêt !

— Ils vous massacreront, Aylwin.

— Je vous l'ai déjà dit, Elgiva. Je n'ai pas l'intention de leur abandonner ce qui m'appartient. J'ai eu tort de vous accuser, l'autre jour. Venez avec moi dès à présent, abandonnez l'usurpateur. Je connais tous les recoins de la forêt, toutes ses grottes, toutes ses caches. Vous y serez à l'abri. Le Viking ne vous retrouvera pas.

— Où que j'aille, de gré ou de force, Wulfrum me retrouvera. Je suis sa femme, comprenez-le, enfin !

Il la saisit brusquement par le poignet, se refusant à entendre.

— Je sais que vous redoutez sa colère, à juste raison, mais je veux l'empêcher de vous faire du mal !

— Sa colère ne retomberait pas seulement sur moi, Aylwin, mais sur beaucoup d'autres.

— Tant pis s'il faut les sacrifier ! Quel que soit le prix à payer, je l'assume.

— Ce que vous dites me fait horreur !

Elle voulut lui retirer sa main, mais il resserra son emprise et son regard se fit menaçant.

— Tous les prétextes vous sont bons pour me contredire ! Vous tenez donc à lui ?

— Ne perdez pas de temps en discussions inutiles… Partez avant que l'on vous voie, en train de me rudoyer surtout !

Il jeta un rapide coup d'œil en direction des bâtiments et la lâcha.

— Pardonnez-moi, Elgiva, je n'avais pas l'intention de vous chercher querelle. Je vous laisse pour le moment. Mais bientôt viendra le jour où je tuerai de mes propres mains le Viking, le jour où je vous rendrai la liberté !

— Vous n'en êtes pas capable, dit-elle au risque de le blesser.

— Halfdan m'a donné des idées.

— Comment cela ?

— Je préfère ne pas vous mettre dans le secret, pour vous laisser le plaisir de la surprise, quand vous n'aurez plus qu'à célébrer ma victoire. J'ai appris que votre Viking doit se rendre à York, cet automne. La victoire est proche ! Je vous laisse, à présent. A vous revoir, ma chère !

— Ne partez pas… J'aimerais bien savoir comment vous allez vous y prendre.

Il sourit de contentement, et secoua la tête en faisant quelques pas en arrière.

— A vous revoir, Elgiva !

— Aylwin ! Attendez !

Mais il courait déjà entre les arbres. Le cœur battant, elle le suivit des yeux jusqu'à ce qu'il ait disparu. Massant son poignet endolori, elle s'efforçait de résister au mouvement de panique qui la menaçait. Aylwin s'obstinait dans son projet insensé. Elle parcourut des yeux le paysage, pour s'assurer qu'aucun témoin ne les avait observés, et, ne voyant personne, soupira de soulagement.

Aylwin avait pris des risques en venant la surprendre à proximité du château. Elle s'était trompée en le considérant comme un homme raisonnable et pondéré, soucieux de mettre fin à sa solitude par un mariage qui servait ses intérêts et augmentait son influence dans la région. Il fallait que ses sentiments pour elle soient bien forts pour que la jalousie et le désir de vengeance lui fassent perdre la tête. A quelles catastrophes allaient le mener ses obsessions ? Par une cruelle ironie du sort, l'initiative qu'elle avait prise afin de le protéger se retournait contre elle. Il ne chercherait pas le salut dans la fuite. Sa détermination se trouvait au contraire renforcée.

En sortant du verger, elle eut l'extrême déplaisir de rencontrer Sweyn. Il semblait l'attendre et la détaillait sans vergogne.

— Quel heureux hasard, Elgiva ! On dirait que le mariage vous réussit…

— Merci du compliment, répondit-elle sèchement.

Elle voulut le contourner. Il lui bloqua le passage.

— Vous m'avez manqué, madame.

— Vraiment ?

— J'essaye de ne plus penser à vous, mais je n'y parviens pas.

— Faites encore un effort !

— Quelle froideur, Elgiva !

— Il faut vous y faire.

— Froide, vous ne l'êtes pas avec tout le monde, il me semble. Avec l'homme qui vient de vous quitter, par exemple…

— C'est un de nos serfs.

— Un serf ? Vraiment ?

— Pour qui vous prenez-vous ? Je n'ai pas à me justifier !

— Mais à votre mari ? Que penserait-il de ce petit tête-à-tête ?

— Allez donc le lui demander ! Vous en profiterez pour lui apprendre que vous, Sweyn, avez eu l'audace de m'empêcher de passer pour me demander des comptes.

Elle avait frappé juste. Il marqua le coup et se renfrogna, à la recherche d'une échappatoire.

— Tout cela m'est égal, déclara-t-il finalement en prenant un air désinvolte. Abaissez-vous à bavarder avec des paysans, cela vous regarde…

— A Ravenswood, nous avons l'habitude de prendre soin de nos gens. Si cela pouvait vous servir d'exemple…

Sur ce trait, elle se disposait à forcer le passage, mais il la retint par le bras.

— Je prendrais soin de vous, Elgiva, si vous m'en donniez l'occasion, dit-il sur un tout autre ton, presque tendre.

La proposition était tellement incroyable qu'elle en demeura d'abord interdite.

— Débarrassez-moi de votre présence, Sweyn ! lui ordonna-t-elle enfin. Je suis la femme de Wulfrum et il n'est pas homme à tolérer qu'on porte la main sur moi.

— Vous croyez qu'il me fait peur ?

— Vous êtes trop stupide pour avoir peur. Le fait est que j'ai déjà vu couler trop de sang, ces derniers temps. Je n'ai pas même envie de voir couler le vôtre. Lâchez-moi, maintenant.

Dans son regard y avait-il de l'admiration ? On aurait pu le croire. Il lui lâcha le bras. Elle put enfin s'éloigner vers le château, bien consciente qu'il la suivait des yeux.

Elle regagna directement sa chambre et se jeta sur son lit, pour tenter de remettre de l'ordre dans la tempête des émotions qui l'assaillaient. Les deux rencontres qui venaient d'avoir lieu l'avaient perturbée, et il fallait qu'elle retrouve son calme avant de revoir Wulfrum, qui lui rendait la vie impossible en cas de soupçon. Elle ne souhaitait ni revoir Sweyn avant son départ, le lendemain, ni jouer pour eux son rôle de châtelaine pendant le repas du soir.

Elle se réveilla en sursaut un peu plus tard. Wulfrum était là qui la regardait, le visage inquiet.

— Comment vous sentez-vous, Elgiva ?

Elle se souleva péniblement sur un coude. L'esprit embrumé, elle ne savait pas bien où elle se trouvait.

— J'ai un peu mal à la tête, c'est tout.

Wulfrum, qui la trouvait bien pâle en effet, s'assit au bord du lit pour la regarder de plus près. Il lui posa la main sur le front, s'attendant à la trouver fiévreuse, mais au contraire, elle avait la peau plus fraîche que de coutume. Il la priva délicatement de son appui en lui rabattant le coude pour que sa tête vienne se reposer sur l'oreiller et la couvrit de la plus confortable des peaux tannées.

— Restez couchée et reposez-vous, murmura-t-il. Je vais vous envoyer Osgifu.

— Ce n'est pas la peine, Wulfrum, un peu de sommeil me suffira.

— Comme vous voudrez, dit-il sans insister.

Il se pencha pour effleurer des lèvres sa joue avec tendresse. Elgiva brûlait d'envie de se jeter à son cou, de se réfugier entre ses bras pour qu'il la réconforte, mais elle craignait qu'un pareil élan n'éveille ses soupçons. Elle se sentait bien malheureuse. Il regagna la porte, s'arrêta avant de la franchir pour lui adresser un regard. Il semblait préoccupé.

— Reposez-vous, répéta-t-il en souriant.

Puis il la laissa seule. Elle retint les larmes qui lui montaient aux yeux. Elle se sentait à la fois soulagée et coupable. S'il venait à apprendre que par deux fois Aylwin était venu la voir, la fureur de Wulfrum n'aurait pas de limites. De la part de Sweyn, elle n'avait rien à craindre. Il s'était aisément laissé convaincre.

Elle soupira. Elle se trouvait empêtrée dans un tissu de mensonges. Mais comment aurait-elle pu l'éviter ? Parler, c'était trahir Aylwin. Ne pas parler, trahir Wulfrum. Car il était en droit de considérer son silence comme une trahison. Naguère, elle s'en serait moquée. Mais à présent, elle attachait une grande importance à la bonne opinion qu'il se faisait d'elle.

Mieux que cela, c'est en lui que reposaient toutes ses espérances. Il était avare de paroles, mais sa façon de se comporter, ses attentions, toute son attitude laissaient supposer un véritable attachement pour elle. Elle aurait aimé croire qu'il lui avait donné son cœur, comme elle lui avait donné le sien.

Elle se dévêtit, fit sa toilette et se brossa les cheveux. Les rites quotidiens avaient quelque chose d'apaisant, et elle finit par retrouver son calme. De la grande salle montait une rumeur joyeuse. Les hommes parlaient fort et riaient sans retenue. Mentalement, elle se représenta Wulfrum parmi ses hommes et pour la première fois leur fut reconnaissante d'être là. Avec Olaf Bradefer près de lui, Wulfrum n'avait rien à redouter. Elle se sourit à elle-même, se mit au lit, tira la peau de loup sur elle et s'endormit.

Que s'était-il passé ? Un homme avait porté la main sur elle, un homme lui avait fait mal, et il n'en avait rien su ! Dans un premier mouvement, il faillit la réveiller pour exiger d'elle des explications. Mais il était tard, et elle dormait si bien. Il reporta au lendemain le moment de l'interroger.

Il se dévêtit et se mit au lit, mais resta longtemps éveillé, trop ému par ce qu'il venait de découvrir pour trouver le sommeil. Il fallait que l'auteur de ces meurtrissures soit vigoureux et la plupart l'étaient, à Ravenswood. Il était certain, cependant, qu'aucun de ses hommes n'aurait osé s'en prendre à elle, non par crainte d'une sanction, mais parce que tous, ils la respectaient. Les serfs et les paysans étaient hors de cause également.

Alors qui ?

Un rayon de soleil réveilla Elgiva. Elle s'étira paresseusement et repoussa de son visage ses cheveux en désordre. Elle sentit tout près d'elle la chaleur de Wulfrum, et sourit. Elle ne l'avait pas entendu se coucher. Elle tourna la tête vers lui et s'aperçut qu'il ne dormait pas. Appuyé sur un coude, il l'observait, l'air sévère et contrarié. Que se passait-il ? Quel jour était-on ? Jour de chasse et il s'impatientait ? Elle sortit du lit au plus vite, tout en s'excusant.

— Wulfrum, je...

D'une main il l'interrompit dans son élan, la contraignit à reposer sa tête sur l'oreiller.

— Rien ne presse, Elgiva, sauf la réponse que vous allez me donner.

— A quelle question ?

— Qu'est-ce que c'est ?

Il lui souleva l'avant-bras. Elgiva vit avec horreur que les ecchymoses de son poignet, loin d'avoir disparu pendant la nuit, avaient pris une couleur plus foncée.

— Je... Hier, j'ai dû me heurter le poignet par maladresse, mais je ne sais pas en quelle circonstance.

Le regard de Wulfrum s'enflamma.

— Ne me prenez pas pour un imbécile ! Entre une trace de coup et cinq traces de doigts, je sais faire la différence ! C'est un homme qui a laissé sur vous ces marques, et vous allez me dire son nom.

Aylwin multipliait décidément ses maladresses.

— Vous vous trompez, Wulfrum...

— Ne me mentez pas. Dites-moi son nom.

— Cela n'a aucune importance !

— C'est à moi d'en décider.

— Il s'agit d'une bêtise, mieux vaut ne pas en parler.

Il devint soudain blême. Pour que sa femme lui oppose une telle résistance, il fallait que l'affaire soit plus grave encore qu'il ne l'avait imaginé.

— Vous protégez quelqu'un, Elgiva. Vous avez un amant !

— Quoi !

D'indignation, elle avait crié, et se trouvait maintenant assise, le buste droit parmi les peaux tannées, incarnation de la colère. La méprisait-il assez pour la croire capable d'une telle indignité !

— Vous devriez avoir honte de ces paroles. Je vis continuellement sous votre surveillance, entourée de vos gardes. Si j'avais un amant, ils s'en amuseraient bien, sans doute. Mais non, bien sûr, puisqu'ils seraient trop contents de me dénoncer !

Evidemment ! Wulfrum regretta son emportement et sa maladresse. Pourtant le mystère demeurait entier.

— Vous allez me dire la vérité, Elgiva ! Sinon, craignez ma colère ! De gré ou de force, vous parlerez !

C'en était trop. D'un bond elle se mit à genoux, menaçante.

— Battre une femme ! Voilà bien des mœurs de sauvages ! Sweyn et vous, vous sortez en vérité de la même porcherie !

— Sweyn ! C'est lui qui a porté la main sur vous ?

Malgré sa colère, Elgiva se sentit soulagée. Elle le tenait, son coupable.

— Qui voulez-vous que ce soit d'autre ? Il n'a pas oublié de quelle façon je lui ai échappé, le premier jour.

— Il vous a… Il vous a fait violence ?

— Non. Il m'a seulement serré le poignet.

— Vous ne m'en avez rien dit. Pourquoi ?

— Parce que je ne voulais pas que vous vous battiez.

— Méprisez-vous à ce point mes talents à la lutte ou à l'épée ?

— Non. Mais Sweyn est un être sournois, un tricheur. J'ai eu peur que vous…

Elle se tut, la voix brisée, et se détourna de lui. Il la prit par les épaules pour l'obliger à lui faire face.

— Vous aviez peur de quoi ?

— Que vous soyez blessé, ou tué peut-être, répondit-elle, des larmes dans les yeux.

— Je suis plus fort que lui.

Il se prévalait de la confiance qu'il mettait en lui-même. Il n'était pourtant pas à l'abri d'une blessure.

— Si j'étais tué ou blessé, vous auriez du chagrin ?

— Bien sûr !

— Pourquoi ?

Comme elle ne répondait pas, il lui prit le menton.

— Regardez-moi dans les yeux, Elgiva. Pourquoi ?

Elle s'obstina à tenir ses paupières baissées, et rougit de plus belle. Il fallait qu'il insiste.

— Allons, ma femme, répondez-moi.

— Parce que vous êtes mon mari et que mon devoir me le commande.

— Pas de faux-fuyants entre nous, s'il vous plaît.

Elle vit entre ses cils qu'il souriait.

— Parce que si vous étiez tué, je risquerais de tomber entre les griffes de Sweyn ou d'un autre.

— Il en aurait, de la chance ! Rassurez-vous, nos invités sont partis à l'aube, Sweyn avec eux.

— Il est parti ?

— Oui, mais je lui ferai payer son insolence. Il ne perd rien pour attendre.

Elgiva hocha la tête et dans la seconde qui suivit, elle se retrouva sur le dos, immobilisée sous le corps puissant de son mari.

— Wulfrum !

— Vous n'avez toujours pas répondu à ma question, lui rappela-t-il.

— J'y ai déjà répondu ! protesta-t-elle. Vous savez tout ce que vous devez savoir.

— C'est bien vrai ?

— Wulfrum, vous m'étouffez. Laissez-moi !

— Non.

De toutes ses forces elle tenta de le repousser. Solide comme le roc il ne fit qu'en rire, et lui vola un baiser.

— Répondez à ma question. Pourquoi auriez-vous du chagrin ?

— Jamais de la vie !

Il lui baisa de nouveau la bouche, plus longuement cette fois, puis prit un air menaçant.

— Vous m'avez injurié tout à l'heure, il me semble. Vous ai-je bien entendu me traiter de « sauvage » ?

— Je me suis trompée, pardonnez-moi, dit-elle en faisant semblant de se débattre.

— Vous ne vous êtes pas trompée du tout. vous allez en savoir quelque chose !

Chapitre 13

L'expédition promise à Thorvald eut lieu le jour même de son départ. En faisant son rapport tard dans la soirée, Olaf Bradefer se montra rassurant.

— Nous avons trouvé les traces d'un campement, mais il était depuis longtemps abandonné. A mon avis, ces insoumis sont déjà loin.

Mais Wulfrum restait circonspect.

— Nous allons organiser des patrouilles régulières et doubler la garde, pour plus de sûreté.

— Combien seraient-ils, s'ils s'étaient assez bien cachés pour nous échapper ? Une dizaine ? Vingt tout au plus ? A peine sortis du bois, ils n'auraient qu'à se rendre. En face de toute une garnison, une poignée de rebelles ne peut rien. Il n'y a pas de crainte à avoir.

— Je les craindrai d'autant moins que je prendrai mes précautions. Ouvrons l'œil, Olaf !

Elgiva ne perdait rien du dialogue. Elle se sentait à la fois soulagée et coupable. Soulagée parce qu'Aylwin, malgré sa folie, avait fini par tenir compte de ses conseils. Mais coupable de dissimulation à l'égard de son mari, qui la choyait chaque jour davantage.

— A propos, dit Wulfrum à la jeune femme quand Bradefer fut sorti, vous cesserez d'herboriser en forêt, Osgifu et vous, aussi longtemps que cette affaire ne sera pas tout à fait éclaircie.

Du point de vue des remèdes, l'interdiction n'avait guère d'importance, car les réserves étaient tout à fait suffisantes. D'un point de vue personnel, elle aurait peut-être fait de mauvaises rencontres, en s'aventurant dans les bois. Les Saxons irréductibles ne risquaient-ils pas de l'accuser de trahison, ou de compromission ?

Pendant plusieurs jours, rien d'alarmant ne se produisit. Bradefer et Ida, qui menaient les patrouilles, les estimaient de plus en plus ouvertement inutiles. Les rebelles s'étaient repliés hors de la zone contrôlée par les nouveaux maîtres, si toutefois il y avait jamais eu des rebelles dissimulés dans les alentours et décidés à entreprendre une action.

Mais lorsqu'un beau matin on s'aperçut que deux brebis avaient disparu et que la piste des voleurs se perdait en forêt, Olaf et Ida durent admettre que Wulfrum avait eu raison de maintenir les patrouilles. Ils étaient l'un et l'autre d'autant plus mécontents de le reconnaître qu'ils considéraient non sans raison l'exploit comme un affront personnel.

La semaine suivante, un nouveau défi leur fut lancé. Il manquait un bouvillon dans son pacage, au petit matin.

Pendant la nuit, les équipes de surveillance entreprirent alors de se déplacer non plus à heure fixe mais à des moments aléatoires.

— A mon avis, suggéra Bradefer au bout de quelques jours, les gens de la forêt ne peuvent pas en sortir. Ils ont certainement des complices ici même, qui sont les véritables voleurs et qui les ravitaillent. Sur place, il n'est pas difficile d'assister au départ de la patrouille et à son retour. Dans l'intervalle, un garçon dégourdi peut fort bien emmener une bête, quitte à ne revenir qu'au matin, feignant une activité qui l'aurait conduit en dehors de l'enceinte.

— Tu dois avoir raison, concéda Wulfrum. Nous n'allons pas modifier nos habitudes, mais surveiller aussi les déplacements du personnel, serfs et garçons d'étable surtout. Quand nous aurons trouvé le coupable, il regrettera d'être né !

Elgiva n'entendit pas cette menace sans appréhension. Mentalement, elle passa en revue la liste des serfs, des employés et des paysans, qu'elle connaissait presque tous par leur nom. Aucun ne semblait plus suspect que les autres. Mais elle savait bien que la plupart ne se soumettaient au nouvel ordre établi que forcés et contraints. Plusieurs d'entre eux avaient dû s'entendre pour organiser l'enlèvement d'Aylwin, presque mourant au moment du fait. Les rebelles disposaient-ils à l'intérieur de Ravenswood des services d'un groupe de complices organisé ? Etaient-ils beaucoup plus nombreux que les Vikings le supposaient ?

Pendant le repas du soir, Elgiva, un peu lasse, se tint sur son quant-à-soi, observant son mari, qui se montrait d'excellente humeur, plaisantait et riait avec ses hommes, un hanap à la main. De temps en temps, il lui jetait un coup d'œil et lui souriait, éveillant chaque fois dans son cœur la même émotion. Elle savait qu'un peu plus tard, ils seraient seuls dans leur chambre et qu'ils feraient l'amour. « Vous y viendrez. » Il était sûr de son fait en cette époque déjà lointaine, sans doute parce qu'il connaissait bien les femmes.

Il fallait qu'il en ait rencontré beaucoup, pour avoir acquis tant d'expérience. A quoi ressemblaient-elles, ces autres femmes qui l'avaient précédée ? Se souvenait-il de certaines d'entre elles avec émotion ou nostalgie ? Il n'en parlait jamais. Les avait-il au contraire toutes oubliées ? Elle chassa de son esprit ces questions oiseuses qui lui faisaient honte. A quoi bon se soucier du passé ? Elle était son épouse, à présent, la seule, et chaque soir, dans leur grand lit, ils jouissaient l'un de l'autre.

***

Elle quitta assez vite la table, le repas terminé, et monta la première dans leur chambre. Elle se déshabilla, fit sa toilette et alla chercher la fraîcheur à la fenêtre. La brise s'était levée. A l'ouest, des nuages sombres et menaçants se rassemblaient, annonciateurs d'un orage. Des éclairs lointains les parcouraient. Elle jouissait du spectacle grandiose, tandis que la brise déplaçait des mèches sur son cou et lui rafraîchissait la peau. Elle n'avait pas pris la peine d'allumer une lampe, car la nuit n'était pas tout à fait tombée.

Elle se tint là un certain temps, admirant la splendeur du ciel où bientôt se déchaînerait la violence des éléments. Le tonnerre gronda, tout près. Un éclair illumina la cour, révélant la présence d'un homme qui courait en direction des étables et des écuries. Sans doute avait-il l'intention de s'y réfugier. Il y eut encore un éclair. Le coureur avait fait halte et regardait autour de lui.

Un instant plus tard le feu du ciel l'éclaira encore. Elgiva le reconnut. Drem ! Il n'avait rien à faire dans la cour à cette heure, pas plus qu'auprès de bêtes. Lorsque le ciel s'illumina encore, il avait disparu. Elle attendit de le revoir, mais en vain. Elle s'était trompée, sans doute. Elle n'avait pas eu le temps de l'identifier vraiment. Elle aurait vu l'un des gardes qui lui ressemblait, c'était la seule explication possible.

La brise souffla plus fort et une odeur de brûlé lui parvint soudain. Puis elle entendit un cheval hennir. Elle scruta l'enceinte et vit une lueur, non pas aveuglante et fugitive, mais permanente et sournoise. Il y avait le feu dans le chaume qui couvrait l'écurie.

Elle bondit sur son manteau, dévala l'escalier plus vite qu'elle ne l'avait jamais fait et se rua dans la grande salle, où les convives se trouvaient encore.

— Il y a le feu à l'écurie !

Tétanisés par l'apparition d'une furie blonde aux cheveux épars, grossièrement enveloppée d'une cape qui laissait voir le haut de sa chemise, tous les hommes présents ne réagirent qu'avec un temps de retard.

— Wulfrum !

Il fut le premier sur ses pieds, mais elle le précéda en passant par la porte étroite, toute proche. Derrière elle, dans la cour, elle entendait maintenant les cris et les appels des hommes qui accouraient, mais plus rapide qu'eux, elle entra la première dans l'écurie. Les chevaux affolés piétinaient et hennissaient. Un tas de foin brûlait déjà au bout de la rangée des stalles. Celle de Mara en était proche.

Presque aveuglée par la fumée, les poumons douloureux, Elgiva détacha sa jument, qui tremblait de tout son corps, et voulut la pousser en arrière. Mais Mara, paralysée de terreur, s'y refusa. Tout autour, la fumée devenait plus épaisse, des fragments enflammés se détachaient du toit. Trakhorst ruait, un peu plus loin. Partout on entendait les cris que poussaient ceux qui étaient entrés libérer les chevaux. Elgiva défaillait presque.

— Sortez vite, lui ordonna Wulfrum en la tirant par le bras.

Il se dépouilla de son pourpoint, en enveloppa la tête de Mara et la poussa en arrière. Alors seulement la jument voulut bien reculer et se laisser mener vers la porte. Elgiva la tenant à la bride, la main sur son encolure, Wulfrum les poussant toutes les deux.

A l'extérieur régnait une folle agitation. Une fois parvenue au grand air, Elgiva débarrassa Mara de ce qui l'aveuglait et tendit sans se retourner le pourpoint à son mari.

— Je le lui rendrai quand il sera sorti ! lui cria Ida, car dans le vacarme ambiant, plus personne ne s'entendait.

Elle sursauta. La main sur la croupe de la jument, Ida,

qui semblait s'être battu, tâchait maladroitement de prendre un air rassurant.

— Trakhorst ne voulait pas m'obéir, alors Wulfrum a pris ma place, expliqua-t-il.

Les yeux larmoyants, Elgiva se retourna vers l'écurie. Le chaume enflammé s'écroulait, dans la partie la plus lointaine, des poutres en feu crépitaient. Terrorisée, la gorge sèche, elle ne voyait plus que la porte béante d'où sortait de la fumée. Si l'étalon s'affolait, il risquait de blesser son maître d'une ruade. Qu'adviendrait-il alors ? La fumée étoufferait Wulfrum, il mourrait dans d'atroces souffrances. Cela ne pouvait être !

Elle s'élança vers la porte, mais Ida la retint fermement.

— N'y allez pas, madame !

— Wulfrum n'est pas sorti. Lâchez-moi !

Elle se débattit avec rage. Ida lui prit d'une main les deux poignets et la tint à distance, pour éviter ses coups. Le chaume s'embrasait de plus belle. Wulfrum ne sortirait donc jamais ? Elle l'imaginait, luttant contre son grand cheval, des flammes tout autour d'eux. Désespérée, elle parvint à se tordre sur elle-même, à frapper du coude celui qui la retenait.

— Il faut que j'y aille. Wulfrum !

— Faites excuse, dit Ida en l'emprisonnant tout entière entre ses bras, membres collés au corps.

Autour d'eux, on ne s'occupait plus des chevaux à calmer ou des flammes à éteindre. Tous se taisaient, immobiles, en attente eux aussi, les yeux fixés sur la porte. Quand la fumée s'épaissit, chacun retint son souffle et Elgiva poussa un cri déchirant.

Comme appelé par ce cri, Wulfrum apparut alors, couvert de cendre et de suie, appuyé sur Trakhorst, moins fringant que de coutume, mais indemne. Elgiva, aussitôt libérée par Ida, se précipita vers lui.

— Wulfrum, enfin vous !

Il ne put d'abord lui répondre, car il suffoquait, même en plein air. Il lui fallut bien un moment pour chasser de ses poumons l'air vicié et reprendre sa respiration. Les deux bras autour de sa taille, la tête contre son torse, Elgiva pleurait de bonheur. Elle entendit comme dans un rêve la voix d'Olaf qui annonçait à Wulfrum qu'aucun cheval n'avait péri, mais qu'il était impossible de maîtriser l'incendie.

La chaleur était telle que tous les témoins durent s'éloigner pour assister, impuissants, au spectacle effrayant des flammes qui montaient dans la nuit vers le ciel lourd de nuages noirs. Une poutre s'effondra, entraînant la chute de toutes les autres. En quelques instants, l'ancienne écurie ne fut plus qu'un épais lit de braises.

Un coup de tonnerre assourdissant déclencha — mais trop tard — un véritable déluge. Wulfrum entraîna Elgiva jusqu'au château. Une fois passée la poterne triple, il fit halte au pied de l'escalier, et la considéra de la tête aux pieds, sans lui lâcher la main.

— Vous êtes charmante ainsi, mais peut-être…

Elgiva jeta un coup d'œil sur sa mise et se fit horreur. Sa cape salie et chiffonnée, mise de travers et trempée d'eau, faisait d'elle un épouvantail.

— Je vous laisse avec vos hommes…

Et elle s'enfuit dans l'escalier.

Wulfrum, épuisé mais souriant, entra dans la grande salle et s'appuya un moment à la muraille, dans un renfoncement qui le dissimulait aux regards. Un meneur d'hommes répugne toujours à exposer sa faiblesse, et le sauvetage de Trakhorst, naturellement ombrageux et puissant, l'avait exténué. Les hommes entraient tour à tour dans la pièce, dans un état extrême d'excitation, Bradefer et Ida fermaient la marche, l'un et l'autre trempés. Ils firent halte, en attendant que le passage soit dégagé. Aux pieds du géant, une flaque d'eau se formait déjà.

— J'ai mis l'étalon dans le petit enclos, à l'écart, disait-il. Une bonne douche lui fera du bien, comme aux autres. Quelle nuit !

— Si la brise avait soufflé autrement, la grange et l'étable à vaches auraient bien pu brûler aussi, ajouta Ida. Quel incendie ! Je n'aurais jamais pensé que la foudre…

— La foudre ? Quelle foudre ? Si la toiture avait été foudroyée, les poutres se seraient brisées, et le chaume aurait été dispersé. Le feu a pris dans un coin seulement.

— Maintenant que tu le dis… On verra ça demain. Tu ne trouves pas que l'air est sec, ce soir ?

— Tout peut s'arranger, dit Wulfrum en sortant de son coin.

Quand les hommes rassemblés virent que l'on apportait de la bière, ils saluèrent l'initiative par des clameurs d'approbation. Sans cérémonie, Wulfrum but avec eux et les félicita d'avoir sauvé la vie de tous les chevaux. Si Elgiva n'avait pas donné l'alarme dès le début de l'incendie… Il préférait ne pas penser aux pertes irréparables qu'ils auraient subies, au martyre qu'auraient vécu Trakhorst et Mara.

Elgiva aurait pu mourir elle aussi, en tentant de sauver sa jument. Il se souvint de sa propre émotion, quand il l'avait vue impuissante à la faire reculer. C'était une femme courageuse, il pouvait en être fier. Sans doute faisait-elle sa toilette, à présent. Ses pensées prirent un autre cours. Il vida son hanap. Il était temps qu'il monte se reposer.

Au moment où il mettait le pied sur la première marche de l'escalier à vis, il entendit la grosse voix d'Olaf. Ida et lui, attablés côte à côte, faisaient face à la foule et tournaient le dos à la petite porte.

— Si tu l'avais vue entrer la première dans l'écurie, Olaf ! Elle n'a pas hésité une seconde. Une vraie lionne, cette femme-là !

— Elle a du courage, ça, on peut le dire !

— Mais elle m'a fait passer un mauvais quart d'heure, quand Wulfrum n'en finissait pas de faire sortir son étalon. Elle voulait à toutes forces aller le chercher. Je l'ai d'abord retenue par un bras…

— Tu t'es excusé, j'espère ?

— Plus tard seulement, quand j'ai été obligé de la ceinturer. Je lui tenais les mains, mais elle a réussi à me flanquer un coup de coude. Une vraie furie ! Elle criait « Wulfrum ! Wulfrum ! ». Si je l'avais lâchée, elle aurait couru le rejoindre à l'intérieur. Elle était comme folle.

Ida prit une gorgée de bière et se mit à rire.

— En fait, elle est folle de lui !

— On se demande pourquoi, répliqua le géant. Je ne vois pas ce qu'elle lui trouve !

Les deux compères s'esclaffèrent bruyamment, en se donnant des claques dans le dos. Wulfrum, qui n'avait rien perdu de leur conversation, se sentit rougir, non pas de colère, mais de plaisir. Elgiva tenait donc à lui. Elle lui avait dit un jour qu'il lui était plus utile vivant que mort. Mais pour avoir voulu se jeter dans cet enfer, il fallait que son attachement soit d'une tout autre nature. Le cœur joyeux, il gravit l'escalier en un temps record.

Dans la chambre l'attendait un ravissant spectacle. Enveloppée de sa peau de loup préférée, Elgiva se séchait les cheveux avec un linge. Il la contempla un moment, mit en place la barre de sécurité et entreprit de se déshabiller et de faire sa toilette à son tour.

— Je n'ai pas encore eu l'occasion de vous remercier, lui dit-il. Si vous n'aviez pas donné l'alarme dès le début de l'incendie, les chevaux n'y auraient pas survécu.

— N'en parlons plus, Wulfrum. Je préfère ne plus y penser.

Il vint lui caresser tendrement la joue, prit la serviette, et se mit à lui sécher les cheveux. Parfaitement immobile, elle le laissa faire.

— Comment vous êtes-vous aperçue que le chaume brûlait ? demanda-t-il quand il en eut presque fini.

— Je regardais les nuages et les éclairs, et puis j'ai senti la fumée.

L'explication était suffisante et elle aurait pu s'arrêter là, mais un scrupule l'incita à en dire davantage. Elle lui parla de la silhouette sombre, dans la cour.

— Avez-vous vu son visage ? demanda Wulfrum en suspendant son geste.

Elle hésita. En parlant de Drem, elle le mettrait en fâcheuse posture. Etait-elle bien certaine de l'avoir reconnu, au demeurant ?

— Non, dit-elle. Il n'y a peut-être d'ailleurs aucun rapport entre cet homme et l'incendie.

— Je ne crois pas à de telles coïncidences, murmura-t-il en s'assombrissant. Quel que soit le coupable, je le retrouverai.

— Vous croyez qu'il s'agit de l'un de nos gens ?

— Je ne le sais pas. Pas encore.

Ils se turent. On n'entendait plus que la pluie, qui ne s'abattait plus en rafales, mais ruisselait en continu.

— Je m'occuperai de cela demain, reprit Wulfrum en souriant tout à coup. Ce soir, j'ai seulement envie de vous dire combien je vous suis reconnaissant.

Il l'enlaça et lui baisa longtemps la bouche, avec passion.

— Ne prenez pas froid, ma chérie. Venez vous réchauffer avec moi.

Allongé avec elle sur le lit, il la tint contre son corps, pour lui communiquer sa chaleur. Le cœur battant, Elgiva se demandait si elle avait bien entendu. *« Ma chérie. »* Jamais encore il ne l'avait appelée ainsi. Ce mot, lui donnait-il tout son sens ? En la tenant étroitement serrée contre lui, il lui caressait les seins. Elle se retourna vivement et s'empara de sa bouche, le caressant à son tour. Elle poursuivit son initiative, et lui fit sentir la douceur exquise des sollicitations qu'elle lui infligeait, le griffant, le mordant pour aussitôt se frotter à lui et poser sur ses muscles une pluie de petits baisers. Le dernier effleura son sexe, avant qu'elle ne l'enfourche pour atteindre avec lui l'ivresse de l'extase.

Un peu plus tard, elle repensa au mot qu'elle avait entendu. Wulfrum commençait-il à l'aimer ? Elle se mordit la lèvre, heureuse que dans l'obscurité il ne puisse lire sur son visage les tourments qu'elle endurait. Aimerait-il encore une femme que son silence rendait complice de ses ennemis ? L'incendie n'était-il que la première étape du harcèlement évoqué par Aylwin ? La grange ne risquait-elle pas de brûler elle aussi, dans les prochains jours ? Quoi d'autre, ensuite ?

Les choses avaient pris un tour si compliqué qu'elle ne s'y retrouvait plus. Elle ferma les yeux. Comment agir pour le mieux ? Elle pesait encore le pour et le contre lorsque la chaleur du lit et la chanson douce de la pluie l'emmenèrent au pays des rêves.

Chapitre 14

Le lendemain, un soleil éclatant brillait dans le ciel tout bleu. Seuls le sol détrempé et quelques flaques ici et là rappelaient la violence de l'orage. L'écurie n'était plus qu'une ruine noirâtre autour de laquelle l'odeur de la paille carbonisée et détrempée prenait à la gorge.

Elgiva, qui avait encore dans les oreilles les hennissements désespérés des chevaux, Wulfrum et ses lieutenants contemplaient le désastre.

— Dans notre malheur, commenta Wulfrum, nous avons de la chance. Comme il fait grand soleil aujourd'hui, les chevaux ne souffriront pas d'avoir passé la nuit en plein air, sous la pluie. Olaf, tu vas mettre une dizaine d'hommes sur le chantier. Il faut détruire tout ce qui reste de l'écurie, et nettoyer le terrain.

— Ida s'en occupe déjà.

L'intéressé s'avançait justement, le visage sombre.

— Monseigneur, j'ai quelque chose à vous montrer, dit-il. Il vaut mieux que la comtesse reste où elle est, ajouta-t-il après avoir marqué une pause. Ce n'est pas un spectacle à montrer aux dames.

Elgiva vit Wulfrum et Olaf suivre Ida, entendit le bruit de poutres que l'on déplaçait, et aussitôt après les voix des hommes, qui parlaient trop bas pour qu'elle les comprenne. Puis ce fut le silence.

Quand ils sortirent enfin, le visage de Wulfrum lui fit peur.

— Qu'est-ce que c'est, Wulfrum ?

— Le corps d'un garçon d'écurie. Il dormait dans le foin sans doute, et il n'a pas pu sortir. Et comme personne ne savait qu'il était là…

Les yeux pleins de larmes, Elgiva se tint immobile, paralysée d'horreur. Elle entendit une rumeur monter du groupe des hommes qui les entouraient, de plus en plus forte à mesure que la nouvelle se propageait parmi eux.

— Ce garçon, je le vengerai ! déclara Wulfrum. Il avait de la famille ?

— Seulement sa mère, je pense, répondit Bradefer.

Ceolnoth survint alors, traînant avec lui un serf. L'homme jeta sur le comte et ses hommes des regards épouvantés. Il aurait aimé s'enfuir, mais Ceolnoth le tenait fermement par le bras.

— Monseigneur, voilà un gaillard qui pourrait vous apprendre quelque chose, annonça-t-il.

— Vraiment ?

— Oui, monseigneur. Celui avec lequel il travaille d'habitude n'a pas rejoint son poste.

— J'ai rien fait, milord, rien de rien, gémit le malheureux. Je vous le jure. J'ai juste vu que Drem… Justement, je n'ai pas vu Drem, ce matin, et c'est tout.

Elgiva frissonna. Elle ne s'était donc pas trompée.

— Qui est ce Drem ? demanda Wulfrum.

— Il travaille aux champs, répondit Ceolnoth.

— Je le connais, risqua Elgiva.

Wulfrum ne lui jeta pas même un coup d'œil. Il tenait le serf sous le feu de son regard, comme pour le fasciner.

— Quoi encore ? dit-il.

— Rien, milord. Drem était là hier soir, il n'est plus là ce matin, c'est tout.

— C'est lui qui a mis le feu, en conclut Bradefer.

Il n'avait plus besoin d'interprète pour comprendre le saxon, langue avec laquelle il s'était rapidement familiarisé.

— Et il s'est réfugié dans la forêt, ajouta Ida. Il a rejoint les rebelles, ce rat !

— Tu entends ce que mes hommes viennent de dire ? demanda Wulfrum au serf. Tu crois qu'ils ont raison, ou qu'ils se trompent ?

De plus en plus inquiet, l'homme tremblait comme une feuille.

— Peut-être, répondit-il sans préciser sa pensée, mais il ne me faisait pas ses confidences.

— A qui les faisait-il alors ? Il avait des amis ?

L'air hébété, l'homme resta la bouche ouverte, muet de terreur.

— Je vais lui faire vider son sac, moi ! s'écria Bradefer.

Elgiva s'interposa.

— Pas si vite, Olaf, dit-elle. Puis, s'adressant à l'homme : Comment t'appelles-tu ?

— Oswy, Votre Seigneurie.

— Eh bien, Oswy, je te demande, moi, de dire tout ce que tu sais. Tu es innocent, et les innocents n'ont rien à craindre. Ce qui s'est passé est très grave. Il y avait un garçon dans l'écurie. Il est mort.

Sous le choc, Oswy faillit s'effondrer.

— Un… Un garçon ? bafouilla-t-il.

— Oui. Mais je ne sais pas encore son nom.

— Elfric et Leofwine, ils le connaissent bien, parce qu'il allait les aider, à la forge. Mais je suis certain qu'il ne leur a rien dit, si c'est bien lui, parce qu'ils l'auraient empêché de le faire.

— Je le crois aussi, dit Elgiva à Wulfrum, car depuis que vous les avez graciés, ils vous sont tout dévoués.

Wulfrum hocha la tête. Il se souvenait d'eux.

— N'importe, dit-il. Je veux les voir et leur parler. Laisse aller celui-ci, Ceolnoth, et va me chercher les autres.

Convoqués devant le comte, le forgeron et son fils, le premier moment de surprise passé, répondirent sans difficultés aux questions qu'il leur posait. A aucun moment Wulfrum ne les interrompit ni ne les menaça. Quand l'interrogatoire eut pris fin, Wulfrum réfléchit longuement, et chacun respecta son silence. Bradefer et les autres jetaient sur les Saxons des regards soupçonneux, Elfric et son père semblaient fascinés par leurs armes. Elgiva observait le visage de son mari, en quête d'un indice, mais il restait impénétrable.

— J'en ai appris assez, dit-il enfin. Vous pouvez retourner au travail.

Les deux témoins saluèrent et se hâtèrent de disparaître.

— Ils seraient donc innocents ? demanda Bradefer.

— S'ils étaient coupables, ils se seraient réfugiés dans la forêt avec les autres. Dans la forêt où nous allons les débusquer tout à l'heure.

— Jusqu'à aujourd'hui, nous n'y avons trouvé personne.

— Mais aujourd'hui la terre est détrempée, et ce Drem a dû laisser des traces. Olaf, départ dans une heure, avec vingt cavaliers armés. Ceolnoth, occupe-toi des chiens et trouve la paillasse où dormait celui que nous cherchons, pour qu'ils la sentent. C'est jour de chasse ! Exécution !

Le groupe se dispersa aussitôt. Wulfrum partit à grandes enjambées vers la petite porte, si vite qu'Elgiva avait peine à le suivre. Dans leur chambre, elle le regarda s'équiper en campagne, comme il l'avait annoncé aux autres, avec sa cotte de mailles, la Dent du Dragon dans son fourreau et un couteau de chasse à sa ceinture. Il prit enfin son heaume et son bouclier, qu'il accrocherait à l'arçon de sa selle. Bien qu'il soit pour le moins maladroit de donner des conseils de prudence à un guerrier, Elgiva ne put retenir ce qu'elle avait sur le cœur.

— Prenez garde, Wulfrum… Ces rebelles n'ont plus rien à perdre. Ils vont vous résister avec l'énergie du désespoir. Et vous ne savez pas combien ils sont…

— C'est vrai, mais je les compterai, quand ils seront morts !

Elgiva frissonna à ces mots. L'idée de la mort lui faisait horreur.

Wulfrum vint lui poser les mains sur les épaules.

— En ce qui me concerne, soyez sans inquiétude, Elgiva. Je reviendrai. Mais ces rebelles deviennent vraiment dangereux.

Le sang allait encore couler, mais Elgiva dut admettre que Wulfrum n'avait effectivement pas le choix. En volant un mouton ou un veau, les rebelles avaient pris un risque sérieux. Mais en incendiant l'écurie, ils s'étaient d'eux-mêmes condamnés à mort. Wulfrum menait l'expédition cette fois. Il allait les trouver, et ne leur ferait pas grâce.

— Je crains qu'Aylwin ne soit avec eux, murmura-t-elle.

— Aylwin ?

— Oui. Quand il s'est échappé de Ravenswood malgré ses blessures, il s'est réfugié dans les bois. Souvenez-vous… Vous aviez suivi ses traces jusque-là. Il pourrait fort bien ne pas s'être éloigné, et avoir rejoint ces gens.

— Alors priez le Ciel qu'il ne s'y trouve pas.

— Vous le tueriez ?

— Je n'aurais pas le choix, dit-il, les yeux dans les siens. Je sais qu'autrefois vous en étiez très proche, mais en cas de conflit il faut choisir son camp, Elgiva. La sympathie ne se partage pas.

— Je le sais bien.

Elle avait le cœur gros, mais savait qu'il avait raison.

Il y avait eu mort d'homme. Drem recevait-il ses ordres d'Aylwin lui-même ? Il valait mieux ne pas y penser.

Olaf en tête, Ida en serre-file, vingt cavaliers s'étaient rassemblés dans la cour et se disposaient à partir. Ceux du premier rang retenaient les chiens d'attaque, qui tiraient déjà sur leurs longues laisses. Wulfrum se mit en selle, salua cérémonieusement sa femme et donna le signal du départ.

Elgiva suivit des yeux la colonne qui s'éloignait. Quand les cavaliers furent hors de vue, elle revint à ses tâches, et d'abord à la visite qu'elle devait rendre à la mère de la jeune victime.

Elle descendit jusqu'au village, où le Père Willibald l'avait précédée. Comme elle l'avait prévu, la pauvre femme était effondrée. Son fils étant le seul membre de sa famille qui ait survécu à l'invasion, elle se trouvait désormais seule. Elle pleurait à chaudes larmes. Sachant bien qu'elle ne pourrait la consoler avec des mots, Elgiva la prit dans ses bras et la tint contre elle, jusqu'au moment où les sanglots se tarirent.

— Pourquoi ? Pourquoi, Votre Seigneurie ?

— Ils visaient les Danois.

— Mais c'est mon fils qu'ils ont tué ! Un Saxon, comme eux !

— Votre fils sera vengé, je vous le promets. Les responsables de sa mort ne lui survivront pas longtemps.

— Mais on ne me rendra pas mon enfant pour autant !

Elgiva jeta un coup d'œil à Willibald, qui lui aussi avait traversé des épreuves. Son église détruite, sa vie menacée, il ne pouvait que compatir, impuissant.

Croisant le regard d'Elgiva, il osa formuler une requête.

— Pour les obsèques de cet enfant, ne pourrions-nous pas organiser de véritables funérailles, madame, selon notre rite ?

— Elles auront lieu, mon Père. Je vais en parler à mon mari.

— Alors nous allons peut-être pouvoir célébrer une messe, pour le repos de son âme et de celle de tous nos autres défunts…

Mentalement, Elgiva se représentait la forêt, ses chênes majestueux, ses ormes, et la broussaille où les sangliers se baugeaient, en plein jour. Les hommes avaient-ils trouvé la piste de Drem ? En fermant les yeux, elle entendait le crissement des armes, les cris des hommes ; elle sentait l'odeur du sang.

Les sensations étaient si vives qu'elle en eut la nausée. Il lui fallut se lever en hâte pour aller se vider l'estomac plus loin, dans l'herbe. D'une main tremblante, elle sortit son mouchoir pour s'essuyer les lèvres et respira profondément, en attendant que se calment les spasmes qui la faisaient souffrir.

Machinalement, elle porta la main gauche à son ventre. Osgifu, qui ne l'avait pas quittée des yeux pendant cette pénible épreuve, lui vint en aide.

— Ce genre de malaise vous est arrivé souvent ?

— Deux ou trois fois, peut-être.

— Je suppose que ce mois-ci vous n'avez rien perdu.

— Pas plus que le mois précédent.

Elle revint s'asseoir, la main toujours sur le ventre. Son amie y posa aussi la sienne, par sympathie.

— Est-ce qu'il le sait ?

— Pas encore.

— Quand allez-vous le lui dire ?

— Je ne sais pas. Bientôt. Je voulais en être certaine.

Il fallait en effet que Wulfrum soit prévenu le plus tôt possible. Avant qu'il ne puisse s'en apercevoir, en tout cas.

— Je n'ai pas encore trouvé le moment favorable, ajouta-t-elle.

— Quand ce moment viendra, j'aimerais être une petite souris pour voir la tête qu'il fera ! S'il mourait de bonheur, ce serait une belle mort.

— Oh, Gifu, tu crois qu'il va en être heureux ?

— Tous les hommes le sont, quand leur femme porte leur premier enfant, les Vikings comme les autres. Et puis quand on voit comment il vous regarde, on sait qu'il en rêve, de cet héritier.

Elgiva scrutait depuis plus d'une heure la lisière de la forêt depuis sa chambre, quand elle vit apparaître celui qu'elle attendait. Wulfrum et Bradefer venaient en tête de la colonne, leurs chevaux au pas. Libérée de ses inquiétudes, elle descendit donner des ordres aux cuisines pour qu'on se prépare à accueillir dignement les cavaliers, traversa la cour et alla rejoindre les gardes du rempart, au-dessus de la porte fortifiée.

De ce poste élevé, elle voyait de plus en plus nettement la petite troupe, à mesure qu'elle approchait. Tous les hommes semblaient recrus de fatigue. De larges taches sombres sur leurs cottes disaient la fureur du combat. Plusieurs se tenaient mal en selle, sans doute blessés. De part et d'autre d'un cheval mené à la bride, le corps inerte de son cavalier pendait. Les chiens n'étaient plus tenus en laisse. Ils fermaient la marche, la langue pendante.

A proximité immédiate de la porte, Bradefer cria un ordre, et tous se redressèrent, vaille que vaille. Ceux qui se tenaient sur le rempart observaient la scène en silence.

Wulfrum, qui s'était détaché du cortège, marqua un arrêt avant de franchir la grande porte.

— Victoire ! cria-t-il. Aucun d'entre eux ne nous nuira plus !

Un triple hourra retentit.

— Et celui-ci fera savoir à tous que nous savons rendre justice !

Olaf Bradefer souleva à bout de bras une tête qu'il tenait par les cheveux. Assourdie par la clameur qui saluait cette exhibition, Elgiva, horrifiée, ferma les yeux. Elle venait de reconnaître le visage de Drem, figé dans une grimace d'épouvante. Des cris s'élevaient encore. L'un des gardiens quittait son poste pour présenter sa pique à Bradefer, qui semblait au mieux de sa forme.

Elgiva s'échappa, revint à la grande salle en courant, et se réfugia près d'Osgifu.

— Il y a des blessés, lui dit-elle.

— Je m'en occupe. Hilda et Acca vont m'aider. Vous avez mieux à faire…

A l'extérieur, palefreniers et gardes s'affairaient autour des cavaliers et de leurs montures. On les aidait à mettre pied à terre, on les débarrassait de leurs armes et de leurs équipements souillés de boue et de sang, on emmenait leurs chevaux.

Près de la porte de la grande salle, que franchirait bientôt son mari pour venir la rejoindre, Elgiva respira profondément, afin de reprendre son calme après la vague d'émotion qui l'avait secouée.

Wulfrum entra. Il avait enlevé sa cotte de mailles. Ils restèrent un long moment face à face, les yeux dans les yeux, sans rien se dire. Puis, irrésistiblement attiré par le sang, le regard d'Elgiva se posa sur la chemise au tissu très épais qui protégeait la peau du frottement des mailles. Elle en était souillée.

— Ce sang n'est pas le mien, dit-il pour la rassurer.

Il marqua une pause, l'observant à son tour.

— Vous me semblez bien pâle, Elgiva. Vous ne vous sentez pas bien ?

— Mais si, Wulfrum.

— Alors pourquoi ces larmes dans vos yeux ? Ne me dites pas que vous désespériez de me voir revenir sain et sauf…

— Si vous saviez comme j'ai eu peur ! Toute la journée, je n'ai fait que me représenter des horreurs.

— Sans raison, dit-il en se penchant pour poser un baiser dans ses cheveux. Nous autres Vikings ne craignons personne, et surtout pas une bande de voleurs de brebis !

— Vous les avez donc trouvés. Est-ce qu'ils sont…

— Morts ? Oui. Tous.

Elgiva ferma les yeux, pour combattre la défaillance qui la menaçait.

— Et Aylwin ?

— Il n'était pas là, et rien ne prouve qu'il faisait partie de leur bande. Les chiens ont relevé la piste de Drem. Elle nous a conduits à leur campement.

Elgiva pouvait respirer plus librement. Aylwin n'avait pas succombé. Son soulagement était immense, mais elle s'efforça de ne pas le manifester.

— Combien étaient-ils ?

— Vingt-cinq. Nous les avons pris par surprise, mais ils se sont bien battus. Ils ont tué un de mes hommes et blessé quatre. Il faudra…

— Osgifu s'occupe déjà des blessés. Je vais la rejoindre, d'ailleurs. Voulez-vous boire et manger ?

— Je vais d'abord faire un peu de toilette, là-haut.

— Tout est prêt, le baquet d'eau chaude et le reste. Voulez-vous que…

— Non, ce serait trop pénible pour vous. Ce n'est pas

en guerrier que je veux voir ma femme. Allez… Osgifu doit vous attendre…

Dans le local qui avait déjà servi d'infirmerie, Osgifu soignait le blessé le plus gravement atteint, qui ne souffrait que d'une estafilade. Les trois autres attendaient leur tour sans impatience, en buvant de la bière. A l'extérieur, on entendait les rires de ceux qui faisaient ensemble leur toilette autour du puits, en se jetant des seaux d'eau. Osgifu eut le temps de s'occuper du troisième patient, pendant qu'Elgiva pansait les deux autres.

— Voulez-vous qu'on vous apporte ici votre repas, suggéra-t-elle, pour que vous ayez le temps de vous reposer ?

— Non, merci, madame, répondirent-ils en chœur.

Lorsqu'elle entra plus tard dans la grande salle en compagnie de son mari, vêtu d'une tunique légère et de jambières hautes, Elgiva comprit pourquoi sa proposition n'avait rencontré aucun succès. Les Vikings allaient fêter leur victoire.

— Vous me semblez bien sombre, lui dit Wulfrum en s'asseyant près d'elle.

— Je pensais à ce pauvre garçon.

— Si vous le désirez, nous respecterons vos traditions pour son enterrement. Que votre prêtre agisse comme il l'entend, je ne compte pas l'en empêcher.

— J'allais vous le demander, Wulfrum. Vous prévenez ma requête, et je vous en remercie au nom de tous les miens. J'ai rendu visite à la mère du garçon, ce matin.

— Elle recevra le prix du sang, ainsi que le veut la loi. Comme ce Drem ne peut le payer et qu'il n'a pas de famille, je m'en chargerai. Les morts ne reviennent pas, mais l'argent évite bien souvent la misère à ceux qui portent leur deuil.

— Merci, murmura-t-elle.

Wulfrum hocha la tête.

— Cette expédition n'est pas vraiment glorieuse, dit-il, mais elle était nécessaire. Le criminel est mort, ses complices avec lui. S'il se trouve encore des rebelles dans les environs, ils sauront quel sort les attend, s'ils tentent quoi que ce soit. Halfdan sera content de moi.

Elgiva n'en doutait pas. Même si cela signifiait la défaite définitive des Saxons, elle souhaitait de tout son cœur que cette expédition soit la dernière.

— Vous voilà définitivement tranquille, dit-elle avec optimisme.

Il resta un moment silencieux, le regard perdu dans une sorte de méditation. Puis soudain son visage s'éclaira, Elgiva vit ses lèvres dessiner le sourire particulier qui lui faisait tourner la tête.

— Et maintenant, faisons la fête ! lança-t-il.

— Que voulez-vous fêter ? La mort de vos ennemis ?

— Pas du tout. Ce qui me réjouit le cœur, c'est de me trouver ici, près de vous, ma chérie.

Elgiva baissa les yeux en rougissant. Il l'avait presque dit, le mot qu'elle attendait depuis longtemps. Elle sentait se développer dans sa poitrine une bouffée de bonheur qui la remplissait tout entière, jusqu'à l'empêcher de respirer. Le moment n'était-il pas venu d'annoncer la nouvelle ? Non, ni le lieu ni l'ambiance ne s'y prêtaient.

C'est dans l'intimité de leur chambre, plus tard dans la soirée, que Wulfrum saurait qu'il allait être père.

Pendant que les hommes continuaient à boire, à chanter et à se divertir, leur seigneur et son épouse se retirèrent assez tôt dans leur chambre. Chacun y trouvait son compte : les farceurs de la troupe préféraient faire la démonstration de leurs talents sans risquer de choquer la sensibilité d'une femme, ou de voir leur maître sourciller à leurs excès, alors que le couple n'aspirait qu'à la tranquillité.

Wulfrum se déshabilla et s'allongea sur le lit. Elgiva l'entendit bâiller et s'installer confortablement, comme il le faisait souvent, pour la contempler à sa toilette. En y procédant, elle jeta un coup d'œil furtif sur son abdomen, et constata qu'il ne s'arrondissait pas encore, ou très peu. Ses seins se développaient, leur galbe s'affermissait, mais sa taille restait mince.

Elle prit son temps pour dénouer ses cheveux et les brosser longuement, par plaisir personnel mais surtout parce que son mari se plaisait à ce spectacle.

En déposant la brosse, elle se retourna vers lui et lui sourit. Allongé sur le dos, les yeux fermés, il respirait régulièrement.

— Wulfrum ?

Il ne réagit pas. Un instant furieuse, Elgiva s'attendrit. Il choisissait bien son moment pour s'endormir ! Bah… Elle saurait comment lui faire plaisir, le lendemain matin. Elle souffla les lampes et se mit au lit, à la lueur de la veilleuse.

Elle avait bien dormi. Des rayons de soleil traversaient déjà la chambre, et une main familière lui caressait le dos. Elle sourit d'aise, s'étira, se cambra pour que la caresse se fasse plus sensuelle et plus excitante encore. Wulfrum l'attira contre lui et lui baisa longuement, passionnément, la bouche. Elle ressentit la bouffée de chaleur maintenant familière qui précédait chaque fois l'étreinte, et lui jeta les bras autour du cou, lui rendant son baiser, pressant son corps au sien.

Wulfrum s'écarta d'elle pour la regarder dans les yeux. Il n'eut que le temps de la voir sourire. Elle prenait encore une fois l'initiative, le taquinait du bout de la langue, aspirait la sienne comme pour la dévorer. Elle frémit lorsqu'il lui baisa le cou, la gorge, la pointe des seins, éveillant en elle des sensations délicieuses toujours plus surprenantes.

Il n'était plus son ennemi, elle l'aimait. Elle aurait ressenti sa perte comme celle d'une partie d'elle-même. Elle était à lui tout entière.

La sentant prête, Wulfrum vint doucement en elle. Aussitôt elle l'enserra de ses jambes repliées, les talons sur son dos, les mains agrippées à ses épaules, les reins cambrés pour intensifier la pénétration. Il se retint aussi longtemps qu'il le put, pour attiser leur ardeur jusqu'aux limites du possible.

Quand Wulfrum retrouva ses esprits, l'intensité de la jouissance le surprit. Elgiva était la femme de sa vie, sa seule compagne, jusqu'à ce que la mort les sépare. Le destin, si cruel avec lui dans ses premières années, lui avait fait ce don.

Après l'amour, c'était encore pour eux le temps de la découverte, de la réflexion. Il lui caressa tendrement la joue, dessina l'arête de son nez, le pourtour de ses lèvres, son menton, son cou, avant de palper le galbe de ses seins. Et puis il lui posa un petit baiser sur le front. Elgiva ne comprenait pas quelle lubie le prenait, mais elle découvrait un tout nouvel aspect de sa personnalité.

Elle voulait connaître tout de lui. Elle n'avait plus à se le cacher, elle l'aimait, elle l'aimait depuis le jour où dans la forêt il avait risqué sa vie pour sauver la sienne. Si Ida ne s'y était opposé par la force, elle se serait jetée dans les flammes pour le rejoindre, car il lui semblait maintenant inconcevable de vivre sans lui. Il lui était aussi nécessaire que la lumière du soleil et l'air qu'on respire.

Wulfrum, qui l'observait, lui sourit.

— Vous me semblez bien pensive, murmura-t-il. Puis-je savoir ce qui vous préoccupe ?

— C'est à vous que je pensais.

— Je ne connais pas de meilleur sujet de réflexion. Et que pensez-vous de moi ?

— Je ne vous le dirai pas. Vous êtes déjà assez fier de vous-même comme ça.

— Moi, vaniteux ? Il est difficile de l'être, en votre compagnie. Vous avez l'art de remettre les gens à leur place, moi le premier. Un seul de vos regards y suffit.

— Vous m'attribuez des pouvoirs qui me sont étrangers.

— Pas du tout. Je ne fais que constater ce que je vois.

— Et que voyez-vous encore ?

— Une fille de Northumbrie d'une telle beauté qu'il n'y a pas de semblable au monde. Vous êtes ma femme, la femme de ma vie. Je vous aime d'amour, Elgiva.

Elle attendait qu'il prononce ce mot depuis si longtemps qu'il lui fallut un instant pour se persuader qu'elle l'avait vraiment entendu. Alors elle s'abandonna à son bonheur, la tête sur son épaule, heureuse de sa présence, de sa chaleur. Ils restèrent ainsi un moment, tendrement unis dans le silence.

— Eh bien ? lui dit-il à l'oreille.

— Vous voulez en savoir davantage ? J'étais en train de penser qu'il fallait absolument que notre fils ait toutes les qualités de son père.

L'annonce était si bouleversante qu'il n'en saisit pas immédiatement la portée.

— Vous voulez dire…

— Ce que j'ai dit, en effet.

— Oh, ma chérie ! Pour quand ?

— Au printemps prochain.

Trop ému pour s'exprimer, il posa une main sur son ventre encore plat. Aucune présence ne s'y manifestait encore, mais à la pensée qu'un enfant s'y formait — un fils, son premier fils ! —, son cœur débordait d'allégresse.

Il embrassa Elgiva avec une sorte de componction, comme si son nouvel état requérait des précautions particulières en matière de baisers. Amusée, elle lui prit le visage à deux mains et lui rendit son baiser à pleine bouche, avec une fougue juvénile.

— Prenez garde, ma femme. Vous jouez avec le feu !

— C'est vous qui jouez avec le feu, mon mari.

— Si vous ne vous trouviez en situation délicate, je vous prendrais au mot !

— Pas de dérobade, prenons-nous l'un l'autre au mot !

Wulfrum aurait aimé trouver la réplique, mais du bout de la langue Elgiva lui chatouillait l'oreille avec tant d'efficace délicatesse qu'il en perdait l'usage de la parole et la raison. Elle lui baisa le torse, puis ses lèvres gourmandes descendirent caresser ses abdominaux, descendirent encore…

— Elgiva ! protesta-t-il en gémissant.

Elle ne lui répondit pas, mais se contenta de relever la tête le temps de croiser son regard. Elle revint aussitôt à ce qu'elle avait entrepris. Wulfrum faillit suffoquer. Il faisait l'expérience de sensations nouvelles, les plus affolantes qu'il ait jamais éprouvées.

— Elgiva, je ne suis pas certain que vous…

Il ne put achever. La première onde de jouissance l'emportait.

Chapitre 15

La moisson fut superbe cet été-là et mobilisa toutes les énergies. Gurth, le nouvel intendant, prévoyait qu'elle serait plus que suffisante à pourvoir aux besoins de tous les gens du domaine, pendant l'hiver. La récolte de fruits et de raves promettait d'être abondante elle aussi. A la fin de l'automne, le cheptel serait en partie abattu et la viande mise au saloir, car il faudrait beaucoup de fourrage pour garnir les mangeoires, si la saison froide était rude.

Bientôt, les feuilles vertes se colorèrent de pourpre et d'or, et Wulfrum se prépara à partir pour York. Il aurait aimé éviter ce voyage, mais les ordres d'Halfdan étaient formels, il ne tolérerait aucune absence. Il choisit de n'emmener avec lui qu'une escorte réduite, laissant à Ravenswood presque toute la garnison, sous le commandement du brave Ida.

— C'est l'affaire d'une semaine, Elgiva. Vous pouvez alerter Ida en cas de besoin, mais en principe vous n'aurez à vous inquiéter de rien.

Elle se força à lui sourire. Ne pas s'inquiéter, alors qu'Aylwin et ses partisans se tenaient sans doute déjà en embuscade sur son chemin ? Son ancien fiancé ne lui avait pas caché qu'il était au courant de la réunion, et ses hommes et lui ne retrouveraient jamais occasion plus favorable de parvenir à leurs fins.

Souvent, dans les derniers temps de l'été, elle s'était efforcée de rassembler son courage pour tout dire à Wulfrum, mais la crainte l'avait chaque fois paralysée. Aujourd'hui, il fallait absolument qu'elle parle. Si elle gardait le silence en sachant qu'il était sous le coup d'une menace dont elle était en partie complice, elle en mourrait. Mais comment trouver les mots ? Comment lui avouer la duplicité dont elle avait fait preuve, des mois durant ?

Inconscient des émotions qui la torturaient, Wulfrum achevait de s'équiper pour le voyage.

— Prenez soin de vous, Elgiva. De vous et de notre fils, lui dit-il avant de s'armer.

— Vous pouvez compter sur moi.

— J'ai confiance en vous. Souhaitez-vous que je vous rapporte quelque chose ?

— Revenez-moi, cela me suffira.

Ils échangèrent un baiser, et elle se serra longuement contre lui. Il boucla ensuite sa large ceinture, y accrocha le fourreau de sa belle épée et l'étui de sa dague, sans oublier de glisser à l'intérieur de sa manche un petit poignard effilé. Elgiva suivait chacun de ses gestes.

— Vous trouvez qu'il y a une lame de trop ? Deux précautions valent mieux qu'une, plaisanta-t-il.

Le cœur battant, elle se lança.

— Wulfrum, il faut que je vous dise…

— Me dire quoi ? fit-il en souriant.

Il la vit si pâle, si défaite, que son sourire s'effaça immédiatement.

— Qu'y a-t-il, ma chérie ?

— Pendant votre voyage, tenez-vous bien sur vos gardes. Je crois qu'Aylwin a l'intention de vous tendre une embuscade pour vous tuer.

Pendant quelques instants, il se fit un silence si profond qu'Elgiva entendait le sang battre à ses tempes.

— Qu'est-ce qui vous le fait penser ?

— Il me l'a dit, ou presque…

— Comment aurait-il pu vous dire quelque chose ?

— Il est revenu au château en secret. Deux fois. La seconde, c'était lorsque le messager d'Halfdan et ses hommes étaient là. Il m'a dit qu'il voulait reprendre ce qui lui appartenait.

— Vraiment ? dit Wulfrum, dont le visage restait impassible. Pendant toutes ces semaines et tous ces mois vous l'avez donc aidé ? Vous l'avez encouragé en cachette ?

— Pas du tout ! Je lui ai au contraire conseillé de s'enfuir. Il fallait que j'essaie de l'éloigner. Je n'avais pas le choix. Je voulais qu'il renonce à tout espoir de vengeance.

— Et vous avez attendu le jour de mon départ pour m'en parler ?

— Je vous demande pardon, murmura-t-elle d'une voix faible, les yeux pleins de larmes. Je ne vous ai rien dit jusqu'à présent parce que je ne le pouvais pas, je n'en avais pas la force. Je le voulais pourtant… Je vous supplie de me pardonner, Wulfrum, je vous supplie de me comprendre.

— Ce que je comprends, c'est que vous l'avez toujours aimé !

— C'est faux ! Je ne l'ai jamais aimé. Je n'aime, je n'aimerai que vous, Wulfrum. Je vous aime depuis que vous avez tué ce sanglier, pour me sauver la vie.

— Alors vous auriez dû cesser de le protéger, cesser de me trahir !

Le visage blême, il respirait avec effort.

— Savez-vous que la coutume m'autorise à vous tuer ?

— Eh bien, tuez-moi !

Avant qu'il ait le temps de réagir, elle arracha la dague de sa ceinture et en posa la pointe sur sa gorge. Sur le moment, il se contenta de la contempler dans cette posture, le regard brouillé de colère et de souffrance. Et puis d'un coup, sa main se referma sur celle qui tenait la dague.

Allait-il la tuer ? Elle n'avait pas peur de mourir. Comment vivre, s'il ne l'aimait plus ? S'il lui ôtait sa confiance ? Elle pleurait en silence, comme écrasée par son regard. D'une pression sur son poignet, Wulfrum lui fit lâcher le poignard qui tomba sur le sol, puis le ramassa prestement.

— Je vous en prie, pardonnez-moi, murmura-t-elle encore, en lui tendant la main.

Sans lui répondre, il jeta sa cape sur son épaule et sortit de la chambre.

Elgiva entendit décroître le bruit de ses pas sur les marches de pierre, puis ce fut le silence. La rumeur du départ monta peu après de la cour. Elle courut à la fenêtre. La plupart des cavaliers étaient déjà en selle. Wulfrum allait-il lever les yeux vers le haut de la tour ? Elle l'espérait tant ! A travers ses larmes, elle le vit mettre le pied à l'étrier et lever les yeux, en effet. Leurs regards se croisèrent et le cœur lui manqua. Allait-il lui sourire, pour lui faire savoir qu'il lui accordait son pardon ?

Non. Le visage fermé, il détourna la tête, et Trakhorst ouvrit la marche. Elle suivit cavalier et monture des yeux aussi longtemps qu'elle le put, et puis alla s'abattre sur le lit, pour s'abandonner aux sanglots.

Plus d'une semaine s'était écoulée depuis le départ de Wulfrum. Quand elle en avait fini avec ses tâches quotidiennes, c'est en plein air qu'Elgiva allait chercher un relatif réconfort, parce que leur chambre lui semblait trop vaste en son absence, elle lui rappelait trop de souvenirs. Elle se rendait dans le nouveau cimetière, où elle trouvait là tranquillité et recueillement et où personne ne venait la déranger.

Un après-midi, en s'approchant des tombes, elle aperçut un homme qui se tenait à l'ombre d'un arbre, assez loin d'elle, et hors de vue des gardes du château. Elle reconnut Brekka, et la crainte la saisit. Que lui voulait-il ? Ne pouvait-il pas la laisser tranquille ? Ne comprenait-il pas qu'en pénétrant dans le domaine, il risquait non seulement de se faire tuer, mais aussi de la compromettre ?

Mais enfin, s'il s'exposait à courir un tel risque, ce n'était sans doute pas pour le simple plaisir de la déranger. Aussi, après s'être assurée qu'aucun garde ne la surveillait, alla-t-elle le rejoindre.

— Votre Seigneurie, dit-il en s'inclinant pour la saluer, je comptais bien vous rencontrer en ce lieu, puisque vous le fréquentez assidûment, depuis quelques jours…

Elle aurait pu l'accuser d'espionnage, mais s'en abstint. Le temps pressait.

— De quoi s'agit-il, Brekka ?

— Je vous apporte un message de lord Aylwin.

— Un message de lord Aylwin ?

— Oui, madame. Il vous fait savoir qu'il a décidé de suivre le conseil que vous lui avez donné. Il m'a dit que vous comprendriez de quoi il s'agit.

Aylwin s'était donc enfin décidé à partir en exil ! Wulfrum n'avait plus rien à redouter de sa part ! La nouvelle la soulageait si complètement qu'elle se sentait d'un coup plus légère, plus disponible.

— Lord Aylwin sollicite une dernière faveur, reprit Brekka. Il souhaite vous rencontrer une fois encore. Mais si vous lui opposez un refus, il comprendra.

Elgiva jeta un regard par-dessus son épaule. Aucun Danois n'était en vue. On la surveillait moins étroitement, depuis un certain temps, et elle était sensible à l'épreuve que venait de vivre Aylwin, seigneur respecté et puissant, réduit à se cacher en forêt comme un animal, pourchassé, incertain du lendemain, qui pouvait être le jour de sa mort. Il avait été son fiancé. Elle l'avait vu défendre héroïquement Ravenswood, recevoir un coup qui avait paru fatal. Au moment de partir en exil, il voulait lui faire ses adieux. Comment lui refuser cette satisfaction ?

— Où se trouve-t-il, Brekka ?

— Dans l'ancienne cabane des forestiers, celle de la clairière.

Elgiva connaissait l'endroit. Ce n'était pas loin. Elle pouvait y aller et en revenir avant que l'on s'inquiète de son absence.

— Partez le premier, Brekka, il ne faut pas qu'on nous voie ensemble. Je vous suivrai de loin.

En arrivant à la clairière, Elgiva eut la satisfaction de constater qu'Aylwin s'apprêtait en effet à faire un long voyage. Une vingtaine d'hommes mettaient la dernière main à l'équipement de leurs chevaux. Elle fit halte un moment pour observer la scène. Aylwin s'exilait. Le bon sens prévalait enfin.

— Lord Aylwin est à l'intérieur, lui indiqua Brekka en désignant la cabane.

Elgiva n'eut pas à y aller. Aylwin en sortait, suivi par deux inconnus. Il s'avança vers elle avec empressement et lui baisa la main.

— Je savais que vous ne diriez pas non, Elgiva.

— Vous alliez partir… J'arrive juste à temps, dit-elle en voyant que des hommes se mettaient déjà en selle.

— On peut le dire, en effet.

— Dans quel pays vous rendez-vous, milord ?

— Dans le Wessex, où nous joindrons nos forces à celles du roi Alfred.

Elgiva se sentit entièrement soulagée. Aylwin et les siens

ne seraient plus pourchassés, et elle n'aurait plus à craindre qu'ils tendent une embuscade pour se défaire de Wulfrum.

— J'en suis très heureuse, Aylwin. Après notre dernière conversation, vous vous êtes enfin laissé convaincre.

— Plus rien ne nous retient donc en ce lieu, conclut-il en souriant. Nous n'attendions plus que vous.

— Je ne comprends pas.

— Je vous emmène avec moi, Elgiva.

Frappée de stupeur, elle regarda mieux autour d'elle. Les cavaliers, formés en colonne, n'attendaient que le signal du départ. Les deux personnages avec lesquels Aylwin était venu la rejoindre se tenaient à sa droite et à sa gauche, Brekka derrière eux.

— Je vous prie de pardonner le stratagème qui m'a permis de vous attirer jusqu'à moi, mais à tout prendre, la ruse me semble le moyen le plus sûr d'en finir avec cette affaire. D'après mes informations, Wulfrum est à York pour quelques jours encore. Lorsqu'on donnera l'alerte de votre disparition, ce soir, nous serons loin.

— Je ne peux pas vous accompagner, je vous l'ai déjà dit.

— Me croyez-vous assez inconstant pour vous abandonner, Elgiva ?

— Vous devez absolument renoncer à ce projet absurde, Aylwin ! Wulfrum va vous poursuivre et il vous massacrera tous !

— Nous n'avons rien à craindre. Personne ne nous poursuivra. Des amis à nous s'apprêtent à lui tendre une embuscade, sur le chemin de son retour.

— Quoi ? Vous ne savez pas ce que vous dites !

— Jamais je n'ai parlé aussi sérieusement, au contraire…

Malade de peur et de dégoût, Elgiva secoua la tête. Elle refusait encore de le croire. La démence de cet homme jadis si respectable l'épouvantait.

— Je ne peux pas vous laisser commettre une pareille folie !

Il prit un air dédaigneux.

— Vous ne pouvez rien contre moi. Vous autres, conduisez-la à la monture que j'ai prévue pour elle.

— Non ! cria-t-elle en reculant. Je ne pars pas avec vous !

— Vous allez venir avec moi, Elgiva, de gré ou de force.

— Non !

Sur un signe d'Aylwin, les deux hommes qui l'encadraient l'immobilisèrent et lui entravèrent les mains avec dextérité. Elle eut beau se débattre et protester, on la hissa de force en selle. Un cavalier prit les rênes du cheval qu'elle montait, et le signal du départ fut donné.

Epouvantée, Elgiva dut d'abord trouver la position qui lui permettrait de ne pas faire une chute, car la colonne allait bon train. Elle ne cessait de penser à Wulfrum tombant dans une embuscade. Si par miracle il en réchappait, il la croirait peut-être complice des Saxons, en route pour l'exil avec eux de son plein gré. Il verrait dans cette évasion la preuve ultime de sa trahison. Elle s'imaginait déjà le visage de son mari, son regard ravagé de douleur et de rage.

Chapitre 16

En prononçant la harangue de clôture de la convention, Halfdan s'était félicité du succès de l'expédition lancée quelques mois auparavant. Ragnar était vengé, et les Vikings occupaient la Northumbrie tout entière, réalisant ainsi, au-delà de la vengeance, un vieux rêve.

Pour avoir détruit tout un groupe de rebelles, Wulfrum avait reçu des félicitations spéciales, et en guise de récompense un contingent de vingt-cinq hommes qui viendraient compléter sa garnison. Ce faisant, Halfdan souhaitait surtout renforcer l'une des places fortes qui commandaient la route du Nord, essentielle à la pérennité du royaume naissant. Wulfrum se serait volontiers passé de la présence de Sweyn dans ces forces supplémentaires, car il lui savait la rancune tenace et son orgueil le rendait insolent. Mais son expérience des combats et sa cruauté naturelle en feraient un auxiliaire précieux, en cas de lutte rangée. Investi d'une autorité absolue sur ses hommes, il saurait tenir en lisière celui qui ne lui pardonnait pas de lui avoir pris Elgiva.

Comptant parcourir la distance entre York et Ravenswood en une seule journée, Wulfrum avait donné l'ordre du départ dès l'aube. Pour éviter la route du Nord, l'ancienne route romaine, qui faisait un large détour vers la côte, la troupe emprunta comme à l'aller un raccourci à travers la forêt, jusqu'aux abords du domaine.

Comme l'après-midi avançait, la bonne humeur se faisait

grandissante chez tous les hommes, heureux d'atteindre bientôt leur destination. Une bonne humeur que Wulfrum partageait. Il serait bientôt sur ses terres, *chez lui*… L'odeur de la verdure environnante s'associait dans son esprit avec la fraîcheur d'Elgiva, qui sans doute l'attendait dans la crainte. Il lui tardait de pouvoir la rassurer. Ils s'étaient séparés en si mauvais termes ! Depuis le jour de son départ, il regrettait sa rudesse, son incapacité à la comprendre. A York les réunions lui occupaient complètement l'esprit, pendant la journée. Mais la nuit, il ne cessait de penser à elle. Après s'être emporté, il avait eu le temps de réfléchir.

Elle aurait pu ne rien lui dire, après tout. Mais elle avait préféré s'exposer à sa colère pour le prévenir d'un danger et parce qu'elle ne souhaitait pas que le mensonge s'instaure entre eux. La vérité blesse, mais elle est nécessaire à l'existence à deux, avait-elle dit, et ce pour un avenir serein.

Lui aussi la désirait, la vérité. Elgiva lui avait demandé pardon et il l'avait rejetée avec mépris, trop aveuglé par la colère pour comprendre qu'elle voulait établir avec lui des relations nouvelles, et se débarrasser pour cela du secret qui la minait. Elle n'était plus la châtelaine traitée comme un butin de guerre, épousée de force. Elle l'aimait, elle voulait vivre heureuse avec lui, lui donner des enfants. Il n'avait pas pris le temps de songer réellement à sa situation, aux changements si rapidement intervenus dans sa vie. Son univers avait été bouleversé, pas moins… Déchirée entre deux engagements, placée par lui dans une situation impossible, elle n'avait écouté que la voix de sa conscience, n'avait accompli que son devoir. Qu'y avait-il à reprocher à cela ?

Fallait-il qu'il ait perdu la tête ! Il avait trouvé dans le mariage de quoi être content de lui-même, et à la première épreuve, la colère et la jalousie lui avaient troublé l'esprit. Malgré tout ce qui les unissait, il s'était refusé à la croire, et même à lui laisser le bénéfice du doute. Allait-elle lui pardonner ? Il le faudrait, car sans elle la vie n'aurait plus de sens. Quand il l'avait épousée, il n'aurait jamais cru qu'il en viendrait à l'aimer d'un tel amour.

Le chemin de terre devenait plus étroit. Wulfrum sortit de sa rêvasserie et ralentit l'allure. On ne se déplaçait plus que sur une seule file. Plus loin, la piste s'engageait entre de hautes fougères qui s'étendaient jusqu'à l'intérieur du sous-bois. Trakhorst renâcla soudain. Wulfrum le reprit en main, marqua une halte et observa les alentours.

— Il y a quelque chose ? demanda Bradefer, qui le suivait et s'arrêta lui aussi.

— Je ne sais pas. Qu'on fasse silence.

L'ordre donné courut jusqu'à l'extrémité de la ligne.

— On n'entend rien, murmura Olaf après une bonne minute d'écoute.

— Nous allons passer, puisqu'il le faut bien, mais que chacun tienne ses armes prêtes, et le bouclier au bras.

Le géant décrocha la hache qui pendait à sa selle pour la brandir, levant en même temps son bouclier rond. Tous bien entraînés, les cavaliers dégainèrent et levèrent à leur tour leur arme de défense. Wulfrum se coiffa du heaume accroché à sa selle, mais évita d'en abaisser la visière pour ne rien perdre de son champ de vision en cas de combat rapproché. Il mit son étalon au petit trot, certain que derrière lui ses hommes adoptaient la même allure.

Il allait atteindre une zone plus dégagée quand la première flèche ricocha sur sa cotte de mailles, au niveau de son épaule. Diversement armés, une quinzaine d'énergumènes apparurent, se jetant sur lui avec une audace folle. Trakhorst, ruant en avant et en arrière, en écarta plusieurs. La Dent du Dragon fit voler une tête, perça une poitrine. En faisant volter son cheval, Wulfrum se rendait inaccessible et s'écartait de Bradefer, dont la hache au long manche tournoyait. Un homme armé d'un coutelas voulut se jeter entre les pattes de Trakhorst, pour lui mutiler le jarret. La Dent du Dragon lui perça la nuque, et les sabots de l'étalon le piétinèrent. Mais les attaquants se renouvelaient autour de lui, par vagues successives, alors qu'à l'arrière se livrait une simple lutte de harcèlement.

Ceux de ses hommes qui en avaient fini avec leurs agresseurs, qui étaient presque tous des archers, accouraient à son secours. Alors celui qui était sans doute le meneur de la bande cria un ordre, et tous se retirèrent en courant.

— On les prend en chasse ? demanda Bradefer.

— Laisse-les courir, ils ne reviendront pas.

Les fougères piétinées faisaient une sorte de clairière où une vingtaine de cadavres étaient étendus sur l'herbe rouge de sang. Seuls Wulfrum et ses suivants immédiats semblaient s'être battus. Derrière eux, les cavaliers avaient essuyé des volées de flèches, certains étaient blessés, mais aucun n'avait été victime d'une attaque personnelle. Les plus entreprenants, comme Sweyn, s'étaient lancés à la poursuite des archers. Mais dans l'ensemble les dommages étaient limités.

— C'est à toi seul qu'ils en voulaient, dit Olaf en mettant pied à terre comme tous les autres. A tout seigneur tout honneur comme on dit, mais c'est bien la première fois que je vois une attaque de ce genre.

— Tu étais là comme toujours, heureusement. Grâce à toi, ils n'ont pas pu m'encercler.

Pour éviter les compliments, Bradefer fit de la main un geste désinvolte et partit inspecter ceux qui secouraient les blessés à l'arrière

Sweyn approcha, essuyant son épée rougie de sang.

— J'en ai eu trois, dit-il. J'aime cette région, on ne s'y ennuie pas. On ne prend pas les autres en chasse ?

— Non, répondit Wulfrum. Ce serait du temps perdu. Je tiens à rentrer à Ravenswood avant la nuit.

— On a hâte de revoir la belle Elgiva ?

Comme Wulfrum restait de marbre et ne souriait pas, il feignit le remords.

— Je n'ai rien voulu dire de mal ! Qu'on ait envie de la revoir, ça se comprend !

— Va te mettre en selle, départ immédiat, dit Wulfrum. Aujourd'hui je n'ai pas le temps de t'apprendre à me parler comme il faut, mais tu ne perds rien pour attendre !

En reprenant la tête de la colonne, il remuait de sombres pensées. Que signifiait cette embuscade ? Elgiva n'était-elle pas menacée, elle aussi ?

On allait faire halte, mais Elgiva ne se sentait pas soulagée pour autant. Ravenswood était loin maintenant, et sans doute n'y avait-on pas encore signalé sa disparition. Wulfrum ne retrouverait probablement jamais sa trace. Aylwin avait mené son projet à son terme avec une habileté diabolique. Après avoir bénéficié de son estime et même de son admiration, il avait perdu tout le capital de sympathie et de respect dont il jouissait autrefois auprès d'elle.

Elle se refusait à désespérer cependant, par un suprême effort de volonté, sans pour autant disposer du moindre moyen pour intervenir dans son propre destin. Si le déplacement se faisait en permanence à cette allure, le Wessex serait atteint en quelques jours. Et Wulfrum ne pourrait intervenir dans ce royaume étranger.

Pourvu qu'il vive ! songea-t-elle. Pourvu qu'il échappe à l'embuscade qu'on lui avait tendue, cela seul importait !

Elle était si profondément plongée dans ses réflexions

qu'elle ne vit pas qu'Aylwin s'approchait d'elle. Elle ne s'aperçut de sa présence qu'en entendant sa voix.

— Vous me semblez bien mélancolique, Elgiva.

— A qui la faute ?

— J'ai fait ce qu'il fallait pour vous rendre heureuse, protesta-t-il, l'air faussement étonné. En vous arrachant aux griffes des Danois, j'ai tout fait pour mériter vos remerciements.

— Wulfrum est mon mari.

— Plus pour longtemps.

— Il sait se défendre !

— On finit toujours par succomber sous le nombre, j'en sais quelque chose, dit-il amèrement. De toute façon, qu'il vive ou non, cela n'a guère d'importance.

— Vraiment ?

— Un mariage célébré sous la contrainte est déclaré nul par le droit coutumier comme par l'Eglise. Lorsque nous serons entrés au Wessex, j'en appellerai au roi Alfred. Il ne sera pas mécontent de recevoir du renfort, et sa piété religieuse fait sa gloire. Je n'aurai aucun mal à obtenir l'annulation de vos épousailles.

— Soit. Mais quel avantage en tirerez-vous ?

— Eh bien, je ferai valoir les droits que me confèrent nos fiançailles, et je vous épouserai.

— Je ne vous épouserai jamais, Aylwin.

— Vous n'aurez pas le choix, ma chère, car on ne peut que se soumettre à la volonté d'un roi.

Elgiva ferma les yeux, pour ne plus le voir et pour réfléchir. Si Alfred en donnait l'ordre, le mariage pouvait avoir lieu sans délai. A moins qu'Aylwin n'ait pas tout à fait perdu le sens de l'honneur ?

Elle tenta le tout pour le tout.

— Un véritable gentilhomme ne déroge-t-il pas en épousant une femme sans son consentement, milord ?

— Je préférerais avoir votre consentement, Elgiva, cela va de soi, mais à défaut je me contenterai de posséder votre personne.

Elle blêmit. Son cynisme lui faisait horreur.

— Oubliez votre Viking, Elgiva. Vous m'appartenez, à présent.

Pour combattre la panique qui menaçait de submerger sa raison, elle prit une profonde inspiration. Il ne la verrait pas pleurer, il ne l'entendrait pas gémir. Elle ne lui accorderait pas cette satisfaction. Elle se tint bien droite, le menton levé, la mine fière.

— Voilà qui va beaucoup mieux ! s'exclama Aylwin. Voyez-vous, j'ai toujours admiré votre force de caractère et votre bon sens. Vous savez vous battre, Elgiva, mais vous savez aussi accepter la défaite.

— Ne vous réjouissez donc pas si vite… Attendons la fin de la bataille.

C'est par pur esprit de provocation qu'elle lançait ce défi. Comment parier sur sa propre victoire, quand on se trouve déjà prisonnière de l'ennemi ?

Le soleil était encore haut dans le ciel quand la petite troupe parvint à destination. Ida, qui était venu les accueillir à la porte principale, n'avait pas vu la comtesse depuis quelques heures, mais ne s'en inquiétait pas. Wulfrum, quant à lui, se précipita dans la tour, appelant déjà Elgiva en montant l'escalier. Voyant que leur chambre était vide, il redescendit aussitôt et se rendit à l'infirmerie où il trouva Osgifu seule.

— Je ne sais pas ce qu'elle fait en ce moment, monseigneur.

— Ne me mens pas, sorcière, dis-moi où elle est !

Osgifu pâlit. Dans l'état où elle voyait, il allait la frapper, peut-être.

— Je ne sais pas, monseigneur, à moins que…

— A moins que quoi ? Parle !

— Depuis votre départ, elle va souvent au cimetière…

— Au cimetière ?

Il se représenta mentalement l'endroit. A un jet de pierre de la forêt.

— Autre chose encore ?

— Rien, monseigneur, je vous le jure !

— Alors va me chercher une robe de ta maîtresse, vite !

En sortant derrière elle, Wulfrum interpella Ida, qui semblait pour une fois dépassé par les événements.

— Je veux qu'on m'équipe un cheval frais, lui cria-t-il, et qu'on fasse sortir les chiens. Quinze hommes avec moi, les meilleurs, tous volontaires !

Ida courut répercuter des ordres. Sombre et tendu, Wulfrum demeura dans la cour. Pendant les heures qui allaient suivre, son destin se déciderait. S'il perdait sa femme et l'enfant qu'elle portait, sa vie s'arrêterait. Il n'aurait plus qu'à mourir au premier combat.

— Il faut que tu reprennes des forces, dit Bradefer, qu'il n'avait pas vu venir.

Le géant lui apportait de l'anguille séchée et du pain avec un hanap d'eau fraîche.

— Je fais le service, puisque personne n'ose t'approcher. Ceux qui l'ont enlevée, si elle a bien été enlevée, ont quelques heures d'avance. Ils connaissent le pays mieux que nous, mais aussi longtemps qu'ils se trouveront sur le territoire que nous contrôlons, ils seront en danger.

— Tu veux dire que s'ils arrivent au Wessex, ils ne le seront plus ? Il faut tout prévoir, même le pire. Ecoute-moi bien, Olaf. En cas d'échec de ma part, c'est toi qui diras à

Halfdan ma volonté. S'il se trouvait que ces bandits nous échappent et qu'Elgiva disparaisse, je ne rentrerais pas à Ravenswood. J'abandonnerais mon titre et mon domaine pour me faire justicier…

Osgifu, essoufflée et tremblante, l'interrompit.

— Voilà la robe, monseigneur.

Elle tendit à Wulfrum la robe brodée d'or qu'Elgiva avait sortie de son coffre pour se faire belle, le jour de leur mariage. Ce souvenir lui perça le cœur. Sans dire un mot, il la prit. Les chiens relèveraient sa trace, sans aucun doute. Mais jusqu'où ?

Depuis le cimetière jusqu'aux cabanes de forestiers, les chiens n'eurent aucun mal à suivre la piste de la jeune femme. Mais à partir de là, ils perdaient sa trace. Ida fut le premier à relever les marques laissées par un groupe de cavaliers.

— Quinze ou vingt, à première vue !

Wulfrum froissa la robe brodée, désormais inutile, et songea que s'ils étaient partis ensemble, les cavaliers avaient nécessairement laissé des marques de leur passage sur le sol ou dans les buissons. Il sut aussitôt qu'il ne s'était pas trompé.

— Ils sont partis en terrain dégagé vers le sud, puis du côté où le soleil se couche ! cria de loin Ida.

Le pire était à craindre. Aylwin — car lui seul pouvait être responsable de l'enlèvement — emmenait Elgiva vers le Wessex, qu'il entendait sans doute gagner à marches forcées. Il n'était plus question désormais que de les prendre de vitesse. Elgiva ne s'abandonnerait pas au désespoir, il le savait. Mais elle souffrait. La retrouverait-il avant qu'elle ait trop souffert ?

Le soleil était bas sur l'horizon lorsque les Saxons se trouvèrent contraints à faire halte. Durement éprouvés, leurs chevaux n'en pouvaient plus. C'est Aylwin qui vint prendre sa prisonnière par la taille, pour la descendre de sa selle. Endolorie, mortellement inquiète et rompue de fatigue, elle ne lui opposa aucune résistance.

L'étape parcourue était trop longue pour que Wulfrum ait une chance de la retrouver, à supposer qu'il soit de retour. Il ne pourrait supposer qu'elle était partie de son plein gré, du moins l'espérait-elle. Mais la savoir aux mains de ses ennemis risquait de lui faire perdre la raison, d'autant qu'il s'inquiéterait autant de leur enfant que d'elle-même.

Tout au long du trajet, elle n'avait cessé de chercher le moyen de s'échapper, sans en trouver un seul. Entourée d'hommes armés, les mains entravées, à califourchon sur un cheval qu'un homme tenait par la bride, comment aurait-elle pu ?

Au moment des haltes, Aylwin ne prenait aucun risque avec elle. Sur ses ordres, les deux brigands qui lui avaient lié les mains l'adossaient à un tronc et l'y attachaient. Les liens qui l'entouraient par tout le corps n'étaient pas trop serrés, mais assez cependant pour décourager toute tentative d'évasion.

Une fois encore, elle se trouva ligotée à un tronc.

— Je suis désolé d'en venir à ces extrémités, Elgiva, lui dit Aylwin. Mais je ne peux faire autrement, dans votre propre intérêt.

— Dans le vôtre, voulez-vous dire.

— Votre mauvaise volonté m'y contraint.

Elle fit bonne figure tant qu'il se trouva près d'elle et attendit qu'il l'ait laissée seule pour verser des larmes brûlantes. Jamais plus elle ne reverrait Wulfrum, son amour, le père de leur enfant !

Chapitre 17

En apercevant du sommet d'une colline un nuage de poussière, Wulfrum fut pris d'une sauvage allégresse. S'il s'agissait bien d'eux, les ravisseurs étaient encore loin de la frontière du Wessex ! Quand la poussière cessa de s'élever en rase campagne, il sut qu'ils installaient leur campement pour la nuit. Ils ne savaient donc pas qu'il les avait pris en chasse. Ils pensaient sans doute que leurs complices avaient remporté la victoire. Ils allaient être déçus !

Ses compagnons l'entouraient. Eux aussi avaient vu la poussière cesser de s'élever, et l'imminence du combat les galvanisait. Les traits tendus, ils attendaient ses ordres.

— Nous attaquerons par surprise. Comme le vent vient vers nous, ils n'entendront pas nos chevaux, que nous allons mener à la bride jusqu'à ce bouquet d'arbres, là-bas. Nous les y laisserons. Ne prenez ni arcs ni flèches. Progression lente en demi-cercle, jusqu'au premier contact. Après, vous savez ce qu'il vous reste à faire. N'oubliez pas que ma femme doit rester saine et sauve, quoi qu'il arrive, et que leur chef est un lord. C'est de ma main qu'il doit mourir.

Une fois les chevaux à l'attache, les hommes prirent leurs distances, comme ils le faisaient à l'exercice, et progressèrent lentement sur les coudes et les genoux, en prenant soin d'éviter tout crissement métallique. Ils furent rapidement proches du campement, où les Saxons venaient d'allumer un feu. On les entendait s'interpeller.

— J'attends déjà la relève ! plaisanta l'un d'eux en s'écartant du groupe.

Il n'eut pas le temps de commencer son tour de garde. Un coup de hache l'abattit. Le premier contact avait eu lieu.

Son cri fut couvert par les hurlements des Vikings, qui se ruèrent en avant. Leurs premières victimes succombèrent avant même d'avoir dégainé leurs armes. Mais au premier élan succéda une mêlée confuse mais sanglante, les Saxons se défendant pied à pied, avec l'énergie du désespoir. Les compagnons de Wulfrum ne songeaient qu'à tuer. Lui-même se souciait surtout de sauver Elgiva, qu'il ne voyait pas. Se trouvait-elle dans l'une des tentes ? Pour y pénétrer, il aurait fallu qu'il tourne le dos à ceux qui se battaient. Ceolnoth tomba à la renverse, à ses pieds. Celui qui venait de le jeter à terre l'enjamba en se fendant. Wulfrum esquiva, et la Dent du Dragon perça son agresseur.

En retirant son arme, Wulfrum vit au-delà de la mêlée une scène qui l'offensa jusqu'à lui faire mal. L'un de ses hommes avait l'audace de combattre Aylwin, malgré son ordre formel ! Il ne cherchait pas à le désarmer simplement, comme il aurait dû le faire. Il voulait le tuer, confisquer à son chef la victoire qu'il s'était réservée.

— Sweyn ! hurla-t-il dans l'espoir de dominer les cris et le fracas des armes.

Qu'il l'ait entendu ou pas, l'indiscipliné Sweyn continuait à combattre Aylwin, qui soutenait vaillamment son assaut mais reculait pas à pas. Bien décidé à intervenir, Wulfrum entreprit de traverser la foule des combattants pour aller réclamer la proie, mais à peine avait-il tué un Saxon qu'un autre se présentait. Ivre de rage, il poursuivit néanmoins sa progression. S'il les atteignait à temps, il les tuerait tous les deux !

***

Elgiva tentait désespérément de se libérer de ses liens. Le spectacle de la bataille l'épouvantait en même temps qu'il lui rendait l'espérance. Elle reconnaissait les hommes de Wulfrum. Il était donc là, parmi eux, il venait à son secours, il allait la délivrer ! Sans doute se trouvait-il au milieu de la mêlée, mais elle ne le voyait pas. Qu'il vive, priait-elle, qu'il remporte la victoire, et que le sang cesse enfin de couler !

Aylwin lui apparut soudain, livrant un combat singulier avec un Viking qui le harcelait. Sweyn ! Cette brute était donc de retour. A la fois morte d'angoisse et fascinée, elle croyait n'entendre que le crissement des épées des deux antagonistes, ne voir que les étincelles jetées par leurs lames en se froissant.

Aylwin soutenait bravement le combat, mais sa force et sa fougue ne suffisaient pas à repousser un adversaire plus jeune. Tous deux étaient souillés de sang, mais il apparaissait clairement que celui qui tachait le pourpoint d'Aylwin était le sien. Il reculait. Son pied heurta une pierre, il tituba et se découvrit une fraction de seconde. Il n'en fallut pas davantage à Sweyn pour le percer de part en part.

La bouche grande ouverte, le souffle suspendu, il resta debout pendant un temps qui parut très long à Elgiva, comme soutenu par l'épée ennemie. Quand Sweyn retira son arme, Aylwin tomba d'abord sur les genoux, puis s'écroula à plat-ventre sur le sol. Tel un chasseur qui vient d'abattre une proie, son vainqueur prit le temps de savourer sa victoire, contemplant sa victime, puis éclata d'un rire démoniaque.

Il accueillit avec un empressement féroce les deux Saxons qui accouraient pour venger leur chef, brisa leur élan, blessa le premier, mais ne put éviter que le second, qui n'était autre que Brekka, se jette désespérément sur lui et lui enfonce sa dague dans le corps. Il mourut sur le coup, l'épée à la main, un fantôme de sourire aux lèvres.

Elgiva ne le vit pas tomber. Frappée d'horreur, elle avait fermé les yeux.

Lorsque Wulfrum parvint enfin à rejoindre Sweyn, il ne put que constater sa mort. Derrière lui, le combat prenait fin aussi rapidement qu'il avait commencé. Les quelques Saxons qui n'avaient pas succombé gisaient sur le sol, si gravement blessés que leur fin ne faisait aucun doute. Aylwin respirait encore, la main crispée sur son flanc d'où s'échappait la vie. Wulfrum observa longuement cet ennemi vaincu par un autre. Sweyn l'avait privé d'une satisfaction longtemps attendue. Mais il n'aurait pas à le châtier. Sa mort l'exonérait de tout reproche, comme de tout châtiment.

Aylwin releva la tête et jeta sur lui sur un regard presque éteint.

— Voilà la fin, balbutia-t-il.

Wulfrum le prit par le col de son pourpoint.

— Ma femme, Saxon, qu'en as-tu fait ? Où l'as-tu cachée ?

— Elle n'a rien, Viking... Je l'ai forcée à venir mais c'est toi... c'est toi qu'elle aime. Je...

Il parvint avec effort à inspirer un peu d'air.

— A cent coudées... un arbre... Tu dois... Prends bien soin... prends bien soin d'elle.

Sur ces mots, il exhala son dernier soupir.

En voyant apparaître Wulfrum, Elgiva sentit son cœur se dilater de joie. Mais quand elle le vit de plus près, la peur la saisit. Les traits tendus, les yeux encore brillants de la furie des combats, il avançait vers elle à grands pas, son épée sanglante à la main. Voulait-il la frapper ? Elle vit la lame s'élever, commencer à s'abattre, et perdit connaissance à l'instant même où la Dent du Dragon frappait le tronc qui la soutenait.

La corde coupée s'abattit. Elgiva serait tombée en avant, si Wulfrum n'avait jeté son arme pour la soutenir.

Quand elle reprit connaissance, Elgiva voulut se souvenir, mais en vain, de l'endroit où elle se trouvait et des événements qui venaient d'avoir lieu. Elle se sentait infiniment lasse, mais baignait dans une atmosphère rassurante et familière. Une voix angoissée la rappelait à la conscience.

— Elgiva, mon amour, mon cœur, réveillez-vous, parlez-moi, je vous en prie…

Rêvait-elle ? En restant silencieuse, en n'ouvrant pas les yeux, aurait-elle le bonheur de l'entendre encore, ce mot qui l'émerveillait ?

— Rouvrez les yeux, mon amour…

Oui, elle l'avait entendu.

— Wulfrum, murmura-t-elle en relevant les paupières, que se passe-t-il ? Où sommes…

— Oh, mon amour, enfin ! J'ai eu tellement peur !

Wulfrum s'était débarrassé de sa cotte de mailles pour la serrer contre lui. Il lui suffit ensuite d'un seul regard pour lui rappeler son enlèvement, et les horreurs du combat.

— Vous êtes venu me chercher… Tous ces morts…

Elle éclata en sanglots.

— Pleurez, ma chérie, pleurez… Toutes ces épreuves auraient pu vous tuer. Pleurez, cela vous soulagera.

Il la berça longtemps.

— Plus personne ne vous fera de mal, murmura-t-il Aylwin a été tué par une autre main que la mienne, mais il a cessé de nuire.

— Il m'a tendu un piège pour m'enlever. Il a prétendu que je ne vous reverrais plus jamais…

— Il mentait, naturellement. Me croyez-vous homme à me laisser déposséder de celle que j'aime ?

Ce seul mot suffit à la rasséréner, après tant d'épreuves.

— Moi aussi, je vous aime, Wulfrum, et je suis fière de porter notre enfant. Il a subi l'épreuve sans dommage, il vous ressemblera.

Comme il n'avait pas encore posé la question qui lui brûlait les lèvres, il en éprouva un intense soulagement. Il prit en même temps conscience de tout ce qu'il avait failli perdre. L'amour était bien plus fort que la haine, il le comprenait à présent. L'amour rend les hommes plus vulnérables, mais il leur donne aussi la force de vivre leur destinée. Sans lui, la vie n'aurait pas de sens, il n'y aurait aucune raison d'espérer.

— Je suis content de vous avoir retrouvée, Elgiva, dit-il en l'embrassant sur le front. Je ne pourrais vivre sans vous. Vous êtes mon amour, ma vie…

Après quelques instants de contemplation, il lui baisa tendrement les lèvres, se redressa et lui tendit la main, pour l'aider à se relever.

Ils se rapprochèrent des hommes qui préparaient le départ. Olaf Bradefer était allé chercher les chevaux, et tenait celui de Wulfrum par la bride. De tous les Vikings engagés dans la poursuite, seul Sweyn avait perdu la vie. Parmi les blessés, aucun ne se trouvait en posture véritablement inquiétante. Une fois la fièvre du combat apaisée, chacun prenait conscience avec un peu d'étonnement qu'il n'avait guère duré.

Ceolnoth, une plaie au front, se rapprocha de Bradefer.

— Voilà les amoureux qui reviennent, dit-il entre ses dents.

— Mission accomplie, conclut Olaf.

Épilogue

En 868, au printemps.

— Et comme le veut la tradition que nous avons établie à Ravenswood, Sven et Bjorn recevront chacun deux arpents de bonne terre…

Pour la huitième fois depuis le mariage de Ceolnoth avec Hilda, une rumeur d'approbation et des rires s'élevèrent de la foule assemblée.

Goguenard, Bradefer donna un coup de coude à Ida, qui observait le spectacle avec une attention soutenue.

— Je me demande ce que tu vas faire de tes deux arpents le mois prochain, quand tu auras convolé en justes noces avec la fille de l'intendant, la plus jeune, celle qui s'appelle… J'oublie toujours son nom !

— Parce que tu n'as rien dans la tête, lui répondit sèchement Ida, qui depuis quelque temps perdait le sens de l'humour. Laisse Gwendal tranquille. Mes deux arpents, je les donnerai à son père. Gurth saura mieux s'en occuper que moi.

Olaf se contenta de ricaner. Mis dans le secret par Wulfrum, il savait que la donation serait d'une tout autre importance, puisque pour la première fois, ce n'était pas un simple membre de la garnison mais l'un de ses officiers qui s'apprêtait à faire souche à Ravenswood.

La surprise serait de taille, et consacrerait le succès de

la politique menée par Wulfrum, qui entendait unir par des liens définitifs les anciens adversaires. Devenu maître de la Northumbrie, Halfdan l'approuvait, ne fondant plus sa réputation sur la cruauté, et citant en exemple la méthode mise en œuvre par son frère.

Désormais réinvesti de son importance, le Père Willibald se faisait respecter de tous. Les deux mariages qu'il venait de célébrer marquaient l'inauguration de l'église reconstruite et agrandie.

Dans la foule qui s'attardait un peu avant d'aller fêter l'événement, Hilda faisait la fière, son bébé tout neuf dans les bras.

— Le Père Willibald a béni ma petite fille, dit-elle à Olaf et Ida. Il la baptisera bientôt, mais à tout seigneur tout honneur…

— Vous n'attendrez pas longtemps, rassurez-vous, lui dit Wulfrum, qu'elle n'avait pas vu venir. Je tiens en effet à ce que mon fils soit le premier enfant de Viking à recevoir le baptême. Il y en aura bien d'autres, j'en suis certain. Mais allons au verger, voulez-vous ? Il ne faudrait pas que la fête commence sans nous.

A l'aube du jour suivant, Wulfrum contemplait le lever du soleil sur Ravenswood, sur ce domaine qu'il s'était attaché en conquérant, mais qui l'avait lui-même conquis au fil des années. Après tant de violence et d'aventures cruelles, il y avait découvert le bonheur et la paix, en harmonie avec sa nature profonde. La Dent du Dragon, qui reposait près de lui sur un coffre, n'était plus qu'un témoignage d'une affection perdue, qu'un souvenir de jeunesse. Que d'autres courent le monde en brandissant leurs armes. Il se trouvait bien, chez lui.

Elgiva s'étira dans le lit. Près d'elle, dans son berceau, Wulgur, leur fils, dormait profondément. Les cheveux noirs, les yeux bleus comme des campanules, il ressemblerait à son père. En les observant tous les deux, Wulfrum se sentit rempli d'amour et de fierté. Comme ils étaient beaux ! Ils le comblaient de bonheur.

Elgiva s'étira encore, ouvrit les yeux et le vit, à contre-jour.

— Wulfrum ? murmura-t-elle en lui tendant la main. Je me sens seule. Il est encore bien tôt…

Il vint reprendre sa place à côté d'elle, la serra dans ses bras et retrouva avec gratitude sa chaleur, son parfum. Elle lui sourit, referma les yeux et se rendormit aussitôt. Il resta un moment éveillé, puis s'abandonna à son tour aux charmes du sommeil.

Les premiers rayons du jour illuminaient les cimes, dans la forêt profonde.

À découvrir ce mois-ci

4 nouveaux romans dans la collection

Les Historiques

LA REBELLE ET LE VIKING,
de Joanna Fulford - n°536

Northumbrie, 866. Restée sans protection après la soudaine disparition de son frère, Elgiva se voit contrainte d'accepter une demande en mariage. Certes, cette union ne lui apportera pas le bonheur dont elle rêve depuis toujours ; mais, au moins, le domaine de Ravenswood, dont Elgiva est la châtelaine, sera ainsi à l'abri des convoitises. Hélas, à peine les fiançailles prononcées, Ravenswood est pris d'assaut par une horde de Vikings sans foi ni loi dont le chef, un guerrier sombre et arrogant, s'impose comme maître des lieux. De surcroît, pour asseoir son autorité, le ténébreux Viking exige qu'Elgiva l'épouse sur-le-champ. Bouleversée, et troublée malgré elle, Elgiva comprend vite qu'elle n'a pas le choix : si elle veut sauver Ravenswood, elle doit se soumettre au Viking. Du moins, le lui faire croire...

LE GLAIVE ET LE LYS,
de Claire Delacroix - n°537

France, 1114. Gabrielle de Perricault est prise au piège : pour la contraindre à se soumettre, le traître Philippe de Trevaine occupe son château et, surtout, séquestre son jeune fils depuis des jours. Prête à tout pour sauver son enfant des griffes de cet homme cruel, elle décide d'implorer l'aide d'Yves de Saint-Roux, illustre chevalier à la cour de Bourgogne. Et Gabrielle sait exactement comment convaincre le troublant guerrier de défendre sa cause : en lui offrant ce dont ses origines bâtardes le privent — un titre et des terres. Aussi lui promet-elle, s'il réussit, de devenir elle-même son épouse et de le faire seigneur de Perricault. Mais ce pont d'or a sa condition : car Gabrielle exige que le mariage ne soit jamais consommé...

LE SECRET D'UNE ROSE
de Louise Allen - n°538

Norfolk, avril 1815. Accusée à tort d'être une voleuse doublée d'une courtisane, Lina Shelley fuit Londres et se réfugie dans le Norfolk, chez un ami de sa tante, le très honorable lord Dreycott. Mais voilà que ce dernier disparaît, léguant son titre et sa fortune à son neveu, Quinn Dreycott. Le désarroi de Lina est à son comble lorsqu'elle fait la connaissance du mystérieux Quinn : séduisant, délibérément enjôleur, le beau libertin ne semble pas s'encombrer de convenances et la traite avec une familiarité déconcertante. Malgré cela, et malgré elle, Lina est totalement fascinée par cet homme si différent des autres. Un homme qui, pourtant, pourrait bien la chasser s'il venait à découvrir pourquoi elle a quitté Londres…

FACE À LA TENTATION
de Sophia James - n°539

Londres, novembre 1853. Tout semble tracé d'avance dans la vie très sage de Lillian Davenport. Bien née et vertueuse, la jeune femme est d'ailleurs prise pour modèle par toutes les débutantes du pays. L'obéissance lui est même si chère qu'elle a accepté de lier son destin à l'homme que son père a choisi pour elle, un aristocrate ennuyeux pour lequel elle ne ressent aucune passion. Mais voilà que son existence bien réglée vole en éclats le jour où elle rencontre le scandaleux Lucas Clairmont. Lucas, viril et dangereux, sombre débauché qui éveille en elle un désir aussi inattendu qu'irrésistible et inconvenant. Et qui pourrait bien coûter à Lillian ce qu'une jeune lady a de plus précieux : sa réputation et l'honneur de sa famille…